# PROTEGGERE JOSIE

## ARMI & AMORI: ALLEANZA
### LIBRO 3

## SUSAN STOKER

Titolo originale: *Protecting Josie*

Traduzione dall'inglese di Patrizia Zecchin per One More Chapter Translations

Editing del team di One More Chapter Translations

*In cerca di Lilly*
*In cerca di Elsie*
*In cerca di Bristol*
*In cerca di Caryn*
*In cerca di Finley*
*In cerca di Heather*
*In cerca di Khloe*

### **<u>Silverstone</u>**
*Fidarsi di Skylar*
*Fidarsi di Taylor*
*Fidarsi di Molly*
*Fidarsi di Cassidy*

### **<u>Forze Speciali alle Hawaii</u>**
*Trovare Elodie*
*Trovare Lexie*
*Trovare Kenna*
*Trovare Monica*
*Trovare Carly*
*Trovare Ashlyn*
*Trovare Jodelle*

### **<u>Delta Duo</u>**
*La forza di Gillian*
*La forza di Kinley*
*La forza di Aspen*
*La forza di Jayme*

*La forza di Riley*

*La forza di Devyn*

*La forza di Ember*

*La forza di Sierra*

## <u>Armi & Amori: verso il futuro</u>

*Soccorrere Caite*

*Soccorrere Brenae*

*Soccorrere Sidney*

*Soccorrere Piper*

*Soccorrere Zoey*

*Soccorrere Avery*

*Soccorrere Kalee*

*Soccorrere Jane*

## <u>Mercenari di Montagna</u>

*Difendere Allye*

*Difendere Chloe*

*Difendere Morgan*

*Difendere Harlow*

*Difendere Everly*

*Difendere Zara*

*Difendere Raven*

## <u>Delta Force Heroes</u>

*Salvare Rayne*

*Salvare Emily*

*Salvare Harley*

*Il Matrimonio di Emily*
*Salvare Kassie*
*Salvare Bryn*
*Salvare Casey*
*Salvare Sadie*
*Salvare Wendy*
*Salvare Mary*
*Salvare Macie*
*Salvare Annie*

## Armi e Amori

*Proteggere Caroline*
*Proteggere Alabama*
*Proteggere Fiona*
*Il Matrimonio di Caroline*
*Proteggere Summer*
*Proteggere Cheyenne*
*Proteggere Jessyka*
*Proteggere Julie*
*Proteggere Melody*
*Proteggere il Futuro*
*Proteggere Kiera*
*Proteggere i figli di Alabama*
*Proteggere Dakota*

## Ace Security

*Il riscatto di Grace*
*Il riscatto di Alexis*

*Il riscatto di Bailey*
*Il riscatto di Felicity*
*Il riscatto di Sarah*

**<u>Una raccolta di storie brevi</u>**
*Un momento nel tempo*

# CAPITOLO UNO

Nate "Blink" Davis imprecò mentre era steso sul pavimento proprio dove i suoi rapitori lo avevano scaricato, preso a calci e poi, fortunatamente, lasciato in pace.

Poteva dire con certezza che la sua seconda missione in Iran era stata un disastro come la prima, quella in cui i suoi compagni di squadra erano stati uccisi o feriti.

No, non era vero. Questa volta la squadra aveva portato a termine l'obiettivo di trovare e far fuori i terroristi che era stata mandata a eliminare. E, stranamente, non era arrabbiato per essere stato catturato. Forse perché aveva fatto ciò che non era riuscito a fare l'ultima volta che era stato lì.

Salvare i suoi compagni SEAL.

O almeno lo sperava. Erano stati circondati senza possibilità di fuga. Era stato un déjà vu, ma aveva deciso che avrebbe avuto un esito diverso. Pur sapendo esattamente cosa sarebbe successo, cioè venire catturato o ucciso, Blink si era messo a correre.

Pregava solo che i SEAL avessero onorato il suo sacrificio e fatto il possibile per fuggire.

Quindi no, non stava andando fuori di testa per il fatto di essere un "ospite" delle forze armate iraniane. Era venuto a patti con la sua decisione perché sperava che ciò avesse fatto sì che dei bravi uomini fossero sopravvissuti. Ma le sue azioni non erano state una missione suicida. Anche lui voleva vivere. Grazie a una lunga introspezione dopo la sua ultima missione in Iran, e con l'aiuto del suo terapeuta, aveva capito che solo perché i suoi amici erano morti, non significava che anche la *sua* vita fosse finita.

Anche aver salvato Remi aveva contribuito a quella presa di coscienza; se non si fosse trovato nel posto giusto al momento giusto, lei sarebbe morta. Inoltre, vedere Kevlar, il suo leader, così felice con l'amore della sua vita, aveva rinnovato la sua determinazione a usare la sua esperienza e le sue capacità per aiutare gli altri.

Ora, come allora, il sesto senso dentro di lui gli urlava che era destino che accadesse ciò che aveva fatto. Sembrava banale... ma Blink non poteva ignorare la sensazione di trovarsi proprio dove doveva essere in quel momento.

Era ridicolo. Quale persona sana di mente poteva pensare che fosse destino, o una stronzata simile, venire rinchiuso in una cella praticamente con la certezza di essere torturato da coloro che lo avevano trascinato lì?

Un rumore gli fece voltare la testa, ma era buio e non

vide nulla. Notò che muovere il collo gli provocava dolore. Anche le costole gli facevano male, ma non pensava fossero rotte... per ora. Aveva del sangue che gli colava sul braccio e sulla tempia, nei punti in cui era stato colpito, e aveva sete. Tantissima sete. Ma era vivo. Era l'unica cosa che contava.

Un SEAL non abbandonava mai un altro SEAL, e non aveva dubbi che qualcuno sarebbe andato a cercarlo. Nel frattempo, doveva solo sopportare qualsiasi cosa gli avrebbero fatto quegli stronzi. E non dubitava di poterci riuscire. Era stato addestrato a quello. A essere un prigioniero di guerra. Era un po' una stronzata, ma era così che funzionava il mondo, il *suo* mondo di soldato delle forze speciali.

Quando si era unito alla nuova squadra SEAL, inizialmente non era stato entusiasta di sapere che si aspettavano indossasse un localizzatore, come se fosse stato un cane o qualcosa del genere. Ma ora? Non poté impedirsi di fare un sorriso soddisfatto. Un uomo di nome Tex era là fuori a osservare, probabilmente stava già pianificando il suo salvataggio. Blink odiava che qualcun altro dovesse mettere a repentaglio la propria vita per salvargli la pelle, ma non poteva fare a meno di esserne grato.

Sentì di nuovo un rumore, e si rese conto di essersi perso nella sua mente per un momento. Ormai gli succedeva spesso. Era stata l'unica cosa che lo aveva mantenuto sano di mente quando stava elaborando ciò che era accaduto ai suoi precedenti compagni di squadra e amici.

Costringendosi a rimanere nel presente, socchiuse gli

occhi, cercando di nuovo di vedere attraverso l'oscurità. C'era un po' di luce che filtrava da sotto la porta che dava accesso a quella prigione improvvisata. Non aveva notato molto quando era stato trascinato all'interno... un paio di celle, nessuna finestra, odore di muffa, umidità e, cosa forse non sorprendente, odore di sudore. C'era una sola porta che portava alle celle, e quando i suoi carcerieri se n'erano andati l'avevano chiusa con una violenza tale che avrebbe suscitato terrore alla maggior parte dei prigionieri.

Il fruscio si ripeté e Blink disse: «C'è qualcuno?»

Non ottenne risposta.

Ma non aveva immaginato quel rumore. Gemendo, fece del suo meglio per mettersi a sedere. I polsi erano ammanettati a una catena chiusa intorno alle sue caviglie. Grato di non essere stato legato con le mani dietro la schiena, Blink ondeggiò per spostarsi, mentre cercava di identificare ciò che aveva sentito nella cella accanto alla sua.

Usò la spalla per asciugarsi il sangue che gli colava dalla tempia, e attese che gli occhi si adattassero meglio all'oscurità. Passarono un paio di minuti prima che riuscisse finalmente a mettere a fuoco qualcosa.

Non era sicuro di cosa stesse vedendo. Un animale? Un bambino? Qualunque cosa si trovasse nell'altra cella non parlava. Non si muoveva affatto. Era rannicchiata nell'angolo più lontano, indossava qualcosa di colore... marrone, forse, o nero.

«Ehi? Capisci l'inglese?»

Ancora nessuna risposta. Fece la stessa domanda in spagnolo, in francese, in tedesco e poi in arabo. Non parlava nessuna di quelle lingue, ma aveva studiato abbastanza da essere in grado di fare quella semplice domanda.

Qualunque cosa fosse, non pronunciò una parola e nemmeno si mosse.

Blink sospirò e si sdraiò di nuovo sul pavimento di cemento. La testa gli pulsava. Probabilmente si era immaginato quello che credeva di aver visto. Dio solo sapeva che era sveglio da quarantotto ore, e che tra le botte ricevute e la mancanza di acqua, o di cibo se era per quello, era quasi allo stremo.

Inoltre, non aveva molta importanza cosa o chi ci fosse nell'altra cella. Era fottuto quanto lui.

Chiuse gli occhi e provò a rilassarsi per la prima volta in una settimana. Forse avrebbe dovuto rimanere sveglio, esplorare il posto, vedere quali punti deboli poteva trovare, cercare di escogitare un piano di fuga. Ma incatenato com'era e senza energie, non sarebbe andato da nessuna parte. Non in quel momento.

La cosa migliore da fare era dormire un po' per essere preparato al meglio all'arrivo dei soccorsi. E se la tortura che sapeva essere imminente fosse iniziata prima del suo salvataggio, avrebbe avuto bisogno di essere pronto. E ciò significava lasciare che il suo corpo si ricaricasse il più possibile dormendo.

———

Josie England fissò l'uomo nella cella accanto alla sua. Era passato così tanto tempo, anche se non aveva idea *esatta-*

*mente* di quanto, dall'ultima volta che aveva sentito qualcuno parlare la sua lingua. O anche solo sentire qualcuno parlarle senza urlare o darle ordini.

La prima cosa che era uscita dalla sua bocca era stata la parola che iniziava con la C, dopo che i loro rapitori lo avevano gettato lì dentro. Ciò l'aveva divertita quanto sorpresa. Poi, quando lui aveva chiesto se c'era qualcuno, avrebbe *voluto* rispondergli, ma non ci era riuscita. Aveva anche aperto la bocca per farlo, ma non era uscito nulla. Come se le sue corde vocali fossero state paralizzate.

Quando l'avevano fatta prigioniera, aveva urlato. Poi aveva implorato e supplicato. Ma nulla di tutto ciò aveva fatto la benché minima differenza per gli uomini che l'avevano catturata.

Mentre guardava il tizio nella cella accanto sdraiarsi e chiudere gli occhi, riemersero i ricordi.

Ayden, il suo ragazzo, era nell'esercito. Era in licenza in Kuwait quando l'aveva pregata di andare a trovarlo. Le cose tra loro non andavano bene già da molto, ma Josie non aveva voluto lasciarlo tramite una lettera mentre lui era in missione, chiudere il rapporto quando aveva bisogno di concentrarsi su ciò che stava facendo.

All'inizio si era rifiutata, pensando che fosse assurdo volare dall'altra parte del mondo per vederlo durante una breve pausa, ma lui era stato estremamente insistente. Aveva persino convinto sua sorella e sua madre a cercare di convincerla. Genevieve, o Gen, come le piaceva essere chiamata, e Millie erano riuscite dove non ce l'aveva fatta lui. Gen, sua sorella, le aveva raccontato del suo viaggio di qualche mese prima quando era andata a trovare il fratello. Lo aveva fatto sembrare meraviglioso... e totalmente sicuro. E Josie si era trovata d'accordo sul fatto che vedere una parte del mondo che probabilmente non avrebbe mai più avuto motivo di visitare, sarebbe stato divertente.

Così aveva accettato.

Anche se l'istinto le aveva urlato di non farlo, aveva preso un permesso dal lavoro e si era imbarcata in un aereo.

Era partita pur sapendo che Ayden andava a letto con una donna del suo plotone.

All'inizio le cose erano andate bene. Aveva persino pensato per un attimo di non lasciarlo. Ma dopo qualche giorno, lui era tornato a essere il ragazzo che aveva imparato a conoscere nel corso della loro relazione. Egoista, offensivo e vanitoso.

Quando le aveva proposto di fare un giro in barca per mostrarle la zona, per quanto la riguardava quella "vacanza" era già finita. Anche in caso contrario, aveva pensato che un giro in barca non fosse una buona idea. Si era informata abbastanza su quel posto da sapere che le acque intorno ad Al-Kuwait non erano esattamente sicure. Naturalmente, Ayden si era limitato a deriderla e a offenderla. Le aveva detto che non sapeva ciò che diceva, che era una pantofolaia che non andava mai da nessuna parte e che non sapeva nulla del mondo.

Alla fine, si era lasciata convincere. Era salita sulla barca che lui aveva noleggiato per quel giorno con addosso solo il bikini e il copricostume, fingendo che tutto andasse bene. Solo che non era stato così. Ayden aveva guidato in modo spericolato, mettendosi in mostra, curioso di vedere quanto avrebbe potuto avvicinarsi all'Iran.

Stupido. Era stato maledettamente *stupido*.

A un certo punto il motore si era spento e non era più riuscito a riavviarlo… e poco dopo si erano accorti che una barca stava andando velocemente verso di loro. Josie era rimasta paralizzata dalla paura. Gli uomini a bordo non avevano dato loro la possibilità di dire o fare granché.

Ayden aveva alzato le mani per dimostrare di non essere armato, ma gli avevano sparato all'istante.

Due uomini erano saliti a bordo, avevano gettato il suo corpo in mare e trascinato lei sulla loro imbarcazione per poi tornare da dove erano arrivati.

Josie, ancora scioccata da ciò che era successo ad Ayden, aveva avuto il terrore di essere aggredita. Li aveva pregati di riportarla indietro. Aveva detto loro di non sapere nulla, che non era nessuno, ma gli uomini si erano limitati a ridere. Una volta arrivati a un molo sgangherato, l'avevano trascinata a terra, senza curarsi del fatto che le facevano male mentre un po' la trasportavano e un po' la tiravano per le strade della città. Aveva perso le infradito lungo il percorso, e i sassi sotto i piedi le avevano lasciato dei lividi e dei tagli che avevano richiesto settimane per guarire.

L'avevano portata nella cella dove si trovava ancora e gettata dentro, apparentemente divertiti dal terrore sul suo volto. Alcuni uomini erano entrati e l'avevano picchiata, gridando per tutto il tempo. Lei aveva urlato e supplicato, senza successo.

L'unica cosa positiva di tutto quel calvario era che non l'avevano violentata. Non sapeva perché. Supponeva che non avesse importanza. Gli uomini l'avevano lasciata sul pavimento di cemento, proprio come avevano fatto con il tizio che ora si trovava nella cella accanto alla sua, sanguinante e dolorante.

Qualcuno era tornato il giorno seguente, solo per gettarle addosso una piccola tazza di metallo e un pezzo di pane. Era andato lì a intervalli regolari per le settimane successive, ma poi le visite erano cessate del tutto. Josie non ne conosceva il motivo. Era stato un sollievo... ma niente visite significava anche niente cibo.

Era alta un metro e quarantacinque e non era mai stata una persona grossa. Ora, senza mangiare da chissà quanto tempo e come unico sostentamento l'acqua che gocciolava lentamente lungo il muro e dentro la sua tazza, non era altro che pelle e ossa.

Il bikini, che le era calzato alla perfezione quando l'aveva comprato a Las Vegas, pendeva sul suo fisico emaciato. Il piccolo e grazioso copricostume rosa che l'aveva fatta sentire bella, era tutto strappato, era diventato di un colore marrone fango e le spalline scivolavano continuamente giù dalle sue spalle ossute.

E i capelli... non voleva nemmeno pensare al loro aspetto. Le ciocche bionde erano intrise di terra, e di chissà cos'altro, proveniente dal pavimento della sua prigione. Aveva fatto del suo meglio per pettinarli con le dita per cercare di evitare che stessero tutti appiccicati assieme, ma più stava lì e meno le importava. Le unghie delle mani e dei piedi erano spezzate e avevano una patina nera sotto.

Era diventata l'ombra della donna che era stata.

Più un animale che un essere umano.

Sarebbe morta lì. Un giorno i suoi rapitori sarebbero entrati, e si sarebbero sorpresi di trovare un cadavere nella cella. O forse no. Forse quello era stato il loro obiettivo fin dall'inizio. Tanto non potevano guadagnare del denaro con lei. O usarla per fare uno scambio con qualcuno tenuto prigioniero negli Stati Uniti. Lei era semplicemente una stupida turista che aveva commesso il colossale errore di salire su una dannata barca con un soldato presuntuoso.

Più di una volta si era chiesta cosa stessero passando Millie e Gen. Dovevano essere già state informate della scomparsa di Ayden. I suoi amici avevano detto ai loro ufficiali superiori che lui e Josie erano usciti in barca? Lo sapevano loro stessi? La barca era tornata a navigare nelle acque del Kuwait? La madre di Ayden aveva detto a qualcuno che Josie era andata a trovare suo figlio?

Non ne aveva idea. Non era mai piaciuta molto a Millie, anche se non capiva perché. Lavorava sodo, si faceva gli affari suoi ed era gentile con tutti quelli che incontrava. Eppure, Millie non l'aveva mai presa in simpatia. Forse pensava che nessuno fosse abbastanza in gamba per suo figlio. Supponeva che avesse senso, considerando il fatto che Ayden era sempre stato il cocco di mamma.

L'uomo che russava nella cella accanto la riportò al presente. Aveva la tendenza di perdersi nei ricordi e nei suoi pensieri... perché cos'altro doveva fare? Lì il tempo non passava mai. Non aveva idea se fosse notte o giorno. Sentiva i rumori della vita che andava avanti come sempre fuori dalle mura della sua prigione. I primi giorni aveva gridato, cercando di attirare l'attenzione di qualcuno, con l'unico risultato di essere *lei* stessa la destinataria delle urla di uno dei carcerieri... e una volta, era anche entrato nella sua cella e l'aveva picchiata di brutto. Ciò aveva messo fine al desiderio di attirare l'attenzione su di sé.

I suoi occhi si erano adattati da tempo alla scarsa illuminazione, e riusciva a vedere l'uomo abbastanza chiaramente. Ormai pensava di essere diventata in parte una talpa, dato che viveva nell'oscurità e nella sporcizia.

Il tizio aveva la barba abbastanza folta da farle pensare che non si radesse da un paio di settimane, i baffi, e le labbra piuttosto carnose. Aveva delle dita lunghe e i bicipiti muscolosi. Indossava una maglietta e un paio di pantaloni mimetici.

Le dita dei piedi attirarono la sua attenzione. Era una sciocchezza, ma la sua pelle sembrava risplendere. Non era coperto di sporco come lei. Aveva un aspetto... pulito. E guardare i suoi piedi puliti le provocò una stretta al cuore. Non sarebbe passato molto prima che diventasse sudicio come lei.

Aveva l'aria di essere qualcuno di importante, ed era ammanettato. Quindi gli uomini che lo avevano portato lì dovevano avere un po' paura di lui. Di ciò che avrebbe potuto fare.

Mentre lo guardava, lui si leccò le labbra nel sonno e gemette, spostandosi sul pavimento di cemento.

Il gocciolio dell'acqua nella tazza fece sì che Josie si voltasse a guardarla. Era quasi piena. Ci volevano due giorni per riempirla. Di solito cercava di aspettare in modo da poterla bere tutta in una volta e ingannare la pancia facendole credere di averle dato del cibo.

Nella cella di quell'uomo non c'era una perdita. E nemmeno una tazza.

Ma sicuramente gli sarebbe stato dato del cibo e dell'acqua. Se era così importante come pensava, i loro rapitori avrebbero dovuto prendersi cura di lui se avessero voluto scambiarlo con un prigioniero politico o tenerlo per un riscatto.

Eppure... l'inquietudine si annidò nel profondo di lei, pesante come una palla di piombo. E se nessuna di quelle ipotesi fosse nei loro piani? Se lo avessero lasciato lì come avevano fatto con lei? Con i polsi e le caviglie ammanettate insieme non sarebbe stato in grado di muoversi molto bene. E un uomo così massiccio avrebbe avuto bisogno di molto più nutrimento di lei per rimanere in vita.

Non era giusto.

Che lei fosse lì. Che fosse stata lasciata a marcire in quel posto. Che quell'uomo fosse stato catturato. Niente di ciò che era successo a entrambi era giusto. Josie sentì la rabbia montare dentro di sé. Aveva represso quell'emozione nel corso delle settimane. Aveva represso *tutte* le emozioni. Perché essere infuriata, spaventata o provare sentimenti forti non avrebbe aiutato la sua situazione. Essere disperata, arrabbiata e terrorizzata le era valso solo delle botte. Così aveva imparato a non provare nulla. A non pensare a nulla. Contava le gocce d'acqua che cadevano nella tazza per divertimento.

Ma l'arrivo di quell'uomo aveva fatto riaffiorare le emozioni. Era fastidioso e spaventoso, e non le piaceva. Non lo voleva lì, voleva che quel tizio se ne andasse. Che fosse portato via e non tornasse mai più. Sapeva cosa aspettarsi in quell'inferno quando c'era solo lei, ma con lui lì aveva la sensazione che tutto sarebbe cambiato.

Solo che non sapeva se in meglio o in peggio.

Mentre il tempo passava, Josie teneva lo sguardo fisso sull'uomo. Memorizzò la forma del suo viso. Notò che un orecchio sporgeva un po' più dell'altro, che la sua barba era folta e non a chiazze come quella di altri uomini, e il segno lasciato dal sangue che scendeva dalla tempia fino ai capelli. Notò che l'alluce era leggermente storto sul piede sinistro, mentre era dritto sul destro.

Non aveva idea di quanto rimase a fissarlo, ma abbastanza a lungo che lo avrebbe riconosciuto ovunque. Avrebbe potuto incontrarlo per strada da lì a qualche anno e avrebbe capito subito che era lui. Catalogò ogni dettaglio e lo chiuse in un angolo della sua mente. Non sapeva perché, ma aveva la sensazione che fosse... importante.

All'improvviso la porta della loro prigione sbatté contro il muro, e l'uomo spalancò gli occhi.

E per qualche motivo, li fissò su di lei.

Azzurri. Aveva gli occhi azzurri. I suoi capelli erano castano rossicci, e con la luce che entrava vide che aveva le lentiggini. Tante. Su ogni centimetro di pelle che non era coperto dalla barba. I rapitori parlavano mentre andavano verso la sua cella, dicendo cose che lei non riusciva a capire. Tuttavia, l'uomo li ignorò. Il suo sguardo rimase su di lei. La stava studiando con la stessa attenzione che lei stessa aveva usato su di lui mentre dormiva.

Nessuno dei due parlò, eppure le sembrò che lui potesse vedere fin dentro alla sua anima. La sua anima nera, avvizzita e completamente danneggiata.

I loro aguzzini aprirono la cella dell'uomo e lo tirarono in piedi, poi lo spinsero in malo modo verso la porta.

Josie perse brevemente il contatto visivo con lui, ma mentre lo trascinavano davanti alla sua cella, girò la testa per guardarla. Lei era ancora rannicchiata nell'angolo, facendo del suo meglio per non dare nell'occhio, per non attirare l'attenzione di uomini che, senza dubbio, avrebbero potuto facilmente porre fine alla sua lotta per la vita.

«È l'ora dello spettacolo» le disse, facendole l'occhiolino.

Aveva davvero *ammiccato*. Come se si stesse divertendo! Ma il sangue sul suo volto era reale. Il dolore che i suoi rapitori gli avevano inflitto era evidente nei suoi occhi, almeno per lei, perché aveva vissuto la stessa esperienza.

Poi sparì dalla sua vista. La porta si chiuse e lei si ritrovò di nuovo al buio. Josie aprì la bocca per urlare, per dirgli di essere forte, per dirgli *qualcosa*... anche se non sapeva cosa. Ma, ancora una volta, non uscì nulla. Solo un debole ringhio.

Sentendosi di averlo in qualche modo deluso, Josie si rannicchiò di nuovo su sé stessa. Non aveva idea se lui sarebbe tornato o meno. Si rese conto che la sua presenza era stata probabilmente l'unica possibilità che aveva avuto di parlare con un altro essere umano di lingua inglese prima della sua morte, di dire a qualcuno chi era, di essere un'ultima volta una *persona*. E l'aveva sprecata.

Si sentì travolgere dalla tristezza e cercò di reprimerla, ma non servì a nulla. Provare emozioni faceva schifo. Essere insensibili rendeva più facile gestire quell'inferno. Sollevò la testa e fissò il punto in cui prima era stato sdraiato l'altro prigioniero. Riuscì a vedere una macchia scura sul pavimento dove era colato il suo sangue.

*Sii forte*, pensò. *Non lasciare che vincano*.

Poi chiuse gli occhi, e si concentrò a contare ancora una volta le gocce d'acqua. Era meglio fare quello che pensare a ciò che stava per sperimentare quell'uomo.

# CAPITOLO DUE

ESSERE TORTURATO FACEVA SCHIFO.

Fu il primo pensiero di Blink quando i suoi aguzzini iniziarono a prenderlo a pugni. Poi passarono a colpirlo con i bastoni sulla pianta dei piedi facendoli sanguinare, mentre lo deridevano e lo schernivano.

Il secondo pensiero, e il più importante, fu che c'era una *donna* nella cella accanto alla sua. Non un animale. Non un altro militare. Ma una donna. All'inizio aveva pensato che fosse una bambina, ma fissandola si era reso conto che era un'adulta. Era denutrita e sporca, e di una magrezza che non aveva mai visto in una persona ancora viva.

Eppure, i suoi occhi gli avevano fatto capire che era vigile. Che non aveva ancora ceduto alle torture che i loro rapitori le avevano inflitto. E quella consapevolezza gli aveva dato la forza di resistere a ciò che stavano infliggendo a lui in quel momento.

Sapeva che avevano appena iniziato, e cosa significava essere prigioniero di guerra. Era stato addestrato per momenti come quello. Era terribile, e nessun Navy SEAL avrebbe mai voluto trovarsi nella sua posizione, ma non avrebbe ceduto.

Il pestaggio durò più di quanto avesse sperato, ma alla fine i suoi carcerieri arrivarono ad annoiarsi, o si stancarono, o avevano bisogno di fare qualcos'altro. Non sapeva il motivo per cui smisero, e non gli importava. Ciò che contava era avere una tregua. Blink non dubitava che avrebbero ricominciato presto, ma pazienza, non avrebbe detto a quegli stronzi dove si trovava il punto di estrazione previsto per la sua squadra o se i SEAL stavano dando la caccia ad altri obiettivi di alto valore.

Gli avevano rotto un paio di dita, spaccato il labbro e aveva bruciature di sigaretta sulle caviglie e sui piedi che gli facevano un male cane, ma niente di quello che avevano fatto gli avrebbe impedito di camminare quando fosse arrivato il momento. Nemmeno le ferite sulle piante dei piedi avrebbero ostacolato la sua fuga. La fiducia nel fatto che sarebbe stato salvato lo aiutava a distaccarlo mentalmente da ciò che gli stava accadendo fisicamente.

Anche pensare all'altra prigioniera gli aveva tenuto la mente occupata mentre veniva picchiato. Perché si trovava in quella prigione? Da quanto tempo era lì? Da dove veniva?

Aveva troppe domande e nessuna risposta. Era impaziente di essere riportato in cella, non per leccarsi le ferite o per dormire, ma per parlare con lei.

Quando alla fine lo riportarono dentro, gettandolo di nuovo per terra, Blink si assicurò di emettere un gemito molto forte, ma i suoi occhi cercarono immediatamente la donna che aveva intravisto prima.

Era rimasta nello stesso posto. Sembrava che non si fosse mossa nemmeno di un centimetro. Era premuta contro un angolo, tutta raggomitolata e con le braccia intorno alle ginocchia piegate. E, come prima, lo fissava come se potesse vedere attraverso i suoi pensieri più intimi. Gli occhi azzurri della donna penetrarono nei suoi, mentre lui veniva ancora una volta chiuso nella sua cella.

Nessuno dei carcerieri guardò verso di lei, mentre uscivano dalla stanza chiudendosi la porta alle spalle, cosa che Blink trovò strana. E ciò gli fece venire ancora più voglia di sapere quale fosse la sua storia.

Gli sfuggì un gemito di dolore quando provò a spostarsi sul pavimento duro. Chiuse gli occhi per un attimo, valutando le sue ferite. Gli faceva male dappertutto, ma sarebbe sopravvissuto. Sarebbe sopravvissuto per essere torturato un altro giorno; era certo che fosse quello l'obiettivo. Ma ogni giorno che passava era uno più vicino alla salvezza. Blink ne aveva la certezza. I soccorsi stavano arrivando, doveva solo resistere.

«Sono Blink» disse alla donna, la sua voce sembrò risuonare intorno a lui. «In realtà mi chiamo Nate, ma la gente mi chiama Blink.»

Aspettò, ma non ottenne alcuna reazione.

«Tu come ti chiami?»

Ancora niente.

Sospirò. «Riesci a capirmi?»

Attese ancora... e poi finalmente ottenne qualcosa. Un cenno della testa così piccolo che qualcuno avrebbe potuto scambiare per un semplice aggiustamento di posizione. Ma lui lo prese per ciò che era: la comprensione delle sue parole.

Si sentì euforico, anche se gli dispiaceva per lei. Sebbene odiasse che quella donna si trovasse in quella situazione – ovviamente da molto tempo se il suo aspetto era un'indicazione – ora che sapeva che capiva l'inglese era ancora più curioso. Chi era? Com'era arrivata lì?

Ma non si aspettava di ottenere risposte. Almeno non in quel momento. Era chiaramente traumatizzata, e non era una sorpresa. Nessuno doveva trovarsi in un posto come quello, tanto meno una donna esile come lei. Dava l'impressione che una leggera brezza potesse rovesciarla. Non gli era sfuggito che le sue clavicole sporgevano. Che le guance erano incavate. Che le braccia erano strette intorno alle ginocchia così forte, da sembrare le uniche cose che la tenevano insieme.

Blink prese una decisione: non l'avrebbe lasciata lì. I soccorritori non si sarebbero aspettati di liberare una seconda persona, ma lui non era assolutamente il tipo d'uomo che avrebbe abbandonato un essere vivente in quel merdoso buco.

Più stava sdraiato sul pavimento freddo e duro, più il suo corpo pulsava. Avrebbe ucciso per avere un po' d'acqua in quel momento. O anche una delle schifose razioni MRE che aveva mangiato nell'ultima settimana. Ma i suoi carcerieri ovviamente non si sarebbero preoccupati di portargli del cibo.

Si spostò un po' e fece una smorfia. Guardò di nuovo verso la donna, riuscendo a malapena a distinguerla nell'oscurità, ma notò ancora una volta che non si era minimamente mossa. Continuava a guardare nella sua direzione come se stesse aspettando qualcosa.

Gli passò per la mente la possibilità che le loro celle fossero monitorate, ma guardandosi intorno non vide nessuna luce lampeggiante che indicasse la presenza di telecamere. E a giudicare dalle condizioni del posto, non era certo che gli uomini che lo avevano catturato avessero un sistema di sicurezza sofisticato, cosa che avrebbe giocato a suo favore quando fossero arrivati i soccorsi.

Tuttavia, non avrebbe scartato l'idea che li stessero osservando. Voleva parlare con la donna, metterla a suo agio, ma non poteva dirle che stavano per andare a salvarli, che il localizzatore che Tex aveva insistito per fargli portare era ancora al sicuro nell'elastico dei suoi boxer.

«Come ho detto prima... sono Nate. Non so tu, ma io ucciderei per avere un'enorme tazza di caffè. No, un caramel macchiato. Lo so, di solito non è una bevanda che si pensa possa piacere a un uomo, ma io ne sono dipendente. E poi, è caramello... a chi non piace? Il mio amico Safe fa il caffè migliore del mondo. Ha una di quelle macchine esagerate che si vedono nelle caffetterie. La prima volta che sono andato a casa sua e lui l'ha accesa, ho quasi buttato a terra gli altri amici per avere la prima tazza di caffè. Oh, e sai cos'altro mi manca?»

Blink parlava più a sé stesso che alla donna; era confortante sentire qualcosa di diverso dal silenzio opprimente o dai suoi rapitori che gli urlavano contro in una lingua che non capiva.

«I Cheetos. Non del tipo gonfio, che fanno schifo, ma quelli veri. Quelli piccoli, duri e croccanti. Flash mi prende in giro perché mi piacciono quelle porcherie, ma io potrei vivere mangiandoli. Ok, probabilmente no, perché sono pieni di cose che non fanno bene, ma non c'è niente di meglio che sedersi sul divano a guardare il football e ritrovarsi con le dita arancioni per averli mangiati.»

Era ironico che si trovasse in una situazione in cui era lui a parlare. Non era un chiacchierone. Non lo era mai stato. Ma mentre lo faceva, avrebbe potuto giurare di aver visto la donna di fronte a lui rilassarsi un po'. Come se la sua voce fosse confortante. Accidenti, probabilmente non sentiva una voce amica da quando era stata gettata in quel buco infernale.

Così continuò a parlare, di tutto e di niente, di sciocchezze... ma non riusciva a smettere. Era come se si fosse rotta una diga.

«Ho un fratello gemello. Si chiama Tate. Sì, Nate e Tate. È ridicolo, ma cosa puoi farci? Mia madre se n'è andata quando eravamo piccoli. Avevamo più o meno quattro anni. Ha detto che non ce la faceva più a fare la moglie e la mamma. Quando mio padre è tornato a casa dal lavoro, l'ha incontrata sulla porta con la valigia in mano e lei gli ha detto che se ne andava. E basta. È sparita.

Mio padre, però, è fantastico. So che non è stato facile

rimanere da solo con due bambini scatenati di quattro anni. Eravamo dei monelli. Non ricordo molto di quel periodo, ma io e Tate eravamo sempre in competizione tra di noi, su *tutto*. Chi riusciva a mangiare più velocemente, chi faceva i compiti più in fretta, chi si addormentava per primo, chi avrebbe perso il primo dente... era una cosa infinita. A lui piacevano i Dallas Cowboys, così io ho deciso che mi piacevano i Pittsburgh Steelers. Io mi sono unito alla squadra di nuoto e lui è diventato un podista. Eravamo uno l'opposto dell'altro e facevamo di tutto per superarci a vicenda. Ma è anche il mio migliore amico.»

Blink fissava il soffitto della cella, osservando le ombre scure muoversi sopra di lui. Pensò a suo fratello, si chiese dove fosse in quel momento. Se sapeva che lui era stato catturato. Di certo non ufficialmente, ma come molti gemelli, condividevano un legame profondo. Alcune persone avrebbero liquidato la cosa come un'illusione, ma quando Tate, a otto anni, si era rotto il braccio, Blink lo aveva sentito nel momento in cui era successo. Quando invece lui aveva avuto un incidente d'auto, a diciassette anni, Tate era arrivato all'ospedale prima di lui.

«Quello stronzo si è arruolato nell'esercito quando io ho deciso di entrare in Marina. So che l'ha fatto solo per farmi incazzare» disse Blink con una risatina. Pensare al suo gemello era davvero doloroso. Non lo vedeva da troppo tempo, e si ripromise di rimediare alla cosa non appena fosse tornato in California. Non aveva idea se Tate fosse in missione in quel momento, ma avrebbe fatto di tutto per passare qualche giorno con lui.

«Comunque, mio padre... è stato fantastico. Non si è mai fermato, nemmeno quando nostra madre se n'è andata. Ha pensato a tutto lui. Ha trovato le babysitter, un lavoro che gli permettesse di essere a casa quando noi tornavamo da scuola. Il nostro vecchio non si è perso nemmeno una gara di nuoto o di corsa. Lo sentivamo sempre fare il tifo dagli spalti. Ma non era nemmeno indulgente per le cazzate che facevamo. L'unica volta che siamo sgattaiolati per andare a una festa al liceo, è rimasto sveglio ad aspettare il nostro ritorno fino alle tre del mattino. Sapere che l'avevamo deluso, che avevamo infranto la fiducia che aveva in noi, è stato sufficiente a far sì che non lo facessimo più.»

Sentendo un lieve rumore, Blink girò la testa e vide che la donna si era distesa. Aveva ancora le gambe piegate, ma era sdraiata sul fianco con la testa appoggiata sul braccio, e continuava a fissarlo.

«È ancora vivo, nel caso te lo stessi chiedendo» continuò Blink. «Mio padre, intendo. Vive in Florida come un re. Tutte le donne gli girano intorno ridacchiando come sciocche, come se *fosse* il re d'Inghilterra o qualcosa del genere. Ma non ha mai avuto una storia seria con nessuna dopo che mia madre se n'è andata. L'amava, e lei gli ha spezzato il cuore. E, onestamente, non ho mai voluto legarmi a una donna e rischiare di essere ferito in quel modo. Ma poi ho conosciuto Remi. Lei e Kevlar... sono...»

Si interruppe. Non sapeva come spiegare il rapporto che il suo leader aveva con la fidanzata.

«Forse devo cominciare dall'inizio» disse. Poi continuò a raccontare alla donna misteriosa tutto dei suoi due amici. Che si erano conosciuti quando erano stati abbandonati insieme nell'oceano. Che uno degli ex compagni di squadra di Kevlar aveva pianificato di uccidere Remi. Sminuì il suo ruolo nel fallimento del piano; si sentiva ancora molto in colpa per non aver trovato un modo per fermare quello stronzo prima che la mettesse in quella buca nel terreno.

«Quello che intendo» disse con una piccola risatina, «è che adesso lo voglio. Quello che hanno loro. Pensavo che il rapporto che avevano creato fosse un caso isolato. Un caso fortuito. Ma poi Safe ha incontrato Wren.»

Passò i dieci minuti successivi a spiegare come un altro suo compagno di squadra aveva trovato la sua anima gemella.

«È là fuori» sussurrò. «Non conosco il suo nome, la sua storia o dove si trovi, ma spero e prego che un giorno, quando ci incroceremo, la riconoscerò... e che in qualche modo riuscirò a farle vedere che dietro all'aspetto stoico e noioso che mostro al mondo, c'è l'uomo che la adorerà per il resto della vita.»

Era una cosa davvero smielata da dire. Di certo melodrammatica. Ma Blink voleva ciò di cui suo padre era stato privato. Crescere due ragazzini non era stato facile, e lui e Tate non si erano resi conto di quanto fossero stati un deterrente per qualsiasi donna avesse voluto avere una relazione con il loro padre.

Un verso basso lo portò a voltarsi e a guardare di nuovo la donna; aveva alzato la testa e lo stava fissando. Mentre aspettava che succedesse qualcosa, lei emise di nuovo quel verso. Era un incrocio tra un gemito e un ringhio. Per qualche motivo, gli fece rizzare i peli sulla nuca.

Non aveva idea di cosa stesse cercando di comunicare, ma il fatto che *avesse* emesso un suono gli sembrò una cosa estremamente importante.

«Bene, sto continuando a parlare a vanvera» le disse. «Che tu ci creda o no, io sono un tipo tranquillo. Quello che non dice nulla a meno che non ci sia bisogno di farlo. E invece eccomi qui, a blaterare. Probabilmente tu sei laggiù a chiederti perché diavolo ti sei ritrovata con un compagno di cella che non vuole chiudere il becco.»

Emise un altro verso con la gola. E la vide scuotere la testa.

«No?» le chiese, sentendosi euforico. Stava interagendo con lui! Non si limitava a fissarlo con quegli enormi occhi azzurri feriti. Avrebbe voluto alzarsi a sedere, lanciare i pugni in aria ed esclamare *sì*! Ma decise che probabilmente l'avrebbe spaventata a morte. E anche se non fosse stato incatenato, non pensava di poter riuscire a muovere il braccio sopra la testa. Faceva un male cane.

«Quindi ti piace sentirmi parlare di banalità?»

Blink attese pazientemente, e fu ricompensato dal suo mento che si abbassò lievemente.

Fece un sorriso enorme che gli provocò una fitta dolorosa sul labbro spaccato. «Bene. Allora, di cos'altro vuoi che ti parli? Della mia affascinante routine mattutina? Del fatto che uso solo acqua fredda per lavare gli indumenti perché mio padre una volta mi ha messo in guardia dal lavaggio in acqua calda dicendo che avrebbe fatto restringere le maglie, e da allora ho il terrore che tutti i miei vestiti escano della taglia di un bambino?»

Avrebbe potuto giurare di aver visto le labbra della donna contrarsi, ma era abbastanza buio e non poteva proprio esserne sicuro. Tuttavia, sorrise di nuovo e girò la testa in modo da fissare di nuovo il soffitto. «C'è stata una volta che mio padre ha deciso di portare me e Tate in vacanza. Non aveva in mente una meta, si è limitato a mettere in valigia un po' di indumenti e qualche snack, ci ha caricati in macchina e siamo partiti. Quelle due settimane sono tra i ricordi più belli della mia vita.»

Blink parlò finché la sua voce non diventò roca. Gli faceva male la gola, avrebbe fatto qualsiasi cosa per bere un po' d'acqua, ma non si fermò. Parlare della sua famiglia, di cose che erano il più possibile lontane da quella cella maleodorante, lo aiutava a continuare a rimanere distaccato, a non pensare ai suoi dolori.

Quando finì di condividere un ricordo sulla prima ragazza che aveva baciato in quarta elementare, Blink si voltò a guardare la donna. Aveva gli occhi chiusi e sembrava che stesse dormendo.

Alcuni uomini sarebbero stati infastiditi se la donna che stavano cercando di intrattenere si fosse addormentata mentre parlavano, ma sentire i suoi respiri profondi in quel posto altrimenti silenzioso, a lui sembrò una vittoria. Ovviamente sapeva che prima o poi una persona doveva dormire. Nessun essere umano poteva restare sveglio per sempre. Ma sapere che l'ultima cosa che lei aveva sentito prima di appisolarsi era stata la sua voce e non il silenzio opprimente della prigione o le grida rabbiose dei loro rapitori, lo fece sentire bene.

Era una parola un po' banale per descrivere il senso di soddisfazione che stava provando, ma la testa gli faceva male, così come la maggior parte del corpo, e al momento non gli veniva in mente un termine migliore.

Chiuse gli occhi, e percepì il distinto gocciolio dell'acqua provenire da qualche parte, il basso mormorio delle voci degli uomini dall'altra parte della porta in fondo al breve corridoio che portava alle loro celle, e i lunghi, lenti e profondi respiri della donna incarcerata accanto a lui.

# CAPITOLO TRE

«Buongiorno!» disse una voce dura maschile.

Josie si svegliò di soprassalto, ma non si mosse dalla sua posizione. Aprì gli occhi e vide Nate venire tirato in piedi da tre uomini nella cella accanto alla sua. Era il terzo giorno che lui si trovava lì, ed era stato quotidianamente trascinato fuori per poi essere riportato dentro ore dopo, picchiato e insanguinato.

Ma quel giorno fu diverso. C'era un uomo che parlava inglese, e invece di portare via Nate per torturarlo, qualcuno mise una sedia al centro della cella, lo costrinsero a sedersi e poi iniziarono a picchiarlo proprio lì.

Josie avrebbe voluto chiudere gli occhi, non vedere nulla, ma per qualche motivo non riuscì a distogliere lo sguardo da ciò che stava accadendo. Il tizio cominciò a interrogare Nate in inglese, voleva che gli dicesse esattamente cosa sapeva il governo americano della sua organizzazione e quali altri gruppi gli Stati Uniti stavano prendendo di mira.

Ma lui non rispose, si limitò a incassare tutto ciò che quell'uomo e i suoi tirapiedi gli infliggevano.

L'aguzzino che parlava inglese, chiaramente un leader di qualche fazione, diventava sempre più frustrato. Alla fine tirò un calcio al fianco di Nate, che cadde a terra come un sacco di patate. Ora era rivolto verso di lei, e vedere il sangue colargli dal naso e dai numerosi tagli sul corpo le fece emettere un ringhio.

Avrebbe voluto gridare, implorare quegli uomini di fermarsi, di lasciarlo in pace. Ma tutto ciò che riuscì a fare fu quel ringhio profondo e carico di odio.

Il leader dei terroristi non si voltò nemmeno a guardarla. Incombeva su Nate, fissandolo con uno sguardo così terrificante, così carico di terribili promesse, da farle accapponare la pelle. Quello non era un uomo da sfidare, e Nate lo aveva fatto semplicemente rimanendo in silenzio.

«È tutto quello che sai fare?» borbottò lui dalla sua posizione vulnerabile sul pavimento.

«Pensi di essere un duro? Un soldato americano grande e grosso? Vedremo come ti sentirai domani quando inaspriremo le nostre tecniche per farti parlare.»

«Waterboarding? Oh, bene, l'annegamento simulato. *Ho un po' di sete*» lo provocò. «Sembra che la tua gente si sia dimenticata di portarmi del cibo. Ho imparato ad apprezzare l'acqua di Damavand. È prodotta proprio qui in Iran, giusto? Deliziosa.»

Josie poté vedere le labbra del leader contorcersi in

un'espressione furiosa. Avrebbe voluto dire a Nate di non inimicarsi quell'uomo. Per essere uno che sosteneva di non parlare molto, al momento non riusciva a tenere la bocca chiusa.

«Vuoi essere sottoposto al waterboarding? Possiamo accontentarti» disse, poi tirò indietro la gamba e mirò con lo scarpone alla sua testa.

A quello, Josie sibilò. Non riuscì trattenersi. Ma, fortunatamente, Nate si scansò all'ultimo secondo e lo scarpone gli sfiorò solo la tempia.

Il tizio disse qualcosa nella sua lingua agli altri uomini, e uscirono tutti dalla cella portando con loro la sedia, lasciandolo disteso lì a terra. Le sue mani erano ancora ammanettate e attaccate alle caviglie, e sembrava... a pezzi.

Per la prima volta da settimane, dai primi giorni della sua prigionia, sulle guance di Josie scesero delle lacrime.

All'ultimo momento, un attimo prima di lasciare la stanza, il leader si girò e la guardò. Lei si irrigidì. Il fatto che qualcuno si accorgesse della sua presenza era qualcosa che desiderava e allo stesso tempo temeva.

Chiese qualcosa a uno degli altri uomini indicandola con il pollice, il quale rispose con un'alzata di spalle. Il leader abbaiò quello che sembrava un ordine, poi lei rimase di nuovo da sola con Nate.

Rabbrividì, non le era piaciuto lo sguardo che le aveva rivolto quell'uomo prima di andarsene, e si asciugò le guance con le dita. Probabilmente si stava spalmando il sudiciume delle mani sul viso, ma che importanza aveva?

Era così sporca che non pensava nemmeno più al suo aspetto.

Guardò Nate e vide che non si era mosso. Era ancora sdraiato su un fianco, e ogni respiro che faceva sembrava difficoltoso e doloroso.

Aprì la bocca per pronunciare il suo nome, per chiedergli se stava bene, ma non le uscì nulla. Sarebbe stata comunque una cosa stupida; era *ovvio* che non stesse bene. Josie non aveva idea di cosa fare. Ma la verità era che non poteva fare nulla per aiutarlo. Erano entrambi in un mare di guai, lo sapeva fin nel midollo.

Ma poi le venne in mente qualcosa che *poteva* aiutarlo.

Si girò e guardò la tazza d'acqua nell'angolo della cella. Nate doveva essere terribilmente disidratato. Assetato. L'aveva detto anche al leader. Nessuno gli aveva portato acqua o cibo da quando era arrivato. Ed era stato picchiato ogni giorno.

Anche lei aveva la bocca secca, e le labbra screpolate che sanguinavano per la mancanza di idratazione, ma lui stava peggio.

Muovendosi con cautela, Josie raccolse la sua preziosa tazza e si spostò lentamente lungo il pavimento. Era la prima volta, da quando era arrivato Nate, che si allontanava dal muro che considerava il suo posto sicuro. Ma lui stava soffrendo. Aveva bisogno di acqua più di lei.

Doveva averla sentita muoversi, perché aprì gli occhi e la guardò spostarsi verso di lui.

«Sto bene» farfugliò. «È stata una passeggiata. Quegli stronzi colpiscono come delle ragazze. Aspetta, sono stato scorretto, conosco alcune donne che picchiano piuttosto forte. Non mi spezzeranno, se sei preoccupata di questo.»

Josie non distolse lo sguardo dal suo mentre si avvicinava alle sbarre che separavano le loro celle. Posò con cautela la tazza d'acqua quasi piena sul pavimento e la spinse verso di lui, che era disteso a circa un metro di distanza,

Nate si acciglò. «Cos'è, Spirit?»

Aveva iniziato a chiamarla così il giorno precedente perché, da quello che sosteneva, anche se era chiaro che lei avesse passato l'inferno, nei suoi occhi poteva vedere il suo spirito brillare, rifiutarsi di arrendersi. Aveva detto che doveva chiamarla in *qualche modo*, e dato che non conosceva il suo nome, quello avrebbe funzionato finché lei non si fosse sentita abbastanza sicura da condividere quello vero.

Ma non si trattava di sentirsi sicura o meno, era che non riusciva letteralmente a parlare. Per qualche motivo, ogni volta che apriva la bocca non usciva alcun suono. Probabilmente uno psicologo avrebbe passato una giornata intera per analizzarla e trovare tutte le ragioni per cui non riusciva a trovare la voce, ma al momento non importava. Nulla contava se non assicurarsi che quell'uomo vivesse. E per farlo aveva bisogno di acqua. E lei poteva dargliela.

Gli indicò con la testa la tazza, ma Nate non la guardò nemmeno, aveva lo sguardo fisso sul suo viso.

Le parlò di nuovo, e fu a malapena un sussurro. «Stanno arrivando, Spirit. Non ci vorrà molto, dobbiamo solo resistere finché non saranno qui.»

Josie lo guardò a bocca aperta, sorpresa dalle sue

parole... e dall'improvvisa rabbia che suscitarono in lei. Come osava alimentare le sue speranze! Affermare che una misteriosa squadra di soccorso sarebbe piombata lì e li avrebbe portati via.

Aggrottando le sopracciglia, indicò con impazienza la tazza d'acqua. Ma lo sguardo di Nate non lasciò il suo.

«Sono un SEAL» le disse. «Posso sopportare qualsiasi cosa mi infliggeranno. È solo questione di tempo.»

Non voleva più ascoltarlo. Si chinò in avanti, infilò una mano tra le sbarre e spinse più in là la tazza. Quando lui continuò a non distogliere lo sguardo, lei ringhiò, poi si sdraiò sul pavimento per spingerla il più possibile vicino a lui.

Solo quando fu praticamente sotto il suo naso, Nate finalmente abbassò gli occhi, e sollevò le sopracciglia. «Acqua?» le chiese, come se non credesse a ciò che stava vedendo.

Josie annuì, ma lui non se ne accorse perché stava fissando la tazza. Nate si leccò le labbra, e probabilmente fu un gesto inconsapevole, poi tornò a guardare lei.

«Dove l'hai presa?» sussurrò, quasi impressionato. Gli indicò l'angolo della cella. Era possibile che lui non potesse vedere l'acqua che gocciolava, ma annuì lo stesso. Poi le disse: «Non posso prenderla. Ne hai bisogno.»

Josie buttò fuori un respiro esasperato.

«Riesco a sentire la tua irritazione nei miei confronti anche in quel piccolo suono. Non posso comunque prendere la tua acqua» insistette.

Ma lei aveva chiuso con il suo atteggiamento da

martire. Voleva dirgli che aveva bevuto la sua solita dose un paio di giorni prima, che avrebbe potuto resistere un altro giorno o due senza bere. *Lui*, invece, non poteva. Aveva bisogno di idratarsi per rimanere forte.

Ma tutto ciò che uscì fu un piccolo sibilo.

Nate le sorrise, e ciò la infastidì. «Assomigli a un gattino irritato.»

Josie arricciò il naso.

«Scusa, forse non è il modo migliore per descriverti se voglio esserti amico. Sei assolutamente sicura?» le chiese, senza prendere la tazza.

Lei annuì.

«Grazie» disse semplicemente, facendo del suo meglio per mettersi a sedere, poi la prese con entrambe le mani. Incatenato in quel modo era quasi impossibile muoversi, ma riuscì a portare la tazza alla bocca. Josie lo osservò chiudere gli occhi quando l'acqua toccò le sue labbra. Non la trangugiò come si era aspettata facesse, come aveva fatto *lei* la prima volta che era riuscita a raccoglierne abbastanza da poterla bere. Invece, la assaporò, trattando ogni sorso come se fosse stato oro puro.

Quando la finì tutta, rimise a terra la tazza e la fece scivolare verso di lei. Poi la fissò con quel suo sguardo azzurro intenso. «Non lo dimenticherò mai» disse solennemente. «Non mi è sfuggito che nemmeno a te è stato dato qualcosa da bere o da mangiare da quando sono qui. Il fatto che tu mi abbia dato l'acqua di cui hai disperatamente bisogno...» La sua voce s'incrinò, e fece un respiro profondo, trasalendo. «Ahi» scherzò. «Devo ricordarmi di non farlo più.»

«Hai condiviso la tua acqua con me» continuò con quel tono basso e serio. «Non mi era mai capitato che qualcuno facesse qualcosa di così altruistico per me.»

Josie avrebbe voluto dirgli che non era una cosa così importante, ma in fondo sapeva che lo era. Avrebbe sofferto a causa della sua buona azione. Ma quell'uomo stava soffrendo di più. Almeno non era lei la destinataria dell'ira dei loro rapitori.

Allungò la mano tra le sbarre e riprese la tazza, poi si spostò rapidamente al suo posto contro il muro. La riposizionò con cura sotto il gocciolamento, e il primo rumore metallico del liquido che ne colpiva il fondo la tranquillizzò. Per lei quello era il suono della vita. Letteralmente.

Gemendo, Nate scivolò sul pavimento e si sdraiò sulla schiena. «Cazzo» mormorò.

Josie non poté fare a meno di sorridere. Quella era stata la prima parola che gli aveva sentito dire, e stranamente ne aveva avuta nostalgia. Era stupido, ma d'altra parte quella non era una situazione normale.

Nate ricominciò a parlare, e lei avrebbe voluto dirgli di stare zitto, di risparmiare le forze, ma non poteva negare che la sua voce la tranquillizzava. La faceva sentire meno sola. Le dava ancora quella temuta speranza. Anche se sperare era pericoloso per una donna nella sua situazione. Una nullità. Dimenticata, gettata via a marcire.

Avere Nate lì, che condivideva la sua misera esistenza,

anche se solo per pochi giorni, era un dono che non si era aspettata, e che pensava di non meritare.

Se c'era qualcosa che poteva fare per aiutarlo, lo avrebbe fatto. Senza riserve. Il suo corpo si stava debilitando sempre di più; sapeva bene che non poteva restare senza cibo a tempo indefinito. L'acqua la teneva in vita, ma alla fine i suoi organi avrebbero ceduto. Un giorno, i rapitori sarebbero entrati e avrebbero trovato il suo cadavere in decomposizione. Era un pensiero morboso, ma ormai nulla la turbava più.

Ma prima di morire, se ne avesse avuto l'opportunità, avrebbe fatto il possibile per aiutare Nate.

———

Blink era scioccato. Quello che aveva appena sperimentato era stato qualcosa di... onorevole. Spirit stava lentamente morendo di fame, era evidente, eppure, aveva rinunciato all'unica cosa che aveva per restare in vita. Per darla a *lui*.

Aveva cercato di dirle che presto sarebbero stati salvati, ma aveva capito che le sue parole l'avevano solo turbata. Lui ci credeva ancora, fin dentro l'anima, che sarebbero arrivati i rinforzi. Ormai era trascorso il tempo necessario a riuscire mettere a punto un piano per una missione di salvataggio. Ne aveva fatte più di una durante il suo periodo da SEAL, da sapere come funzionavano le cose.

Aveva ancora sete, ma quella tazza d'acqua gli aveva dato una nuova vita. Poteva letteralmente sentire le sue cellule assorbire il liquido. Sarebbe stato bene per un altro paio di giorni, ma il fatto che lei avesse rinunciato a qualcosa di cui aveva disperatamente bisogno, lo aveva toccato nel profondo come non era mai successo prima.

Mentre era steso lì, a contemplare quanto fosse stato grande il suo sacrificio, Blink sentì un rumore completamente fuori posto in quella situazione.

Si sforzò di raddrizzarsi a sedere, e fissò la parete da cui proveniva.

Rimase sbalordito da ciò che vide. Per la maggior parte delle persone sarebbe sembrato un tentacolo alieno o qualcosa di altrettanto strano, ma lui sapeva esattamente di cosa si trattava.

Fece un gran sorriso, e agitò le mani verso l'aggeggio come un perfetto idiota.

Scomparve in un istante, ma Blink non si allarmò.

Pochi secondi più tardi, un piccolo auricolare nero fu infilato nel buco e cadde sul pavimento. Sopprimendo un gemito, Blink scivolò sul sedere, avvicinandosi al muro. Vi si appoggiò contro, prese l'auricolare e se lo infilò nell'orecchio.

«Ehi, Blink! Come stai?»

«Flash? Sei tu?» chiese, con la voce così bassa da essere quasi un sussurro. Ma non aveva dubbi che il suo compagno di squadra lo avrebbe sentito. La tecnologia del ricevitore radio era eccellente.

«Sì, sono io» lo rassicurò. «Non hai ancora finito la tua piccola vacanza? Vuoi un passaggio a casa?»

«Sì, cazzo» rispose, travolto dal sollievo.

«Giusto. Ho visto i gioielli che indossi e per prima cosa

dovremo toglierli, ma faremo un buco nella tua cella, tireremo fuori il tuo culo da lì e poi ce ne andremo nella notte. La gente da queste parti è in agitazione, quindi cercheremo di farlo nel modo più silenzioso possibile. Ti ho procurato un bel travestimento, e con un po' di fortuna riusciremo a trovare una fermata del taxi senza essere notati» disse ironicamente.

Blink aggrottò la fronte, e il suo sguardo andò subito alla donna nella cella accanto. «Ho un'amica» informò Flash.

Ci fu un attimo di silenzio. «Merda. Va bene. Dove?»

«Tre metri alla mia destra.»

Non fu sorpreso quando la telecamera a fibre ottiche all'estremità del fibroscopio ritornò attraverso il piccolo foro e venne puntata verso l'altra cella.

«Informazioni?» domandò Flash.

«Non molte. Piccola, sotto il metro e mezzo. Non ha scarpe né vestiti adeguati. Non la lascio qui.»

«Ricevuto. Questo cambia i piani. Puoi resistere ancora qualche ora?»

Blink avrebbe resistito tutto il tempo necessario, purché venisse salvata anche Spirit. «Sì.» Non avrebbe pensato alle torture che i suoi rapitori avevano in serbo per lui. Avrebbe sopportato qualsiasi cosa gli avrebbero inflitto, se ciò avesse significato uscire da quell'inferno.

«Va bene, torneremo. Stai pronto.»

«Sono nato pronto» disse Blink al suo compagno di squadra.

Ci fu una pausa, poi Flash sbuffò. «Sei sicuro di essere Blink? Sei troppo loquace.»

«Portateci via da qui. Saremo pronti.»

«Ricevuto.»

Poi la telecamera sparì di nuovo attraverso il buco, facendogli capire che il suo amico se n'era andato. Guardò la donna.

E proprio come pensava, aveva gli occhi aperti e lo stava fissando dal suo posto contro il muro. Provando dolori indicibili, Blink si spostò verso le sbarre che separavano le loro celle e parlò in tono basso e uniforme. «Era la mia squadra. Torneranno domani per tirarci fuori. Non conosco ancora il piano, ma dovremo solo eseguire i loro ordini. Pensi di poter camminare?»

I suoi occhi seri lo fissarono, ma non rispose. Non si mosse. Pensava che non respirasse nemmeno.

«Non c'è problema se non ce la fai. Sei piccola, posso portarti tranquillamente in braccio.»

Alla fine si mosse, sollevò il piede come per mostrarglielo.

Blink era felice che cercasse di comunicare. Anche se non diceva una parola, era sorprendentemente facile avere una "conversazione" con lei. «La mia squadra si occuperà delle scarpe e dei vestiti per entrambi.»

Lei spostò lo sguardo verso la porta della prigione, poi tornò a fissarlo.

«Stanno elaborando un nuovo piano, ma qualunque sia, funzionerà. Mi fido ciecamente di loro, Spirit.»

Lei aggrottò la fronte e guardò ancora una volta la

porta, poi di nuovo lui. Chiuse la mano a pugno e lo fece oscillare in aria.

«Oh, loro? Non c'è problema. Non mi uccideranno. Sono troppo prezioso.»

Lei ringhiò, come per obiettare.

«Mi hai sentito parlare con il mio compagno di squadra?» le chiese.

Annuì.

«Avrei potuto andarmene stanotte, erano pronti ad attuare il loro piano, ma non lo farò senza di te. Posso sopportare qualsiasi cosa quello stronzo voglia farmi, ma quello che *non* potrei sopportare è sapere che tu sei ancora qui mentre io sono libero. Non succederà, Spirit. Quindi domani affronterò qualsiasi cosa abbiano in serbo per me e poi ce ne andremo da questo posto. Ok?»

Si limitò a continuare a fissarlo, i suoi occhi erano enormi nel piccolo viso.

«Bene. Ho bisogno che tu tenga questo» le disse, togliendosi il piccolo ricevitore dall'orecchio. «Non posso averlo addosso quando verranno a picchiarmi. Lo troverebbero, e allora saremmo *davvero* in un mare di guai. Infilalo nell'orecchio e se senti la mia squadra parlare, fammelo sapere. Mi rendo conto che non puoi rispondere, ma se lo tocchi, sentiranno e sapranno che li ascoltiamo anche se non possiamo parlare.»

La donna non si mosse. Il suo sguardo passò da lui all'auricolare che aveva in mano, ma non fece alcun tentativo di avvicinarsi.

Blink sospirò, avrebbe voluto poterla toccare, anche

solo una volta. Rassicurarla sul fatto che sarebbero stati davvero salvati da quella prigione. Ma non aveva idea di ciò che lei aveva passato. Era possibile che non volesse essere assolutamente toccata da nessuno.

Il pensiero che quella minuscola donna fosse alla mercé degli stronzi che lo avevano torturato negli ultimi giorni, gli fece vedere rosso, ma si costrinse a restare calmo. Lei aveva bisogno che lui mantenesse il controllo, non che fosse fuori di testa per la rabbia.

Si allungò come poté tra le sbarre e posò a terra il piccolo ricevitore che sembrava un tappo per le orecchie. Lei non poteva capire quanto gli fosse difficile rinunciare al collegamento con la sua squadra. Per un SEAL, la comunicazione era tutto. Essere all'oscuro del piano gli faceva accapponare la pelle, ma non poteva farci niente. Se i suoi rapitori avessero scoperto il dispositivo, sarebbe stato bello che morto. E sarebbe stato uno schifo venire ucciso proprio prima di essere salvato.

Blink si allontanò dalle sbarre e si sdraiò di nuovo sulla schiena. La posizione tolse un po' di pressione dalle costole doloranti. Non sapeva quanto tempo avesse prima che quegli stronzi tornassero a torturarlo. Ma sarebbe stato pronto. Non aveva scelta.

# CAPITOLO QUATTRO

JOSIE FISSÒ il piccolo dispositivo nero per quelle che le sembrarono ore. Nate non si era più mosso dopo essersi sdraiato, e alla fine lei si decise ad attraversare la cella per prenderlo. Poi tornò al suo posto contro il muro.

Guardando quello che sembrava un AirPod, ma più piccolo, i ricordi la travolsero, quasi dolorosi nella loro intensità. Il fatto di aver usato una cosa del genere durante il viaggio in aereo verso il Kuwait. La musica che aveva ascoltato. Quanto era stata ingenua e spensierata, non immaginando l'inferno che l'attendeva.

Chiuse saldamente la porta ai suoi ricordi e si mise il dispositivo all'orecchio. Non sentì nulla. Niente scariche elettrostatiche. Nessuno che parlava. Niente.

Guardò Nate mordendosi il labbro, e pensò a ciò che aveva fatto. I suoi uomini erano andati lì per salvarlo. Avrebbe potuto essere fuori da ore. Invece era rimasto. A causa *sua*. Pensare al suo comportamento le fece provare una stretta al petto; anche sapendo che probabilmente sarebbe stato sottoposto al maledetto waterboarding, aveva detto al suo amico, compagno di squadra o quello che era, di tornare più tardi, quando avrebbero avuto un piano per far uscire anche lei.

Era travolgente. Incredibile.

Voleva credere davvero che *stessero* per salvarli. Ma visto il modo in cui era andata la sua vita negli ultimi tempi, faceva ancora fatica a capacitarsi di come fossero cambiate le cose rispetto alla noia e al terrore che aveva sperimentato per chissà quanto tempo.

Per la prima volta dopo settimane, si concesse di pensare che forse sarebbe riuscita a uscire da quel posto. Probabilmente sarebbe morta durante la fuga, ma se proprio doveva morire lì, preferiva succedesse mentre faceva tutto il possibile per sfuggire alle persone che l'avevano rinchiusa in quella cella, piuttosto che arrendersi e svanire nell'oscurità senza che nessuno scoprisse dove fosse finita.

Non che a casa ci fossero molte persone che si sarebbero preoccupate di denunciare la sua scomparsa. Forse il tizio per cui lavorava si sarebbe chiesto perché non si era fatta vedere dopo le vacanze. Ma probabilmente pensava che avesse deciso di licenziarsi. Inoltre, lei non aveva detto a nessuno dove sarebbe andata, perché non aveva amici a cui era abbastanza legata o a cui avrebbe potuto interessare davvero.

Se qualcuno avesse indagato, avrebbe visto che aveva

usato il passaporto per entrare nel Kuwait, ma cosa poteva fare un agente di polizia statunitense? Niente. Qualcuno avrebbe dovuto parlare con le autorità kuwaitiane, che probabilmente non si sarebbero preoccupate troppo di una donna americana sparita nel nulla.

Ma l'esercito *doveva* essersi accorto della scomparsa di Ayden, doveva aver fatto un'indagine, e magari avevano scoperto di lei. D'altra parte, però, dopo il suo arrivo non avevano frequentato nessuno dei suoi colleghi militari. Era stato un altro campanello d'allarme che aveva ignorato.

Cercando di non rimproverarsi per le decisioni prese in passato, che ora non poteva cambiare, Josie si concentrò sul presente. Non c'era molta acqua nella tazza dopo averla data a Nate, ma la prese e buttò giù quel poco liquido che si era accumulato. Aveva bisogno di tutto l'aiuto possibile se si aspettavano che corresse una volta fuori dalla cella.

Ma come diavolo avrebbero fatto a uscire? Non aveva idea di come sarebbe andata la fuga. Gli amici di Nate sarebbero entrati dalla porta vestiti come i loro rapitori? Avrebbero fatto irruzione sparando? Come avrebbero sbloccato le porte delle celle?

Aveva tante domande e nessuna risposta, così fece ciò che aveva fatto nelle ultime settimane per cercare di rimanere sana di mente. Chiuse gli occhi e si ritirò nel profondo di sé stessa. Era più facile essere insensibili e non pensare a nulla, piuttosto che riflettere su tutte le cose orribili che erano già accadute e che sarebbero potute succedere in futuro.

Quando si svegliò di soprassalto, Josie non aveva idea di

quanto tempo fosse passato, ma si rese conto che nella cella di Nate c'erano di nuovo degli uomini. Non avevano portato una sedia, ma c'era un tizio che gli teneva i piedi bloccati contro il pavimento, mentre altri due gli tenevano le braccia.

C'era anche quello che parlava inglese. «Volevi dell'acqua?» gli chiese con un ghigno malvagio. «Te la daremo.»

Un quarto uomo si inginocchiò accanto alla testa di Nate e gli coprì il viso con un asciugamano sudicio, premendolo con forza, poi il leader procedette a versarvi sopra un secchio d'acqua.

Josie non aveva mai visto nessuno essere sottoposto a quella tortura prima d'ora. Non sapeva nemmeno come si facesse a usare quella tecnica su qualcuno, ma ora lo stava imparando bene.

Continuarono così per quella che sembrò un'eternità. Poteva sentire Nate ansimare sotto l'asciugamano bagnato, mentre vi versavano l'acqua sopra più e più volte. Si stava accumulando sul pavimento di cemento sotto di lui, e arrivò anche nella sua cella.

Dentro di sé Josie stava urlando per l'orrore. Nate stava annegando proprio davanti ai suoi occhi e lei non poteva fare un bel niente! Avrebbe potuto attirare l'attenzione su di sé in qualche modo, ma a cosa sarebbe servito? Sapeva d'istinto che sarebbe stato inutile. Quegli uomini si stavano divertendo troppo per lasciare che qualcosa li fermasse.

E non gli facevano nemmeno domande. Lo stavano semplicemente torturando per il gusto di farlo. E il fatto che lui si fosse messo volontariamente in quella situazione era ciò che la faceva soffrire di più. Avrebbe potuto essere fuggito da tempo, eppure era rimasto, sapendo di dover subire quella tortura.

Era più di quanto lei potesse sopportare. Chiuse gli occhi, sentendosi vigliacca, e fece del suo meglio per bloccare la vista e i suoni della sofferenza di Nate.

Alla fine, *finalmente*, gli uomini si stancarono di tormentare il loro prigioniero. Il tizio che parlava inglese gli tolse l'asciugamano dal viso, guardandolo con un ghigno. «Ne hai avuto abbastanza?» gli chiese.

«Sì» replicò lui con voce roca.

La sua risposta sembrò piacergli enormemente.

«Forse tra qualche ora risponderai alle nostre domande. Altrimenti...» Scrollò le spalle. «Potremmo divertirci ancora un po'. Mi chiedo quanto dureresti.»

Nate rimase in silenzio, e per lei fu un sollievo. Aveva l'impressione che volesse insultarlo. Dirgli di darci dentro. Ma non disse una parola, si limitò a guardare il suo aguzzino.

L'uomo che lei pensava fosse il leader rise, poi fece cenno ai suoi scagnozzi di seguirlo fuori.

All'ultimo momento, prima che chiudessero la porta della cella, Nate disse: «Grazie per l'acqua. Ne avevo bisogno.»

Il tizio si girò con un'aria furiosa. Si avvicinò di nuovo a lui e cominciò a prenderlo a calci. Il suo piede entrò in contatto più e più volte con il corpo di Nate, che si rannicchiò per cercare di proteggersi la testa, ma che non poté comunque evitare di essere colpito in tutte le altre parti.

Il suo sangue si mescolò all'acqua sul pavimento, facendola diventare di un disgustoso colore rosa.

«Americani del cazzo!» disse l'uomo, poi gli sputò addosso si voltò e chiuse con rabbia la porta della cella. Prima di andarsene, disse a Nate: «Credo che la prossima volta inizieremo con lei. Vediamo quanto riuscirai a resistere quando urlerà.».

Josie rabbrividì quando metabolizzò le sue parole e la porta della prigione si chiuse con un colpo secco.

«Non ascoltarlo» farfugliò Nate. «Non ti toccherà. Ti do la mia parola.»

Non ne era così sicura. Se quel tizio fosse tornato, non avrebbe potuto fare nulla dall'altra cella, ma le sue parole la fecero comunque sentire un po' meglio.

«Qualcosa dalla mia squadra?» le chiese, indicandosi l'orecchio.

Rimase per un attimo confusa, poi capì che voleva sapere se aveva sentito qualcosa attraverso l'auricolare. Così scosse la testa.

«Ok. Dammi un po' di tempo per recuperare e mi riprenderò il ricevitore. Non ci vorrà molto, capito, Spirit? Saremo fuori da qui a bere un drink rosa con l'ombrellino prima che tu te ne accorga.»

Josie non sorrise. Non ce la faceva. Lui poteva anche sdrammatizzare l'accaduto, ma lei aveva sentito il suo respiro affannoso, aveva visto il panico nei suoi occhi quando gli era stato tolto l'asciugamano dal viso. Nate aveva sperimentato qualcosa di orribile... per *lei*.

Muovendosi prima di rendersene conto, si avvicinò alle

sbarre che separavano le loro celle. Tese la mano verso di lui, senza sapere bene cosa stesse facendo o chiedendogli.

Incredibilmente, Nate si spostò lentamente lungo la pozza d'acqua. Con suo grande stupore, quando fu abbastanza vicino, posò la guancia sulla sua mano aperta. La sua barba era sorprendentemente morbida contro il palmo.

Fece un lungo sospiro che sembrò penetrare in lei, afferrarle il cuore e stringerlo forte.

Era ovvio che stesse soffrendo, ma ebbe l'impressione che il suo tocco gli alleviasse un po' quel dolore. Rimasero così per diversi minuti, con la guancia di Nate appoggiata alla sua mano, connessi come esseri umani in una situazione che cercava di risucchiare ogni grammo della loro umanità.

Poi lui sollevò la testa e la trafisse con uno sguardo spietato. «Ce ne andremo, Spirit. Non permetterò mai che ti tocchino, nemmeno con un dito. Farei qualsiasi cosa per assicurarmi che non accada, ma non dovrò fare nulla, perché Flash, Smiley, Kevlar e gli altri arriveranno presto. Ora starò sdraiato qui e cercherò di recuperare le forze, ma sarò pronto quando verranno a salvarci. Costi quel che costi, ce ne andremo da qui. Insieme.»

Non poteva sapere l'effetto che le fecero quelle parole. La sua rassicurazione. La sua protezione. La sua assoluta certezza che sarebbero riusciti a fuggire. La vulnerabilità nell'ammettere la propria debolezza in quel momento.

Quell'uomo le aveva sconvolto la vita, e ciò la diceva lunga visto che era già abbastanza incasinata.

*Ok.*

La sua bocca si era mossa per pronunciare quella parola, ma non era uscito alcun suono.

«Ok» replicò lui, come se lei avesse parlato ad alta voce.

Poi allungò le mani ammanettate verso di lei, le appoggiò sul pavimento di cemento, a pochi centimetri dalle sbarre, chiuse gli occhi e cercò di riprendersi dalla tortura appena subita in modo da essere pronto per qualsiasi cosa i suoi amici avrebbero fatto per tirarli fuori.

Josie fissò le sue dita. Un paio erano piegate in modo strano e aveva le unghie sporche come le sue. Fu quello, più di ogni altra cosa, a darle il coraggio di allungare di nuovo la mano tra le sbarre e metterla su una delle sue. La pelle di Nate era calda, mentre la sua era fredda. Vide le sue dita contrarsi, ma non la afferrò. Non si mosse affatto. Tranne che per le labbra; mentre stava steso sul pavimento della sua cella si erano sollevate in un piccolo sorriso.

Ora che aveva trovato il coraggio di toccarlo, Josie non voleva più lasciarlo andare. Si sdraiò anche lei, tenendo la mano sopra la sua, cercando di fargli capire senza parole quanto la sua presenza significasse per lei.

# CAPITOLO CINQUE

Blink sentiva male ovunque. Ma era la sensazione di annegare che lo rendeva incapace di dormire. Il waterboarding era orribile, inutile negarlo. Razionalmente, sapeva che non stava annegando, ma l'asciugamano bagnato sul viso era stato sufficiente a dargli la sensazione di non riuscire a respirare, di essere sott'acqua. Aveva fatto un addestramento intensivo per quella tecnica di tortura, ma ciò non significava che non fosse stata un'esperienza terribile.

Ora era sdraiato molto scomodamente, ma erano le piccole dita fredde avvolte intorno alla sua mano a tenerlo immobile sul pavimento. Non si sarebbe mosso finché non fosse stato necessario. Toccarlo era stato un passo *enorme* per quella donna, e lo sapevano entrambi.

Ed era la prova che il giorno precedente aveva preso la decisione giusta.

Probabilmente Flash e il resto della squadra avrebbero potuto escogitare un nuovo piano al volo, ma le probabilità di successo si sarebbero ridotte drasticamente; era stata la cosa migliore quella di riorganizzarsi per tornare pronti a salvare due prigionieri di guerra invece di uno. Si sarebbe sottoposto ad altre dieci sessioni di waterboarding se ciò avesse portato a far fuggire entrambi.

Il pensiero che lei dovesse sperimentare anche solo due secondi di quello che lui era stato addestrato a sopportare, gli faceva venire voglia di uccidere a mani nude lo stronzo che l'aveva minacciata. Avrebbe fatto tutto il necessario per tenerla al sicuro.

All'improvviso, lei staccò di colpo la mano dalla sua, colpendo le sbarre talmente forte da farlo trasalire. Lo fissò a occhi spalancati e si toccò l'orecchio.

«Ah, sono qui?» le chiese.

Lei annuì, fu un cenno molto più deciso di quelli che gli aveva rivolto fino a quel momento. Invece di aprire la mano per farsi dare l'auricolare, Blink si avvicinò alle sbarre e inclinò la testa. «Puoi mettermelo nell'orecchio? Quello stronzo mi ha rotto il braccio con uno dei suoi calci.»

Non era esattamente una bugia. Il braccio *aveva* qualcosa che non andava, ma lui voleva sentire di nuovo il suo tocco, rafforzare quel poco di fiducia che gli aveva dimostrato.

Lei esitò, poi allungò la mano.

Le sue dita gli sfiorarono il lobo, e a Blink venne la pelle d'oca sulla nuca. Non tentennò, non indugiò, gli inserì delicatamente l'auricolare nell'orecchio e indietreggiò.

«... tra dieci minuti. Ricevuto, Blink?»

«No, scusa. Ripeti» disse a Preacher.

«Il piano è di rimuovere, silenziosamente e con cautela, alcuni blocchi di cemento dalla tua attuale dimora. Ti tireremo fuori da lì e li rimetteremo a posto, così sembrerà che tu sia scomparso nel nulla. Saremo da te tra dieci minuti.»

«E la mia amica?» chiese.

«Useremo lo stesso metodo, alla stessa ora» rispose Preacher.

«Per lei basterà rimuovere la metà dei mattoni» disse Blink.

«Lo sappiamo. L'abbiamo vista tutti. Abbiamo trovato dei burqa da farvi indossare. Non sono l'ideale, me ne rendo conto, ma non potete andare in giro con la roba che avete addosso senza attirare l'attenzione. La situazione è ancora estremamente tesa qui fuori. Nessuno è contento di quello che è successo.»

Era un eufemismo. Lui e la squadra SEAL con cui era andato in quella missione avevano eliminato due uomini di potere della zona. Uomini che da tempo erano leader terroristici. Ma non poteva pensarci in quel momento. «Scarpe?»

«Sandali. Ho tirato a indovinare il suo numero.»

Annuì. Sentì gli occhi della donna su di lui e alzò lo sguardo. «Saremo pronti» disse a Preacher.

«Ricevuto. Chiudo.»

Blink fece un respiro, poi disse rapidamente: «È il momento. La mia squadra sta per togliere alcuni blocchi di cemento delle nostre celle. Usciremo da quella parte.

Hanno dei burqa da farci indossare. Poi ce ne andremo a piedi.»

La vide deglutire e poi annuire. Quella donna aveva più coraggio nel suo dito mignolo di quanto ne avevano molti uomini con cui aveva lavorato nella sua carriera di SEAL.

«Possiamo farcela.»

Lei annuì di nuovo.

Non per la prima volta, Blink desiderò che volesse o potesse parlare con lui. Che gli facesse tutte le domande che vedeva vorticare nel suo sguardo, ma per il momento era sufficiente che non si facesse prendere dal panico.

Il rumore di qualcosa che raschiava il muro sembrò forte nella stanza altrimenti silenziosa, e Blink fece una smorfia, pregando che gli uomini dall'altra parte della porta non sentissero.

La donna si alzò lentamente e si avvicinò alla tazza posata sotto il gocciolamento dell'acqua che l'aveva letteralmente tenuta in vita. La raccolse, guardò dentro e poi si voltò verso di lui.

La sollevò, come per chiedergli se voleva quella che si era accumulata.

Sentì una fitta al petto, e non perché era stato picchiato in continuazione. Scosse la testa. «Bevila tu, Spirit. Le cose stanno per diventare molto intense. Rimani calma e fai quello che io e la mia squadra ti diremo di fare non appena te lo chiederemo. Ok?»

Lei non annuì, si limitò a portarsi la tazza alle labbra, per poi abbassare il braccio lungo il fianco, tenendola in una presa ferrea. Vide le sue dita diventare bianche mentre la stringeva. Sarebbe stato più intelligente lasciarla lì, ma dato che era davvero viva grazie a quella, capiva il suo bisogno di portarla con sé.

Mentre la sua squadra lavorava per rimuovere un numero sufficiente di blocchi di cemento in modo che potessero strisciare fuori dalle loro celle, passarono circa due minuti. Finirono prima il buco in quella di Spirit, cosa che non lo sorprese dato che non serviva fosse troppo grande.

«Dille di uscire» disse Kevlar nell'auricolare.

«Vai» la incoraggiò Blink.

Ma lei non si mosse. Rimase dov'era, e non stava fissando il buco nella sua cella, la via verso la libertà, e nemmeno lui... ma i progressi che la sua squadra stava facendo su quello sul suo lato. Era difficile credere che non fosse fuggita alla prima occasione.

Invece, lo stava aspettando.

La sua determinazione aumentò.

Nessuno avrebbe più fatto del male a quella donna. Nel modo più assoluto.

«Penso che sia abbastanza grande. Porta qui fuori il tuo culo peloso» disse Safe attraverso il ricevitore radio.

«Pronta?» chiese Blink alla donna. «Insieme.»

Lei annuì, poi si spostò verso il buco. Con la coda dell'occhio la vide sdraiarsi, e la sua squadra la tirò fuori senza problemi. Per lui non fu altrettanto facile. Si sdraiò sulla schiena, dato che aveva ancora le mani ammanettate davanti, e dimenandosi riuscì a far spuntare la testa fuori. Poi dovette girarsi più volte di qua e di là, mentre Kevlar e MacGyver cercavano di far uscire le sue spalle.

Blink avrebbe voluto urlare per il dolore provocato dai mattoni ruvidi che gli raschiavano le numerose ferite che già aveva sul corpo, ma non fece nemmeno una smorfia quando alla fine lo tirarono fuori da quel buco infernale e lo trascinarono in piedi.

«Hai un aspetto orribile.»

«Wow, qualcuno si è divertito un po' troppo a risistemarti la faccia.»

«Meno male che la barba nasconde il tuo brutto muso.»

Ma Blink non stava ascoltando le battute per cui la sua squadra era nota, soprattutto in situazioni di stress. Aveva occhi solo per la donna che era stata la sua roccia. Che lo aveva tenuto calmo e gli aveva dato uno scopo in attesa del salvataggio.

Era in piedi nel vicolo accanto all'edificio dove erano stati trattenuti. Era tutta sporca, indossava un cazzo di *bikini* sotto a un copricostume marrone che un tempo probabilmente era di un bel colore pastello, e teneva quella dannata tazza come se la sua vita fosse dipesa da quello. Le sue dita dei piedi sembravano delicate e fragili in mezzo alla sporcizia e alla spazzatura che li circondava.

«Ecco, mettiti questo. Tu farai la mamma, lei la bambina e Kevlar il papà. Tieni la testa bassa e sii pronto a tutto» disse Safe, spingendo un mucchio di stoffa verso Blink, mentre Smiley lavorava per togliergli le manette dai polsi e dalle caviglie.

Riuscì a capire come indossare il burqa e vide

MacGyver aiutare la donna a metterlo. La rete che gli copriva il viso rendeva difficile vedere chiaramente, ma i ragazzi del team sarebbero stati i suoi occhi.

«Fate tutti molta attenzione» disse Kevlar attraverso la radio. «Non siamo ancora fuori da qui. Andiamocene alla svelta, ci stanno aspettando.»

Senza pensarci, Blink fece un passo verso la donna. Non riusciva più a vedere i suoi occhi, e per qualche motivo ciò lo infastidì.

«Resta un passo dietro di me, Blink» gli disse il suo leader. «E tieni la donna. Sembra che possa volare via con una folata di vento.»

Non si sbagliava. Allungò una mano, e rimase sorpreso quando lei vi si aggrappò con una forza sorprendente.

«Se hai problemi a camminare, fammelo sapere. Ti porterò io. È tutto sotto controllo, Spirit.»

Lo stupì sentire le sue dita stringersi attorno alla mano, come in risposta alle sue parole. Ancora una volta, lo impressionò quanto fosse coraggiosa. Non stava piangendo. Non si stava lamentando per i sandali che, come notò, erano evidentemente troppo grandi. Stava facendo quello che doveva per sopravvivere.

Ma non ebbe tempo di pensarci troppo, perché iniziarono a muoversi velocemente e, con suo grande dispiacere, era *lui* ad avere problemi a camminare. Ondeggiava avanti e indietro come se fosse stato ubriaco. Le conseguenze delle percosse ricevute cominciavano a farsi sentire.

La donna gli si avvicinò, e gli strinse la mano ancora più forte, come se potesse tenerlo su con la sola forza di volontà. Funzionò. Averla così vicina lo aiutò a stabilizzare il passo.

Avevano percorso solo pochi isolati quando sentirono delle forti grida provenire da quello successivo.

«Merda! Sbrighiamoci!» esclamò Safe.

E a quello, una scarica di adrenalina lo travolse; non sentì più il dolore delle ferite, non si sentì più debole.

«Andiamo a nord per cinque isolati e poi a ovest verso il mare. Ci sono tre barche che ci aspettano» gli disse Kevlar, sollevando l'arma pronto a usarla alla minima provocazione.

Blink non ebbe bisogno di spiegare a Spirit che c'erano problemi. Il suo corpo era teso, inoltre, poteva sentire le grida quanto lui.

«Piano» mormorò.

Sapendo che se avessero corso avrebbero dato nell'occhio, Blink si mise dietro a Kevlar, mentre si dirigevano il più velocemente possibile verso il punto di estrazione. Uscire dalla città sarebbe stato dannatamente pericoloso.

Non appena ebbe quel pensiero, sentì dei rapidi spari risuonare nelle strade intorno a loro.

«*Cazzo*. Riuscite a correre?» chiese Kevlar.

Spirit annuì, e fu tutto ciò che Blink ebbe bisogno di vedere.

Non sarebbero morti lì. Ogni passo faceva un male cane, le scarpe che gli aveva procurato la sua squadra non erano adatte per correre, e quelle di Spirit ancora peggio. Ma se non fossero saliti su una di quelle barche, le condizioni dei piedi sarebbero state l'ultima delle loro preoccupazioni. E il solo fatto di raggiungere le imbarcazioni non garantiva che sarebbero riusciti a lasciare il Paese. Finché non fossero usciti dalle acque iraniane, la possibilità di essere catturati di nuovo era alta.

Alle loro spalle risuonarono delle grida... erano pericolosamente vicine.

Non ce l'avrebbero fatta a raggiungere le barche.

Fu pervaso dalla frustrazione e dalla rabbia. Aveva promesso a Spirit che l'avrebbe tirata fuori da lì e non sarebbe stato in grado di mantenere la promessa.

All'improvviso, lei gli strattonò forte la mano.

Quasi cadde, la guardò attraverso la rete del burqa e vide che indicava una casa. C'era una donna alla porta e faceva freneticamente loro cenno di avvicinarsi.

«Kevlar. Casa!» sibilò Blink, facendo sapere al suo leader cosa aveva individuato Spirit.

L'istinto gli diceva di proseguire, di raggiungere le barche. Ma il frastuono che facevano gli uomini che perlustravano le strade era sempre più forte. Da un momento all'altro avrebbero girato l'angolo e li avrebbero visti.

Kevlar annuì, e corsero verso l'abitazione.

Avevano appena chiuso la porta quando sentirono il rumore degli scarponi passare. La donna che li aveva invitati a entrare si portò un dito alle labbra. Blink non aveva idea se sapesse che lui era un uomo e che Spirit non era una bambina, ma non aveva intenzione di far saltare la loro copertura.

La sentì tremare accanto a lui, e senza pensarci la attirò a sé. La sua testa gli arrivava a malapena alla spalla, e nonostante si trovassero in una situazione pericolosa, Blink sentì qualcosa stabilizzarsi nel profondo quando lei gli si appoggiò contro. Fu una sensazione che non aveva mai provato prima.

Lo sentì giusto, fu come essere tornato a casa.

Erano nel bel mezzo di una difficile missione di salvataggio, vulnerabili come non mai, eppure, tutto sembrava a posto nel suo mondo.

«Blink?»

Sobbalzò al suono della voce di Kevlar, e si voltò.

Il suo leader sembrava tranquillo, come se non stesse scappando per salvarsi la vita con due persone molto deboli che, a quel punto, erano di ostacolo alla sua sopravvivenza. Indicò l'auricolare che stavano usando per rimanere in contatto con gli altri, quello che lui aveva completamente ignorato perché era stato troppo impegnato a essere sbalordito dalla sua connessione con Spirit.

«Il team ha preso due barche. Dobbiamo raggiungere la terza. Il nostro contatto è ancora lì. Nel caso ci separassimo, è un motoscafo marrone. Sembra malandato, ma ha abbastanza potenza da poter distanziare chiunque potrebbe seguirci. Aspetterà finché non farà buio, se necessario. Il piano è di raggiungere la barca, e appena saremo usciti dalle acque iraniane, ci preleverà l'elicottero.»

Blink annuì, non gradendo il fatto che ci fosse la possibilità di non raggiungere l'imbarcazione. E non aveva nemmeno intenzione di chiedere a Kevlar cos'avesse intenzione di fare se fossero stati separati e lui e Spirit avessero preso la barca che li aspettava.

Come se lavorassero insieme da anni, e non da poco tempo, Kevlar disse: «Ce ne andremo da qui, Blink. Dobbiamo ancora fare una chiacchierata riguardo al fatto che sei sgattaiolato via nel cuore della notte senza di noi.»

Lui annuì. Si rese conto di respirare a fatica e che l'adrenalina gli scorreva ancora nelle vene. Erano così vicini a lasciare quel posto, ma rimaneva ancora da fare la parte più pericolosa. Dovevano raggiungere il mare e sperare che la barca e il tizio che la pilotava fossero all'altezza di quanto sosteneva Kevlar.

La donna che li aveva invitati a casa sua disse qualcosa in persiano, poi tirò il burqa di Spirit e indicò il retro dell'edificio.

Nessuno di loro aveva idea di cos'avesse detto, ma era evidente che voleva che la seguissero. Attraversarono la piccola abitazione fino a una porta sul retro. Lei la socchiuse e sbirciò fuori. Poi disse loro qualcos'altro e annuì, aprendola del tutto.

Blink avrebbe preferito aspettare ancora un po' per assicurarsi che i loro inseguitori pensassero che se n'erano andati, ma sembrava che sarebbero usciti subito. Fece un cenno alla donna che li aveva aiutati e tutti e tre andarono fuori.

«Stai andando bene, Spirit» le disse a bassa voce, non appena furono in strada. «Ancora un altro po'.»

Gli facevano male i piedi, le gambe, le dita e la schiena, ma nulla gli avrebbe impedito di raggiungere il mare. Pensò al resto del team, che era stato disposto ad andarlo a cercare. Ai suoi ex compagni di squadra, che erano morti o erano rimasti feriti combattendo contro i terroristi. E pensò alla donna che aveva rischiato la propria incolumità per nasconderli, senza sapere che erano americani; probabilmente aveva visto solo due genitori e un bambino spaventati e in procinto di trovarsi in mezzo a una situazione pericolosa. Blink non sapeva se la donna aveva pensato che fossero inseguiti, o semplicemente che si fossero trovati nel posto sbagliato al momento sbagliato, ma la sua gentilezza aveva dato loro un'altra possibilità di tornare a casa. Gliene sarebbe stato grato per sempre.

Quella era la particolarità della guerra. Delle missioni che svolgeva. Anche se si trovavano in un paese ostile, c'erano sempre degli innocenti, dei civili che semplicemente vivevano la loro vita. Non erano terroristi agguerriti, non volevano uccidere o essere uccisi. Stavano solo cercando di sopravvivere a qualsiasi situazione la vita avesse riservato loro. Donne, bambini e uomini che amavano e volevano essere amati. Che avevano obiettivi e aspirazioni. Che non erano d'accordo con altri che erano disposti a uccidere per il potere. La donna che aveva permesso loro di usare la sua casa come rifugio temporaneo, era uno di quei civili.

Blink non sapeva esattamente dove stessero andando, ma si fidava di Kevlar, e percepì l'odore del mare mentre il suo leader li guidava verso la loro destinazione. Non ci volle molto per raggiungere il molo, ma c'era molto movimento di uomini che urlavano e indicavano il golfo.

Scrutando le barche, Blink individuò quella che doveva essere il loro mezzo di fuga. Un uomo era seduto su un motoscafo marrone; Kevlar aveva avuto ragione, dava l'impressione che sarebbe affondato se avesse cercato di muoverlo. Invece di sembrare preoccupato per il trambusto intorno a lui, l'uomo stava lì tranquillo. Non stava armeggiando con gli attrezzi da pesca, si limitava a stare seduto con una mano sulla leva di comando.

Ma se quello *non* fosse stato il loro contatto e la loro via d'uscita, e loro fossero saliti sulla sua barca, sarebbero stati fottuti.

Kevlar si fermò con la schiena appiattita contro il muro di un edificio non lontano dal molo, e Blink lo imitò, notando che non dovette dare istruzioni a Spirit di mettersi tra loro. Lei seguì il suo esempio senza fare domande e senza esitare.

«Vedete quella barca?» chiese il suo leader, indicando proprio quella che aveva già individuato.

Spirit annuì, e contemporaneamente lui disse in modo conciso: «Sì.»

«È la nostra.»

Spirit alzò subito lo sguardo su Blink e scosse la testa.

Avrebbe voluto vedere meglio i suoi occhi, ma entrambi avevano il burqa, quindi non era possibile. «È tutto ok» le disse.

Invece di annuire, lei scosse di nuovo la testa.

Non capiva il motivo della sua esitazione. Aveva bisogno che lei fosse d'accordo. Avrebbe potuto portarla in braccio, ma avrebbe attirato l'attenzione su di loro, attenzione che non volevano e di cui non avevano bisogno. Le strinse la mano in modo rassicurante, rendendosi conto ancora una volta di quanto fosse piccola e fragile.

Non aspettò che Kevlar spiegasse perché la loro unica opzione a quel punto era salire su quella barca. Spirit guardava *lui* per essere rassicurata. «Gli elicotteri non possono entrare nello spazio aereo iraniano senza provocare un grave incidente internazionale. Nel deserto possono riuscire a intrufolarsi, far scendere le forze speciali e poi sgattaiolare via, ma entrare in città non è possibile. Dobbiamo uscire dal Paese per farci venire a prendere. Kevlar mi ha assicurato che la barca può portarci nel punto in cui ci verrà a prendere l'elicottero. Mi fido ciecamente di lui tanto da affidargli la mia vita e, cosa più importante, da affidargli la *tua*. Possiamo farcela, Spirit. Accidenti, rispetto a quello che abbiamo già passato questo è facile.»

Non aveva idea se avesse recepito ciò che le aveva detto. Lo stava fissando e sembrava non respirasse nemmeno.

Poi lo sconvolse accasciandosi contro di lui, sbattendo la fronte sul suo petto. Lo avvolse con le braccia stringendolo così forte da farlo trasalire per la pressione che esercitava sulle sue costole ammaccate.

Ma non esitò a ricambiare l'abbraccio. Lei tremava, chiaramente spaventata a morte. Non sapeva perché... ma cominciava a pensare che fosse a causa della barca.

«È questo che ti è successo? È così che sei finita qui? Eri su una barca?» le chiese con dolcezza.

Annuì contro il suo petto, e gli si spezzò il cuore per lei.

Per quanto amasse che si appoggiasse a lui – era un

protettore, dopotutto – sapeva che non potevano rimanere lì per sempre. Qualcuno li avrebbe notati.

Si tirò indietro, ma non la lasciò andare. «Non tornerai in quella cella. Ti do la mia parola di Navy SEAL e di uomo. Ce ne andremo tutti da qui. E quando arriveremo alla portaerei, dove il resto dei miei compagni di squadra ci sta aspettando, mi assicurerò che tu abbia l'hamburger più grande e succoso che riuscirò a trovare. Con tutte le aggiunte che vuoi. Oh, ma se sei vegetariana, che va bene, eh, non c'è niente di male, ti preparerò invece la più grande insalata che tu abbia mai visto, con ogni verdura conosciuta all'uomo.»

Lei emise un suono che, se non si sbagliava, fu una specie di risata.

Poi, finalmente, annuì. Fu un piccolo movimento della testa, ma lui lo vide. Continuava a impressionarlo.

«Bene, allora, andiamo a prendere il nostro passaggio. Sarà un viaggio turbolento. E veloce. Ma dobbiamo solo tenere la testa bassa e andrà tutto bene.» Blink stava parlando a vanvera. Aveva la sensazione che sarebbe stato terribile. Non aveva idea se i loro inseguitori – perché non dubitava che li avrebbero inseguiti – si sarebbero fermati una volta usciti dalle acque iraniane, ma il loro elicottero sarebbe stato lì. Su *quello* non aveva alcun dubbio.

Sentì qualcosa di duro contro il fianco e si rese conto che lei aveva ancora in mano la piccola tazza di metallo. «Ho delle tasche nei pantaloni. Se ti fidi di me, posso tenerla io. Così avrai le mani libere... per ogni evenienza.»

Blink non aveva realizzato quanto avesse desiderato che

lei si fidasse a dargli la sua preziosa tazza, finché non gliela porse. Era più piccola di quanto era sembrata quando erano nelle celle, ma quell'oggetto le aveva salvato la vita, e probabilmente anche a lui. Muovendosi rapidamente, la infilò in una delle tante tasche dei pantaloni. Di solito erano piene di ogni genere di cose, ma i suoi carcerieri gli avevano tolto tutto la prima volta che lo avevano pestato a sangue e gettato in cella.

«Va bene. Facciamolo» disse Kevlar.

Blink le porse la mano e, ancora una volta, quando strinse la sua piccolissima nella propria molto più grande, ebbe la sensazione che qualcosa nel suo mondo cambiasse. Le loro dita erano sporche, le sue erano insanguinate e piegate dalle torture subite, ma, in un certo senso, vedere le loro mani allacciate sembrò di buon auspicio.

C'erano dentro insieme.

# CAPITOLO SEI

A Josie veniva da vomitare. Era terrorizzata. Aveva sognato per settimane di uscire da quella cella, ma ora che ce l'aveva fatta, voleva tornare lì. Dove sapeva cosa aspettarsi, dove non doveva preoccuparsi di essere uccisa o braccata come un animale.

Ma... non era più sola. E ciò era meglio di quello che aveva sopportato durante la prigionia. Nate era straordinario, fisicamente e metaforicamente. Si era messo tra lei e il pericolo, l'aveva costantemente controllata e rassicurata. Non la trattava come se fosse un peso, cosa che sapeva di essere.

Mentre fuggivano, nel momento in cui avevano aumentato il passo, Josie aveva perso i sandali che i suoi amici le avevano dato, e camminare veloci su quelle strade era stato estremamente doloroso. Aveva avuto l'impressione di aver trovato ogni sassolino e pietra tagliente esistenti, ma dato che Nate era riuscito a resistere senza mostrare alcun segno della sofferenza che doveva aver provato, lo aveva fatto anche lei. Per niente al mondo lo avrebbe rallentato.

Ma scoprire che sarebbero fuggiti in barca la fece quasi crollare. Fu assalita dai ricordi... vedere Ayden venire ucciso, il suo corpo gettato in acqua con indifferenza, il panico e il terrore quando quegli uomini l'avevano afferrata e trascinata sulla loro imbarcazione.

Lei, Nate e Kevlar in mare sarebbero stati dei facili bersagli. Lo sapeva meglio di chiunque altro. Quando quegli uomini avevano sorpreso lei e Ayden non c'era stato nessun posto in cui nascondersi, nessuna possibilità di scappare. Sapeva nuotare, ma in mezzo al golfo, dove avrebbe potuto andare?

E ora doveva salire su un'altra barca. Più *piccola*. E sicuramente sarebbero stati inseguiti. Doveva rivivere il suo incubo peggiore.

Ma non aveva scelta. Nessuna. Nate aveva ragione; un elicottero non poteva andarli a prendere in quel porto.

Era in preda al terrore e stava respirando troppo velocemente, ma quando Nate le prese la mano e insieme al suo compagno SEAL si allontanarono dal riparo degli edifici, lei non ebbe altra scelta che seguirli. Le fischiavano le orecchie e le sembrava di vedere il mondo attraverso un lungo tunnel buio. Non aiutava il fatto che la rete sul viso le bloccasse la visione periferica. Qualcuno avrebbe potuto avvicinarsi a loro di soppiatto e non se ne sarebbero nemmeno accorti.

«Un passo alla volta» le disse sommessamente Nate.

Lei gli strinse la mano in segno di assenso, e la stretta delle sue dita in risposta la fece sentire meno sola. Meno spaventata.

Salirono sul molo che portava alla barca... e fu allora che si scatenò il finimondo.

Qualcuno dietro di loro urlò qualcosa, e Josie si mise a correre senza che Nate o Kevlar dovessero dirglielo. Si precipitarono verso il motoscafo marrone, e l'uomo seduto accanto al motore si alzò in piedi e agitò freneticamente le mani, incitandoli a sbrigarsi.

Felice che si trattasse dell'imbarcazione giusta e che non stessero per saltare dentro a quella di qualcuno che non sapeva cosa stesse succedendo, Josie corse più veloce, sentendosi quasi intorpidita per il sollievo. Nate la stava praticamente trascinando, dato che aveva le gambe più lunghe delle sue, ma non le lasciò mai la mano. Non le disse che era troppo lenta.

Quando la raggiunsero, l'uomo aveva già acceso il motore, e Josie non esitò, sollevò la gamba per saltare dentro, ma inciampò nell'ampia stoffa del burqa. Per fortuna, cadde proprio dove voleva andare... all'interno della barca, e la sentì oscillare quando salirono anche Nate e Kevlar.

Prima che potesse mettersi a sedere fu bloccata da un corpo sul fondo dell'imbarcazione, e il conducente partì come un fulmine.

«Tieniti forte!» urlò Nate sopra il rumore del potente motore.

Josie non riusciva a vedere, non riusciva a respirare,

tutto ciò che poteva fare era tenersi aggrappata come le aveva ordinato. Rimbalzava leggermente ogni volta che la barca superava un'onda, e non sentiva altro che il rombo penetrante del motore, mentre stava sdraiata a pancia in giù e cercava di non vomitare.

Dopo qualche minuto, Nate si sollevò e si allontanò da lei, ma Josie rimase dov'era. Il cuore le batteva forte e le sembrava di stare per avere un infarto. La barca non rallentava, anzi, sembrava che stesse accelerando ancora.

Con sua grande sorpresa, lui la girò e cominciò ad armeggiare per sfilarle il burqa dalla testa. Nel momento in cui glielo tolse, le sembrò di poter respirare di nuovo, anche se non erano affatto al sicuro.

«Ci stiamo riuscendo» le disse, le sue parole furono portate via dal vento. «Li stiamo distanziando!»

Guardò dietro di loro e vide tre barche che li stavano inseguendo, ma, con suo grande sollievo, non sembrava che stessero guadagnando terreno.

«Sei stata brava, Spirit.»

All'inizio non era convinta di gradire il soprannome che le aveva dato, ma stava cominciando a piacerle. Certo, avrebbe voluto potergli dire il suo vero nome, ma dato che la sua voce ancora non collaborava, al momento non era proprio possibile.

Kevlar portò una mano all'orecchio e armeggiò con il ricevitore, poi gridò per farsi sentire al di sopra del vento impetuoso: «Stiamo arrivando, ma abbiamo i nemici alle calcagna... ricevuto, saremo pronti... sarà bello anche per noi vedervi. Chiudo.» Guardò lei e poi Blink. «Cercate di resistere, ci siamo quasi.»

Josie deglutì a fatica e guardò davanti a sé. Vide solo il mare aperto, ma sapeva che da qualche parte, là in mezzo, c'era la zona "sicura". Dovevano solo arrivarci prima che gli uomini che li inseguivano li raggiungessero.

Vide l'elicottero prima ancora di sentirlo. Sembrava minuscolo in lontananza, ma man mano che si avvicinava diventava sempre più grande.

«Eccolo. La nostra via di fuga!» gridò Nate.

Le balzò alla mente un pensiero. Come diavolo avrebbero fatto a *salirci*? Non essendoci nessuno a pattugliare le acque, non era sicura che le persone che li inseguivano si sarebbero preoccupate di una linea di confine. Rimase a guardare con trepidazione, mentre si avvicinavano sempre di più all'elicottero.

Presto fu sopra di loro. L'enorme mezzo si inclinò a destra e girò in tondo, in modo da trovarsi e proseguire nella stessa direzione della loro barca, che continuava a viaggiare a rotta di collo, senza mai rallentare.

Sul lato dell'elicottero si aprì il portello e dall'apertura cadde una fune.

*Oh, accidenti, no!*

Josie non si sarebbe arrampicata su una cavolo di corda, mentre sfrecciavano a un milione di chilometri all'ora! Non era un'artista circense. Non poteva farlo!

Ma avrebbe dovuto sapere che Nate non le avrebbe mai chiesto una cosa del genere.

«Dobbiamo solo tenerci aggrappati» le disse all'orecchio. «Ci tireranno su con un verricello. Tieniti a me e sarai al sicuro, Spirit. Ti do la mia parola.»

Per qualche motivo, gli credette. Fino a quel momento non aveva infranto nessuna delle promesse che le aveva fatto. Era terrorizzata e spaventata a morte, ma, d'altronde, tutto quello che le era successo di recente era stato spaventoso e orribile. Perché quello avrebbe dovuto essere diverso?

Eppure, lo era. Lì non era sola. Ayden non era stato in grado di proteggerla; in realtà non ci aveva nemmeno provato. Era andato nel panico quando si era reso conto di ciò che aveva fatto, di averli portati per sbaglio nelle acque iraniane. Aveva persino cercato di incolpare *lei* quando gli uomini erano saliti a bordo. Naturalmente, non era servito a nulla, gli avevano sparato pochi secondi dopo che aveva tentato, senza successo, di sacrificarla per salvarsi la pelle.

Ma Nate? Lui non si era fatto prendere dal panico quando le cose si erano complicate qualche minuto dopo che erano stati liberati. Era rimasto calmo, imperturbabile, facendo di tutto per proteggerla mentre fuggivano.

Ora la stava fissando come se stesse aspettando il suo consenso per ciò che avrebbero dovuto fare. E quella fu un'altra cosa che le fece provare rispetto per quell'uomo. Non le imponeva nulla. Le faceva sembrare di avere voce in capitolo su ciò che accadeva. Non era così, ma apprezzava comunque lo sforzo.

Alla fine annuì.

«Bene. L'hamburger o l'insalata saranno presto nostri» le disse, poi sollevò lo sguardo verso la corda penzolante. Si alzò in piedi, e Josie fece del suo meglio per sostenergli le gambe. Era ridicolo, perché non aveva la forza necessaria a impedirgli di cadere a causa dei movimenti irregolari della barca. Tuttavia, il fatto di aiutarlo in qualche modo la fece sentire meno impotente. Per fortuna, mentre afferrava la corda, c'era Kevlar dall'altro lato a stabilizzarlo ulteriormente.

Con suo grande stupore, creò un cappio e se ne assicurò rapidamente una parte intorno ai fianchi. Poi le fece cenno di alzarsi. A quanto pareva, sarebbero saliti per primi. Che bello!

Josie si alzò... e ricadde sul sedere quando la barca superò un'onda piuttosto alta.

Nate si accigliò e le tese la mano. Lei la prese, e con il suo aiuto riuscì a mettersi in piedi contro di lui che, insieme Kevlar, le avvolse la corda intorno alla vita e poi sotto il sedere. «Salta su!» urlò contro il vento.

Lei non capì, e lo guardò con la fronte aggrottata.

Nate non ripeté, si limitò ad afferrarle il sedere e a sollevarla. Automaticamente, Josie gli avvolse le gambe intorno alla vita, incrociando le caviglie dietro la sua schiena.

«Tieniti forte!» urlò.

Fu allora che si rese conto che sarebbero saliti tutti e tre contemporaneamente, perché mentre Nate la stava aiutando a sistemarsi, Kevlar si era rapidamente legato la parte di corda rimanente che lei aveva pensato fosse solo in più; sarebbe stato appeso sotto a loro due.

Josie pregò per un attimo che la fune fosse abbastanza

resistente da sollevare tre corpi contemporaneamente, che non si rompesse e non li facesse precipitare tutti in acqua. Che qualsiasi congegno meccanico li avrebbe tirati su sarebbe stato in grado di funzionare con tutto il loro peso.

Ma all'improvviso il suo terrore si concentrò altrove, perché al di sopra della spalla di Nate, vide i diversi uomini che li stavano inseguendo puntare quelli che sembravano dei fucili super potenziati direttamente contro la loro imbarcazione.

Le uscì dalla gola una specie di squittio. Avrebbe voluto urlare a Nate di stare attento. Avvisarlo che rischiavano di essere colpiti, ma la sua voce non collaborò.

Sibilò quando sentì una pressione sul suo sedere, e all'improvviso cominciarono a salire a velocità sostenuta. Quando arrivarono a circa quattro metri di altezza, vide l'uomo che li aveva condotti alla libertà cadere sul fondo della barca.

Gli avevano sparato!

Fu pervasa dalla tristezza. Non aveva potuto dirgli nemmeno una parola e lui non aveva parlato con nessuno, ma aveva rischiato la vita per aiutarli a fuggire. E ora gli avevano *sparato* per colpa loro.

Chiuse gli occhi e nascose il viso nel collo di Nate. Strinse le gambe e le braccia intorno a lui e pregò che non la facesse cadere.

Girarono in tondo mentre l'elicottero si alzava in cielo e si allontanava dalle barche. I proiettili sfrecciavano intorno a loro. Josie si sentiva stordita e aprì gli occhi per cercare di ritrovare l'equilibrio, ma se ne pentì subito, perché scoprì di trovarsi molto più in alto rispetto al mare di quanto avesse previsto.

«Ci siamo quasi!» urlò Nate.

Alzò lo sguardo e vide i pattini dell'elicottero avvicinarsi a una velocità allarmante. Chiuse di nuovo gli occhi, non volendo vedere la collisione che stava per avvenire. Ma non accadde nulla.

Percepì la corda oscillare verso l'esterno e ciò le fece aprire gli occhi; un uomo dentro all'elicottero la stava maneggiando per evitare che andassero a sbattere contro i pattini. Lo faceva sembrare estremamente facile nonostante il loro peso... ma lei pensò che probabilmente aveva molta pratica nel tirare su le persone su un elicottero che volava a un milione di chilometri all'ora, sopra un oceano in tempesta e sotto il fuoco nemico.

Alzò gli occhi al cielo tra sé e sé. Era strano come reagiva il cervello per far fronte alle situazioni di stress.

Poi delle mani la toccarono e sentì qualcosa di duro sulla schiena. Furono strattonati all'interno, e guardò Kevlar arrampicarsi con una semplicità e un'efficienza data dall'esperienza.

«Via, via, via!» urlò qualcuno.

Prima di avere la possibilità di sentirsi sollevata che fossero tutti all'interno, il mezzo virò con violenza a sinistra, scaraventando lei e Nate dall'altro lato. Lui sbatté con la schiena contro la parete metallica e poi scivolarono in avanti.

«Cazzo!» imprecò, ma strinse le braccia intorno a lei,

senza lasciarla andare né cercare di rimuovere l'imbracatura che avvolgeva entrambi.

Il rumore era così forte che Josie riusciva a sentire solo Nate.

«Piano, fratello!»

Il copricostume che indossava da settimane scivolò verso l'alto quando, ancora una volta, l'elicottero si inclinò bruscamente su un lato. Sentì un bruciore dietro la coscia, ma prima ancora di poter percepire il dolore, all'interno risuonò un forte boato che fece sbandare il velivolo, e per un attimo Josie pensò che il motore si fosse fermato.

«Cazzo!» urlò Nate. Poi la guardò. «Siamo stati colpiti.»

Non recepì subito le sue parole, ma una volta comprese, il terrore che aveva provato prima – quando erano scappati dalla prigione, quando aveva visto la barca su cui avrebbero dovuto salire, quando erano stati inseguiti in mare aperto, quando penzolavano da un elicottero aggrappati a quello che le era sembrato un filo – si decuplicò.

«Abbiamo uno dei migliori piloti dell'esercito. Andrà tutto bene.»

Josie non aveva idea di come avrebbero potuto cavarsela se erano appena stati colpiti da un missile. Ora sentiva anche l'odore del fumo e quello pungente del carburante.

Nate riuscì a raddrizzarsi a sedere e, continuando a tenere le braccia intorno a lei, si spostò verso un sedile situato proprio dietro a uno dei piloti. Anche se l'elicottero zigzagava, chiaramente per evitare che gli uomini in barca lo colpissero ancora, lui riuscì a tirarsi su sul sedile, portandola con sé. Kevlar era in ginocchio, legato a un fianco dell'elicottero, con l'arma fuori dal portello ancora aperto.

Con sua sorpresa, Nate tirò una sorta di cintura di sicurezza intorno a entrambi, bloccandola in posizione. Le sue braccia le cingevano la schiena e lei aveva il viso premuto contro il suo collo. Era praticamente a cavalcioni sulle sue gambe, con l'inguine premuto contro il suo, senza che il copricostume e il bikini costituissero una barriera. Quella posizione avrebbe dovuto essere imbarazzante, ma il suo pensiero era di stare il più vicino possibile a lui.

Stavano per morire in un terribile incidente d'elicottero, ma se ciò non l'avesse uccisa, lo avrebbe fatto di sicuro l'acqua che avrebbe riempito l'abitacolo mentre affondavano nell'oceano.

Non voleva morire da sola, ma finché fosse rimasta aggrappata a Nate, almeno sarebbero morti insieme.

Quello fu il viaggio più lungo della sua vita. Poteva essere durato dieci minuti o un'ora, ma non ne aveva idea. Per qualche miracolo, non si schiantarono. Almeno non nell'oceano. Sentì vagamente Nate parlare, ma era così in preda alla paura che non riuscì a dare un senso alle sue parole.

Poi le sue braccia la strinsero così forte che le fu difficile respirare. Capì il motivo quando all'improvviso il rumore del motore cessò.

«Ci siamo. Tenetevi Forte!» urlò uno dei piloti.

Josie strinse gli occhi e fece come le era stato ordinato.

Le ultime cose che sentì furono un rumore scoppiettante e Nate dire: «*Cazzo!*» Poi il mondo si capovolse e qualcosa la colpì violentemente alla testa.

———

Blink si svegliò e sentì odore di bruciato. Tutto gli tornò alla mente di colpo. La folle corsa in barca, essere issato sull'elicottero, vedere suo fratello Tate ai comandi e poi il velivolo colpito da un RPG. Tate che imprecava mentre con il suo copilota lottava per rimanere in aria; lo aveva sentito dire qualcosa sul fatto di cadere in Iraq prima che il motore si spegnesse e piombassero giù.

Sentendo una pressione sul petto, Blink abbassò lo sguardo e vide Spirit accasciata contro di lui. Per fortuna era riuscito a sedersi con lei su uno dei sedili e a legarli, altrimenti probabilmente ora sarebbero entrambi morti. Però vide del sangue colarle su un lato della testa.

«Tate? Kevlar?» chiamò, preoccupato per il fratello, l'altro pilota e il suo leader.

«Sto bene!» disse Kevlar.

«Vivo!» rispose Tate. «Tu e la ragazza?»

«Idem» replicò. Sentiva dei piccoli sbuffi di fiato sul collo, quindi sapeva che Spirit stava respirando.

«Cazzo, amico, è stato intenso» borbottò il copilota.

Blink si osservò intorno e vide che erano ancora tutti seduti nella cabina di pilotaggio dell'elicottero MH-60 Black Hawk. Dietro di lui era tutto aperto. Alla sua destra mancava completamente il portello e sopra vedeva il cielo.

«È bello vederti, fratello» disse Tate, voltandosi con un

piccolo sorriso. «Ma forse sarebbe stato meglio incontrarci in un bar davanti a una birra o qualcosa del genere, no?»

Blink non riuscì a trattenere un sorriso. «Non puoi proprio fare a meno di trovarti nel bel mezzo di un casino, vero?» chiese al gemello.

«Ho sentito che avevi bisogno di un passaggio, chi sono io per rifiutare?»

«Casper, se hai finito con la tua rimpatriata fraterna, penso che dovremmo andarcene da qui. Abbiamo lasciato una traccia che i nemici da entrambi i lati del confine saranno in grado di seguire» affermò il copilota. «Dobbiamo sparire prima che arrivino.»

«Fratello, lui è Pyro, il mio copilota» disse Tate.

Blink fece un cenno all'altro uomo. «Lui è Kevlar, il leader del mio team» replicò, presentandolo ai piloti. «Dove siamo?»

«Sulle montagne tra l'Iraq e l'Iran. Ho cercato di portarci nel deserto, ma quell'RPG mi ha fottuto la virata. Questo è stato il massimo che sono riuscito a fare» spiegò il fratello.

«Ogni atterraggio da cui ti allontani a piedi è un atterraggio perfetto» sostenne Kevlar.

«Dillo a Laryn. Si incazzerà perché ho fatto schiantare il suo bambino.»

Blink lo guardò. «Laryn?»

«È una meccanica specializzata della portaerei che lavora a contratto per i Night Stalker, e si trovava in zona quando abbiamo saputo che avevi bisogno di un passaggio per lasciare l'Iran» rispose Pyro. «Siete stati fortunati che fossimo nei paraggi; la Marina ci aveva chiesto di unirci a loro a bordo... per una missione di cui non posso parlare, ovviamente. Laryn avverte sempre Casper che se riporta indietro questa bellezza anche solo con un graffio, ne risponderà a lei.»

Blink annuì, poi riportò la sua attenzione su Spirit, preoccupato. Non si era ancora mossa. Sganciò la cintura di sicurezza e sciolse rapidamente le corde che aveva usato per assicurarla a lui durante il viaggio in l'elicottero. Si spostò in avanti sul sedile. La cabina di pilotaggio era inclinata e si meravigliò ancora del fatto che fossero rimasti tutti vivi. Aveva sempre saputo che suo fratello era dannatamente bravo nel suo lavoro. Doveva, per essere un Night Stalker, uno dei migliori piloti di elicottero dell'esercito, ma in quella situazione lo aveva dimostrato ampiamente.

Kevlar lo aiutò a muoversi in modo che non dovesse lasciare andare Spirit, e ogni muscolo del suo corpo urlò mentre si spostava verso il bordo del mezzo e usciva con lei ancora accasciata tra le sue braccia. Si allontanò dal velivolo fumante e si inginocchiò.

«Spirit?» la chiamò, mentre la adagiava sul terreno roccioso.

«Chi è?» gli chiese Tate, accovacciandosi accanto a lui.

«Non ne ho idea» rispose. «Era nella cella accanto alla mia.» Lanciò una breve occhiata al suo gemello. «Guardala. È denutrita. È ancora viva solo grazie a una cazzo di perdita in un angolo della sua cella, dove raccoglieva l'acqua. E l'ha data a me. Aveva una piccola tazza di latta che si riempiva del tutto ogni due giorni. E dopo una sessione di tortura, ha dato quell'acqua preziosa a *me*. Non ha detto una sola parola. Non ho idea di come si chiami, da dove venga, o qualsiasi altra cosa... ma lei è *mia*.»

Pronunciò quelle parole con ferocia. Aveva detto cose che non avevano senso, ma non gli importava. Era totalmente impressionato da quella donna. Aveva fatto tutto ciò che le aveva chiesto e anche di più. Non aveva motivo di fidarsi di lui, eppure lo aveva fatto lo stesso. Era stata gettata via, dimenticata, e in qualche modo era sopravvissuta. Il suo spirito brillava ancora come il sole.

«Calma, Blink» disse Kevlar, mettendogli una mano sulla spalla.

Lui fece un respiro profondo. Essere emotivo e agitarsi non sarebbe servito a Spirit. Doveva rimanere calmo. Fare ciò che andava fatto.

Tate annuì. «Porta la tua donna laggiù, mentre io e Pyro facciamo le nostre cose. Poi prenderemo gli zaini di emergenza e ce ne andremo.»

«Vi aiuto» si offrì Kevlar senza esitare.

Blink avrebbe dovuto sapere che suo fratello non gli avrebbe detto che era ridicolo. Erano gemelli; lui lo conosceva meglio di chiunque altro.

«Tate» lo chiamò, quando lui cominciò ad allontanarsi.

«Sì?»

«Grazie.» Blink non sapeva per cosa lo stesse ringraziando. Per essere andato a prenderlo. Per aver fatto atterrare l'elicottero in panne. Per non avergli detto che era ridicolo a reclamare una donna di cui non conosceva nemmeno il nome.

Suo fratello non ebbe bisogno di chiarimenti. Si limitò ad annuire, poi riprese a camminare.

Blink si alzò e prese in braccio Spirit con cautela, portandola a una trentina di metri di distanza dal mezzo abbattuto. Tate, Pyro e Kevlar avevano un compito da svolgere. Dovevano smantellare l'elicottero per assicurarsi che nessuno fosse in grado di carpire dei segreti governativi. Avrebbero distrutto quello che potevano, e dato fuoco al resto.

In quel momento era più preoccupato del fatto che Spirit fosse ancora incosciente. La stese di nuovo a terra e ispezionò la ferita alla testa. Sanguinava poco, e quando le scostò i capelli fu sollevato di vedere che non aveva bisogno di punti.

Stava ispezionando con cura le braccia e le gambe quando sentì un formicolio sulla pelle. Sollevò lo sguardo sul suo viso, sorprendendosi che fosse sveglia e che lo stesse fissando.

«Ehi» le disse in tono calmo.

Come previsto, lei non rispose, continuò solo a fissarlo.

«Riesci a sederti?» le chiese.

Aspettò, ma quando lei non annuì né scosse la testa, decise di incoraggiarla a muoversi. La sollevò a sedere e lei finalmente distolse lo sguardo da lui e si guardò intorno. Spalancò gli occhi quando vide l'elicottero.

«Sì, è stato un atterraggio difficile» disse Blink, senza intonazione nella voce.

Lei emise un suono strozzato che pensò potesse essere una risatina, e si sentì al settimo cielo per essere riuscito a farla ridere. «A quanto pare mio fratello è un cazzo di mago.» Poi sospirò. «Bene, allora… la brutta notizia è che ci siamo schiantati, ma quella buona è che non siamo nell'oceano e non siamo più in Iran.»

Riportò lo sguardo su di lui e sollevò un sopracciglio. Fu il turno di Blink di ridacchiare. «Giusto, quindi siamo in Iraq. Ma non siamo più attivamente in guerra con loro, così non dovremo fare altro che una piccola passeggiata tra le montagne, e sono sicuro che Tex ci farà venire a prendere in men che non si dica.»

Spirit inclinò la testa come per chiedere di chi diavolo stesse parlando.

«Tex è un ex Navy SEAL la cui missione di vita è vegliare su quelli che sono abbastanza pazzi come noi da fare questo lavoro. Io ho un localizzatore nell'elastico dei boxer. È per quello che la mia squadra sapeva esattamente dove trovarmi e che l'elicottero ci ha individuati in mezzo all'oceano. Ci vorranno ancora un paio di giorni, ma *verranno* a prenderci.»

«Siamo quasi pronti a partire» disse Tate.

Blink guardò Spirit. «Quello è mio fratello, lo straordinario pilota di elicotteri. Siamo gemelli.»

Lei guardò Tate, poi lui, poi di nuovo il suo gemello. Arricciò il naso, poi scosse la testa.

«Che c'è? È così.»

Scosse di nuovo la testa.

Blink non poté fare a meno di sorridere. «Non credi che ci assomigliamo? Praticamente nessuno riesce a distinguere l'uno dall'altro» la informò.

Con sua sorpresa, Spirit indicò sé stessa.

«Tu sì?» le chiese.

Lei annuì.

Per qualche motivo, quella cosa gli piacque. No, *la amò*. Ma per quanto avrebbe voluto stare lì a chiacchierare con quella donna nel loro modo tutto particolare, dovevano muoversi.

«Bene. Ok... be'... lui è mio fratello. Si chiama Tate, ma il suo nome di battaglia è Casper. Quello è il suo copilota, Pyro. Devono distruggere l'elicottero prima di partire, quindi ci sarà un forte boato, e poi dovremo sbrigarci ad andarcene in modo che chiunque verrà a indagare non ci trovi qui.»

Non fu sorpreso quando Spirit si limitò ad annuire ancora una volta e poi cercò di alzarsi.

«Piano!» esclamò Blink quando lei barcollò. Nemmeno lui si sentiva molto stabile, ma non era che avessero la possibilità di scegliere se andarsene o starsene sdraiati lì a oziare.

Una volta stabilizzata, Blink si rese conto che era praticamente nuda. Sì, indossava ancora il bikini, ma il copricostume era strappato in diversi punti, e quando gli voltò le spalle, vide un brutto segno rosso dietro la sua coscia.

Era ferita, e vederlo gli fece venire la nausea. Era una cosa stupida di cui preoccuparsi, dato che *tutti* erano malconci a causa dell'incidente. Doveva solo essere grato che fossero vivi. Ma comunque, vedere quel segno sulla sua gamba gli fece capire quanto fosse fragile, nonostante la sua ferrea volontà. Fino a quel momento era stata una dura, e avrebbe dovuto continuare a esserlo... e lui lo odiava.

«Tate!» chiamò.

Il suo gemello si voltò.

«Mi servono dei vestiti.»

Senza dire una parola, suo fratello si avvicinò a loro di corsa e lasciò cadere un grosso zaino ai suoi piedi. «Non so cosa ci sia lì dentro» gli disse.

«Mi arrangerò. Grazie. Quanto tempo abbiamo?»

«Cinque minuti.»

«Ricevuto.»

Poi Tate tornò all'elicottero per aiutare Pyro e Kevlar a staccare fili e a sistemare gli esplosivi.

Blink aprì la cerniera dello zaino e cominciò a frugarvi dentro. Tirò fuori una maglietta marrone che i soldati dell'esercito indossavano sotto le loro uniformi. Sarebbe stata troppo grande per lei, ma non credeva che le sarebbe importato.

«Dobbiamo metterti qualcosa di più appropriato. Puoi toglierti quel copricostume?» Era una richiesta enorme e lo sapeva, così si piazzò tra lei e gli altri uomini, che non li stavano guardando, e in ogni caso non era che non l'avessero vista. Quel copricostume era praticamente inutile, ma lui sapeva che a quel punto era più che altro una sorta di protezione psicologica.

Lei incontrò il suo sguardo, poi si sfilò lentamente il pezzo di stoffa strappato e sporco dalle spalle e lo lasciò cadere a terra.

«Ecco, chinati un po'» le disse con calma. «Ti aiuto a mettere la maglia.»

Si inclinò in avanti e lui gliela infilò sulla testa. Le arrivava a metà delle cosce. Non gli era sfuggito come le sporgevano le costole e le ossa iliache, e che aveva la pancia incavata. Assomigliava alle foto che aveva visto dei prigionieri di guerra del Vietnam e della Seconda Guerra Mondiale. Gli dava la nausea pensare a quello che aveva sperimentato... e a quanti giorni le sarebbero rimasti da vivere se non fossero fuggiti. Ma il fatto che fosse ancora dritta in piedi, che perseverasse, lo impressionò moltissimo.

Tornò a frugare nello zaino del fratello prima di fare qualcosa di stupido... tipo mettersi in ginocchio e giurare di non farle mai più patire la fame. Il fatto era che lei *non era* sua. Per quanto ne sapeva, poteva avere una famiglia che l'aspettava negli Stati Uniti. Un marito. Forse dei figli. Lui la stava aiutando a fuggire e nient'altro.

Ma non sembrava che si trattasse solo di quello. Sentiva una connessione con lei che non aveva mai sperimentato prima. Avevano legato in quelle celle, e quando lei gli aveva dato la sua preziosa acqua, l'unica cosa che l'aveva tenuta in vita, aveva avuto la sensazione che gli avesse dato una piccola parte di sé.

Blink non era il tipo d'uomo che costringeva una donna a fare qualcosa, tanto meno a stare con lui. Era molto probabile che lei gli fosse grata per averla aiutata a fuggire. Forse avrebbe voluto anche tenersi in contatto per via della situazione che avevano vissuto insieme, ma non era sicuro che le sarebbe piaciuto l'uomo che lui era nel mondo reale. Uno che preferiva starsene in casa. Un introverso. Più propenso a stare in disparte e a guardare la vita che gli passava davanti, piuttosto che prenderne parte.

Tirò fuori dallo zaino un paio di pantaloni mimetici e si acciglìò. Le sarebbero stati larghissimi. Non aveva la possibilità di modificarli a sufficienza per farglieli indossare. Soprattutto prima di lasciare la zona.

«Cazzo» mormorò, e li rimise nello zaino. Tirò fuori un paio di calzini. Sì, quelli le potevano servire. Si voltò verso Spirit.

Lei lo stava fissando.

«Anche questi ti saranno grandi, ma non ci sono scarpe. Penso che se li facciamo doppi lo spessore dovrebbe proteggere i tuoi piedi abbastanza da permetterti di camminare. Ma se cominci a sentire male, fammelo sapere e ti trasporterò io.»

A quello si acciglìò.

«Lo so, lo so, non vuoi essere un peso. E non lo sei... capito?» le disse quasi con ferocia. «Sei stata *tutt'altro* che un peso. Siamo partner. Compagni di squadra. E i compagni di squadra si aiutano a vicenda.»

La vide deglutire con forza e poi annuire.

«Bene. Oh, e anche se *l'ultima* cosa che vorrei è vederti con la biancheria intima di mio fratello, penso che sia preferibile piuttosto che stare senza. Saranno come dei pantaloncini» le disse, tirando fuori un paio di boxer verde oliva.

Spirit alzò gli occhi al cielo e li prese con impazienza.

Anche quelli erano troppo grandi per lei, quasi le cadevano dai fianchi.

«Ecco, lascia che ti aiuti.» Aveva trovato un pezzo di paracord nello zaino e lo avvolse rapidamente intorno alla sua vita troppo magra. Poi ripiegò sulla corda la stoffa dei boxer in eccedenza, in modo che non le graffiasse la pelle. «A posto. Va bene così? Riesci a camminare decentemente?»

Spirit fece qualche passo in cerchio, poi annuì. Aveva un aspetto patetico e allo stesso tempo adorabile con quell'abbigliamento; la maglietta enorme, i boxer che spuntavano da sotto l'orlo e i calzini tirati fin sui polpacci. Non era sufficiente, neanche lontanamente, ma il fatto di averla coperta un po' lo faceva sentire meglio rispetto alla loro situazione.

Quando lui indossò gli anfibi di Tate gli sembrarono un peso morto. Si sentiva in colpa per il fatto di avere delle calzature robuste, mentre Spirit era con dei cazzo di calzini. Ma non c'era letteralmente nulla che potesse fare in quel momento. Sperava che Tex avesse già fatto il suo dovere e che i soccorsi sarebbero arrivati al più presto.

«Ok, siamo pronti. Copritevi le orecchie» gridò Pyro.

Blink, invece di coprire le proprie, si avvicinò a Spirit e coprì le sue.

E lei lo sconvolse... gli premette le sue piccole mani sulle orecchie.

L'esplosione fu molto più potente e rumorosa di quanto si fosse aspettato.

«È ora di andare!» urlò Tate, mentre correva verso di

loro con Pyro e Kevlar alle calcagna. «Quello sarà come un bersaglio per ogni terrorista o nemico nel raggio di chilometri. Faranno a gara per venire a vedere cosa riescono a trovare. Lei sta bene?»

«Sì» rispose Blink. «E ti sente benissimo. Non parlare di lei come se non ci fosse.»

«Scusa» disse subito. «Hai un nome?» le chiese.

Lei lo fissò senza dire una parola.

«Non parla» gli ricordò Blink. «Non con le parole.»

A suo merito, Tate si limitò ad annuire. «Capito. Per come la vedo io, dobbiamo andare verso sud-ovest. Assicuriamoci di non sconfinare accidentalmente in territorio iraniano. Immagino che entrambi ne abbiate avuto abbastanza della loro ospitalità.»

Blink sbuffò.

«Già, come pensavo. Non sarà facile, ma dovrebbero esserci molti posti dove rifugiarsi in caso di necessità. Questa parte dell'Iraq è abitata, ma possiamo evitare qualsiasi avamposto. Se avete bisogno di una pausa» disse Tate, guardando Spirit, «fatecelo sapere. Non è che dobbiamo correre verso un punto in particolare, ma solo continuare a muoverci e guardarci le spalle dal nemico. Il corpo diplomatico se ne occuperà in men che non si dica, e arriverà qualcuno a prelevarci.»

Blink annuì. Capiva cosa stava dicendo il fratello. Nessuno sarebbe stato contento degli eventi che si erano verificati. Un soldato americano fatto prigioniero, poi abbattuto mentre non si trovava nello spazio aereo iraniano, un elicottero dei Night Stalker precipitato in

Iraq. E ora, con membri sia dell'esercito sia della marina in pericolo, avrebbero fatto di tutto per riportarli a casa sani e salvi. Era solo questione di tempo prima che qualcuno andasse a prenderli.

Dovevano solo rimanere vivi fino ad allora.

Pyro li guidò mentre si allontanavano dal luogo dell'incidente. Ripensandoci, Blink scosse la testa incredulo; se fosse stato un gatto, aveva sicuramente usato alcune delle sue nove vite, ma sentiva di avere gli spiriti dei suoi ex compagni di squadra che vegliavano su di lui. E non aveva dubbi che il suo team attuale probabilmente stava già chiedendo il permesso di andarlo di nuovo a cercare.

Finché non si fossero imbattuti in gruppi di combattenti terroristi, che avrebbero ucciso volentieri degli americani che erano stati tanto stupidi da invadere il loro territorio, sarebbero stati a posto.

# CAPITOLO SETTE

A Josie sembrava di stare per morire. Si sentiva molto meglio con indosso la maglietta, i boxer e i calzini che le aveva dato Nate, ma comunque aveva l'impressione di essere ancora troppo nuda. E anche se lui le aveva fatto bere un'intera borraccia d'acqua, che lei aveva trangugiato finché non aveva sentito il liquido agitarsi nella pancia vuota, le sembrava ancora che ogni muscolo del suo corpo fosse sul punto di cedere.

Aveva anche sgranocchiato della carne secca, molto salata, che ora era come un fastidioso blocco nello stomaco, ma era comunque contenta di averla mangiata. Solo quel piccolo pezzo di cibo era stato più di quanto ne avesse avuto in pancia da settimane.

Ma doveva usare tutta la sua concentrazione per mettere un piede davanti all'altro. La zona che stavano attraversando era rocciosa e collinosa, ma, soprattutto, faceva *caldo*. Estremamente caldo. Sembrava che ogni goccia d'acqua bevuta le uscisse dai pori sotto forma di sudore.

Josie avrebbe voluto sedersi e rifiutarsi di muoversi di un altro centimetro. Voleva un vero paio di scarpe da trekking, quell'hamburger che Nate le aveva promesso e fare una doccia di un'ora. Ma dato che nessuna di quelle cose si sarebbe materializzata a breve, continuò a camminare. Nate era alle sue spalle, e lei teneva lo sguardo davanti a sé, sugli scarponi di suo fratello. Metteva i piedi dove li metteva lui, e faceva del suo meglio per nascondere la sua infelicità agli uomini, per evitare di essere un peso.

Quando Nate le aveva detto che Tate era il suo gemello, per un attimo era rimasta sorpresa. Ai suoi occhi erano completamente diversi. Oh, poteva vedere la somiglianza, le ovvie similarità nei tratti del viso. Probabilmente, quando erano più giovani, si erano divertiti a fare gli scherzi alla gente, l'uno fingendo di essere l'altro. Ma lei non aveva problemi a distinguerli, forse perché aveva passato tanto tempo a memorizzare i lineamenti di Nate.

I suoi occhi avevano una sfumatura dorata più intensa intorno alle pupille, rispetto a quelli del fratello. Le sue orecchie erano un po' più appuntite, i capelli un po' più lunghi e la barba decisamente più folta. Pensava che da rasati sarebbe stato più difficile distinguerli.

Ma non si trattava solo dell'aspetto. Con Nate si sentiva di essere... a casa. Era un pensiero ridicolo. Il loro era un incontro temporaneo. Stavano condividendo quell'intensa esperienza, e una volta al sicuro e negli Stati Uniti sarebbero tornati ognuno alla propria vita.

Il problema era che lei *non voleva* tornare alla sua vecchia vita. Dopo settimane di prigionia, non era più la stessa persona. Solo pochi giorni prima avrebbe detto di essere più spaventata. Insicura di sé. Più debole. Ma con Nate si sentiva *più forte*. Come se non fosse l'ombra della donna che era stata prima di prendere la decisione impulsiva di andare in Kuwait.

Onestamente, non sapeva più *chi* era.

E ciò la spaventava a morte.

Ma il pensiero di guardare Nate andarsene, la terrorizzava. Era stato la sua roccia. La sua salvezza. Supponeva di avere una sorta di legame psicologico con il suo salvatore, cosa che un terapeuta le avrebbe detto sarebbe svanita con il tempo. Ma Josie non la pensava così. Era attratta da lui in un modo che non aveva mai sperimentato prima. E non solo perché la proteggeva.

Quando Nate era sembrato sorpreso dal fatto che lei pensasse che non assomigliava al suo gemello, aveva desiderato ardentemente di potergli dire perché. Di spiegargli che c'era qualcosa in lui che rivendicava *qualcosa* nel profondo di lei. Che lo avrebbe riconosciuto in una stanza piena di uomini dai capelli rossi e con le lentiggini anche se fosse stata bendata.

«Presto dovrò fermarmi» disse Nate alle sue spalle.

Voltò la testa per guardare l'uomo a cui non riusciva a smettere di pensare. Non aveva un bell'aspetto. Sembrava messo male come lei. Era pallido, le lentiggini risaltavano più di prima, e zoppicava.

«Ricevuto. Pyro, trovaci un posto dove fermarci per la notte» ordinò Tate.

Josie si girò e si mise al suo fianco, circondandogli la vita con un braccio. Non sarebbe stata di grande aiuto se avesse ceduto all'improvviso, ma voleva che sapesse che era lì per lui, proprio come lui c'era stato per lei.

«Blink?» chiese Kevlar, avvicinandosi dall'altro lato. Era rimasto in coda al gruppo, sorvegliando da dietro.

«Sto bene» disse lui sommessamente. «Sono solo dolori.»

Josie strinse le labbra frustrata. Voleva dire a Kevlar e agli altri che Nate era stato torturato, che gli era stata versata dell'acqua sul viso ed era stato ripetutamente preso a calci e picchiato. Ma le sue stupide parole ancora non uscivano.

«Che cosa ti hanno fatto?» gli domandò il suo amico, mentre lo aiutava insieme a lei ad attraversare il terreno roccioso, sollevando polvere ad ogni passo.

«Cosa *non* hanno fatto» rispose.

«Dimmelo» gli ordinò Kevlar in modo burbero.

Josie percepì, più che sentire, Nate sospirare. «Bruciature, percosse, waterboarding... il solito.»

Tate aveva evidentemente ascoltato, smise di camminare e si voltò verso il fratello. «Mi stai prendendo per il culo?» chiese.

Nate scosse la testa.

«E non hai detto nulla?»

«Sarebbe servito a qualcosa?» ribatté.

La risposta la conoscevano tutti.

«Giusto. Fammi un resoconto di cosa ti fa male e dove» gli ordinò Kevlar, suonando come il leader che era.

Nate ridacchiò e Josie lo sentì fin dentro l'anima. «C'è qualcosa che non mi fa male? Ho bruciature sui polpacci, sulle caviglie e sulla parte superiore dei piedi. Delle costole che probabilmente sono incrinate. Lividi ovunque. Qualche dito rotto e credo di avere acqua nei polmoni. Ma sono vivo e in piedi, quindi sono a posto.»

«Cazzo. E lei?» La guardò. «Scusa. Tu, stai bene?» le chiese Tate.

La sua preoccupazione la sorprese, soprattutto dopo aver appena sentito cos'aveva passato suo fratello. Lei annuì, cercando di far capire che era a posto, che non era stata torturata.

«Non sta bene» ribatté Nate. «Ma anche lei è viva e in piedi. Dobbiamo solo riposare un po'. Mangiare qualcosa che non sia carne secca. Recuperare.»

«Ho trovato un posto!» gridò Pyro da qualche parte davanti a loro.

Ripresero a camminare senza dire altro; lei e Kevlar aiutando Nate, e Tate davanti a loro che ogni due o tre secondi li guardava per assicurarsi che suo fratello fosse ancora in piedi. Presto arrivarono a una piccola grotta, dove li aspettava l'altro pilota.

«Non ci sono impronte intorno e non c'è nulla all'interno. Sembra che nessuno l'abbia usata come riparo. Quindi è ok.»

«Sono d'accordo. Pyro, vedi se riesci a trovare della

legna per accendere un piccolo fuoco. Io sistemerò mio fratello e la sua amica. Poi avremo cibo in abbondanza per tutti» disse Tate.

«Ti aiuto, Pyro» si offrì Kevlar, e dopo aver lasciato giù gli zaini, i due si allontanarono dalla grotta senza dire una parola.

Josie li seguì con lo sguardo, preoccupata.

«Torneranno. Pyro non si perderà. Ha un ottimo senso dell'orientamento. È per questo che è un bravo pilota» la tranquillizzò Tate. «Ora, forza, vediamo di mettervi comodi.»

Pochi minuti più tardi, Josie era seduta su una coperta metallizzata scricchiolante recuperata da uno zaino, con Nate al suo fianco.

«Fammi vedere» ordinò Tate al fratello.

«Sto bene» insistette lui. «Preferisco mangiare qualcosa.»

«Non finché non mi mostri le tue cazzo di ferite» ringhiò il suo gemello.

Josie pensò per un attimo che i due uomini stessero per mettersi le mani addosso, ma alla fine Nate cedette e si chinò in avanti per togliersi gli anfibi e tirarsi su le gambe dei pantaloni, poi si tolse anche la maglia. Suo fratello borbottò qualcosa e iniziò a pulirgli le ferite più brutte. Aveva lividi scuri su tutto il corpo, che davano l'impressione di essere estremamente dolorosi. Josie si sentì inorridire ancora una volta per quello che aveva subito.

«Ora possiamo mangiare, mamma?» brontolò Nate dopo essersi rimesso gli anfibi e la maglia.

Tate non fece commenti, si limitò a frugare nello zaino, a tirare fuori una busta e a lanciarla verso di lui.

La prese al volo senza dire una parola, e sorrise vedendo il pacchetto. Lo alzò per mostrarglielo. «Razione MRE. Questa contiene polpette in salsa marinara. Il sapore è molto simile a un hamburger.»

Josie non aveva molta fame. Era stata così a lungo senza cibo che aveva semplicemente dimenticato come ci si sentisse diversamente da vuoti. Ma la parola "polpette" le fece venire l'acquolina in bocca. All'improvviso, ebbe quasi la nausea per il bisogno di mangiare.

«Tranquilla, Spirit, ci penso io.»

Lo guardò aprire la busta di plastica, sentendosi come un cane selvatico di fronte alla possibilità di mangiare del cibo vero. Voleva strapparglielo dalle mani e infilarsi tutto in bocca il più velocemente possibile. Tremava per il bisogno di assumere le calorie che le erano state negate per tanto tempo.

«Comincia con questo» le disse, porgendole qualcosa.

Josie lo fissò. Era giallo e dall'aspetto piuttosto malsano, ma l'avrebbe riconosciuto ovunque: pane. Lo prese, senza curarsi del fatto di avere le mani sporche. Di tremare.

«Cazzo... aspetta.»

Non voleva aspettare! Ma fece un respiro profondo e obbedì. Non era un animale, anche se in quella cella si era comportata come tale.

«Dammi la mano» le ordinò.

Lei gliela porse, e lo guardò mentre usava una salvietta

umida, lentamente e metodicamente, per rimuovere più sporco possibile dalle sue dita.

Poi si acciglió e le disse: «Non è sufficiente, ma in questo momento non possiamo sprecare l'acqua per lavarci. Mi dispiace.»

Gli *dispiaceva*? Le si riempirono gli occhi di lacrime. Nessuno si era preso cura di lei con quell'attenzione in tutta la sua vita. Anche lui doveva avere fame, e stava soffrendo; aveva visto le conseguenze delle torture subite. Eppure, eccolo lì, a occuparsi delle sue mani come se fosse fatta di vetro. Era troppo.

Le emozioni che aveva ricacciato nei recessi della sua mente riemersero. Tremante, Josie chiuse gli occhi, cercando di non piangere.

«Vieni qui» le disse Nate, come se avesse capito quanto fosse vicina a crollare. *Certo* che lo aveva capito; era come se riuscisse a leggerle nella mente, che sapesse sempre cosa stava pensando e provando.

E allora pianse, per la prima volta dopo tanto tempo. Lo aveva fatto la prima settimana di prigionia, ma poi aveva esaurito le lacrime. Ora erano tornate con prepotenza. Però, anche mentre piangeva, non le sfuggì alcun suono. Il petto si sollevava con i singhiozzi, ma nulla uscì dalle sue labbra.

Quando si calmò, le sembrava di pesare mille chili. Era così stanca che riusciva a malapena a tenere su la testa.

Con sua grande sorpresa, Nate le sorrise. «Ti senti meglio?» le chiese.

Josie scrollò le spalle. Non era sicura di come si sentisse in quel momento.

«Bene. Allora... riproviamo? Comincia con la fetta di pane, mentre io preparo le polpette.»

Gliela porse e lei la prese, con le dita molto più pulite ma non abbastanza, e la fissò per un attimo. Poi aprì la bocca e diede un piccolo morso.

«Vacci piano» la avvertì. «È da un po' che non mangi carboidrati ed è meglio se non li vomiti.»

No, non voleva succedesse.

In qualsiasi altro momento, probabilmente quel pane le sarebbe sembrato disgustoso. Era un po' duro, e qualsiasi conservante fosse stato usato per renderlo commestibile lasciava un sapore un po' strano in bocca... ma era anche la cosa migliore che avesse mai mangiato in vita sua.

Chiuse gli occhi, costringendosi a masticare lentamente, a non ingoiare il boccone intero. Era come se potesse sentire il pane scivolare lungo la gola e fino allo stomaco. Aprì gli occhi e guardò Nate. Lui la stava fissando con un'espressione che non riuscì a interpretare.

Josie avrebbe voluto infilarsi il resto del pane in bocca prima che qualcuno potesse portarglielo via, invece lo porse a lui.

«Sono a posto così. Mangialo tu.»

Lei scosse la testa e glielo avvicinò alla bocca. Con sua sorpresa, lui non lo prese, si limitò a sporgersi per darvi un morso.

«Oh, mio Dio, è buonissimo» disse, masticando con un piccolo sorriso.

«Se pensate che questa roba sia buona, dovete essere *davvero* affamati» disse Tate dall'altra parte della grotta.

Josie si era dimenticata della sua presenza. Si era dimenticata di tutto, tranne che del cibo e di Nate.

«Non ne hai idea» disse lui al fratello.

«Penso che potresti anche riuscire a mandare giù i bastoncini di manzo» ribatté ridacchiando.

Nate sbuffò. «Nessuno è *così* affamato» replicò, poi guardò Josie. «I bastoncini di manzo sanno di cibo per cani. E prima che tu mi chieda come faccio a sapere che sapore ha il cibo per cani, è perché io e Tate ci siamo sfidati ad assaggiarlo quando avevamo circa dodici anni. Quindi fidati, lo sappiamo.»

Incredibilmente, Josie si ritrovò a sorridere.

Nate la fissò per un attimo con un'espressione quasi stupita, poi si schiarì la gola e guardò la busta di plastica davanti a sé. «Le polpette sono quasi pronte.»

L'odore che usciva da quell'involucro era assolutamente fantastico. Era così delizioso che le provocò un po' di nausea, cosa che per lei non aveva senso.

Lui aprì la busta e il vapore si innalzò tra loro. Prese una forchetta e la infilò all'interno. Quando la tolse, all'estremità c'era una polpetta di dimensioni decenti. Josie si trattenne dall'afferrargli la mano e ficcarsela tutta in bocca.

Lui si portò la posata alle labbra e morse metà della polpetta. Le sembrò un gesto incongruente rispetto a tutte le altre cose che aveva fatto per lei, quando si era assicurato che avesse l'acqua per prima e non aveva voluto mangiare il pane.

Poi aprì la bocca e inspirò ed espirò rapidamente, dicendo con tono soffocato: «Scotta, scotta, scotta!» Deglutì e riportò la polpetta alle labbra, ma invece di mangiarne il resto ci soffiò sopra per raffreddarla. Poi gliela porse. «Era troppo grande per te, ma avevo la sensazione che ci avresti provato lo stesso. Volevo anche assicurarmi che non ti bruciassi.»

Josie voleva di nuovo piangere. Non aveva dato il primo morso per egoismo, ma per salvarla da sé stessa perché, ancora una volta, era riuscito a leggerle nel pensiero.

Sollevò la mano e chiuse le dita intorno alle sue sulla forchetta. Senza interrompere il contatto visivo, si chinò in avanti e prese in bocca la polpetta.

Il sapore delle spezie inondarono le sue papille gustative, facendole chiudere gli occhi e gemere. Oh, mio Dio, era così buona! Josie non aveva mai assaggiato nulla di così delizioso in tutta la sua vita. Se fosse morta in quel momento lo avrebbe fatto da donna felice.

Riaprì gli occhi e trovò Nate che la osservava come un falco. «È ok?» le chiese.

Annuì subito.

«Bene.»

Fecero a turno, lui mangiò metà di ogni polpetta per renderle più facile fare solo un boccone della sua parte. Rimase scioccata nel constatare che al quarto era completamente sazia. Si mise una mano sullo stomaco, poi ansimò e si alzò rapidamente la maglietta, ancora più scioccata nel vedere che la pancia era gonfia, sporgente come se fosse stata incinta di qualche mese.

Accigliata e allarmata, guardò Nate.

«È normale» la tranquillizzò. «Avrai di nuovo fame tra un'ora o poco più. Ci vorrà un po' di tempo per tornare a mangiare in modo regolare, dovrai invece fare piccoli spuntini più volte al giorno.»

Non aveva idea di come facesse a saperlo, ma si fidava di lui.

Erano tornati anche Pyro e Kevlar, e Josie li osservò aprire le loro razioni MRE e mangiare senza tante cerimonie insieme a Tate. Ormai era quasi buio, e le sembrava di avere le palpebre di piombo.

«Sdraiati, Spirit. Dormi. Ci assicureremo che tu sia al sicuro. Non succederà nulla finché staremo qui. Promesso.»

Le parole di Nate si insinuarono nella sua anima. Non sapeva nemmeno di aver avuto bisogno di sentirle, ma era così.

Ma prima di mettersi a dormire, doveva fare una cosa.

Cercò il pacchetto di posate nella busta della razione e tirò fuori il coltellino di plastica. Si chinò e lo usò per scrivere qualcosa sul terreno della grotta.

Nate fissò ciò che aveva scritto e poi la guardò. «Josie?» sussurrò.

Lei annuì.

«È questo il tuo nome? Josie?»

Annuì di nuovo.

Un piccolo sorriso si aprì sul suo volto. «È bellissimo.»

Non ne era sicura. Era solo un nome. Non ci aveva mai pensato molto. Ma non avere un nome la faceva sentire... meno di niente. Come se non fosse stata una persona.

«Tate, Pyro, Kevlar... vi presento Josie.»

Gli altri uomini le fecero un cenno con la testa dall'altro lato della grotta. Li vedeva a malapena, ma li salutò lo stesso con la mano.

«Porca miseria, è proprio come te. Quante volte mi hai salutato in quel modo goffo quando ci separavamo o ci riunivamo?» disse Tate ridendo. «Oh, scusa. Non lo intendevo in senso negativo, Josie.»

«Vabbè» ribatté Nate, poi la guardò sorridendo. «Josie» le disse con dolcezza. «È un piacere conoscerti.»

Lei ricambiò il sorriso, sentendosi improvvisamente timida.

«Anche se continuo a pensare che Spirit ti calzi a pennello. Su, sdraiati. Usami come cuscino, se vuoi.»

Lei si accigliò e scosse la testa, indicando alcune ferite. Stava soffrendo, non si sarebbe sdraiata su di lui. Assolutamente no.

Ma Nate ridacchiò. «Peserai un chilo. Avere la tua testa su di me non mi farà male.»

Non aveva comunque intenzione di usarlo come cuscino... ma, quasi senza accorgersene, un attimo dopo erano *entrambi* sdraiati, Josie su un fianco, incollata a lui, con la testa appoggiata sulla sua spalla e un braccio intorno alla sua pancia.

«Perfetto» le disse con un grosso sospiro.

Percepì i muscoli di Nate rilassarsi. Erano stesi a terra, in una grotta tra le montagne dell'Iraq, eppure si sentì al sicuro per la prima volta dopo settimane. Non ricordava di essersi addormentata, ma solo di aver avuto l'intima consapevolezza di essere nel posto giusto... poi il nulla.

# CAPITOLO OTTO

«Prova questa.»

La voce del fratello lo svegliò il mattino successivo.

Si sentiva rigido e indolenzito, ma incredibilmente meglio del giorno prima. Le cure di Tate sulle sue ferite avevano ovviamente fatto bene, così come l'antibiotico che aveva preso a cena. Aveva dormito profondamente, forse perché con il suo gemello e il suo leader presenti si era sentito sicuro di poter abbassare la guardia per la prima volta da quando era stato catturato.

Girò la testa e vide Josie e Tate seduti vicino ai suoi piedi. Lui la stava incoraggiando ad assaggiare quella che sembrava la crostata di ciliegie e mirtilli contenuta nella razione che avevano condiviso la sera prima.

Vederla con il suo gemello gli fece provare una sensazione... bellissima. Lei era diffidente, per ovvie ragioni, ma era chiaro che non avesse paura degli uomini che si trovavano lì.

Josie. Solo sapere il suo nome gli dava l'impressione di aver fatto un passo avanti. Era un nome forte, ma carino. Proprio come lei. Indossava ancora la maglietta marrone e i calzini, era sempre sporca di terra e spaventosamente magra, ma i suoi occhi erano più luminosi. Il fatto che non avesse vomitato il cibo della sera prima e che fosse in grado di mangiare quella mattina, anche se poco, era un buon segno, che lasciava intendere che si sarebbe ripresa bene.

«Questa è la parte migliore dell'MRE» disse Blink, alzandosi a sedere.

Lo sguardo di Josie trovò subito il suo, e gli sorrise. Avrebbe fatto letteralmente di tutto per vedere quel sorriso sul suo volto ogni mattina per il resto della vita.

Gli porse il dolce, ma lui lo rifiutò. «No. Mangialo tu.»

Scosse ostinatamente la testa e gli agitò davanti la forchetta.

Blink ridacchiò e le si mise accanto. Le prese il polso, proprio come aveva fatto lei la sera prima quando le aveva dato la polpetta, e si portò il dolce alle labbra.

Si guardarono negli occhi, mentre dava un morso e masticava. Il sapore esplose sulla sua lingua. Era un po' troppo dolce per quell'ora del mattino, ma non gli importava. «Buono» disse, annuendo.

Lei sorrise di nuovo e annuì a sua volta.

«Situazione?» chiese a Tate, distogliendo lo sguardo da Josie. Per quanto avrebbe voluto godersi i suoi rari sorrisi, doveva portarla al sicuro.

«Pyro e Kevlar stanno controllando la zona. È tutto tranquillo.»

Blink si rilassò un poco.

Finché Pyro non rientrò nella grotta con Kevlar alle calcagna e annunciò: «Dobbiamo andarcene. Ora!»

Tate si mosse ancora prima che il suo compagno finisse di parlare. Infilò la spazzatura nel suo zaino e il suo collega appallottolò la coperta d'emergenza che Blink e Josie avevano usato, mettendola nel proprio.

«Che cos'hai visto?» chiese Tate, mentre Kevlar cancellava ogni segno della loro presenza nella grotta con rapidità ed efficienza.

«Circa una dozzina di uomini che stanno venendo da questa parte. Non sembra che stiano cercando attivamente qualcuno o qualcosa, ma non voglio correre il rischio che abbiano trovato qualche indizio su dove siamo.»

«Sono d'accordo» replicò, mettendosi lo zaino sulle spalle.

Blink si era alzato mentre gli altri uomini parlavano. Si voltò verso Josie e la vide in piedi con la schiena appoggiata alla parete della grotta e con un'aria terrorizzata.

«Respira, Josie» le disse con dolcezza. «Se sapessero dove siamo, si sarebbero precipitati qui. Va tutto bene. Dobbiamo solo andarcene in fretta e silenziosamente.»

Aveva gli occhi spalancati e sembrava fosse sul punto di scappare.

Blink si avvicinò a lei. «Dammi la mano» le ordinò.

Sembrò sorpresa dalla sua richiesta, ma gliela porse subito.

Lui la prese, meravigliandosi di quanto fosse piccola e sottile. «Nessuno ti farà più prigioniera. Te lo giuro.»

Non annuì. Si limitò a guardarlo con quegli occhi in cui turbinavano un sacco di emozioni intense.

«Dobbiamo muoverci in modo spedito. Vorrei portarti in braccio.»

Josie scosse la testa freneticamente.

«*Per favore*. Ascolta...» disse Blink. Non avevano tempo per parlarne, ma l'ultima cosa che voleva era doversela buttare sulla spalla e portarla via senza il suo permesso. Gli sembrava di aver appena iniziato a fare breccia nelle sue solide barriere. Non voleva fare nulla che potesse rovinare i progressi fatti. «Non hai le scarpe, e il tuo corpo non è in grado di affrontare un'altra dura giornata di cammino. So che proseguiresti fino a distruggerti i piedi tanto da non riuscire più a fare un altro passo. Probabilmente strisceresti se fosse necessario, ma lascia che ti aiuti, Spirit. Accidenti, sono certo che gli zaini di mio fratello, di Kevlar e di Pyro pesano più di te. Puoi salire sulla mia schiena e aiutarmi a tenere d'occhio i nemici, invece di dover stare attenta a dove metti i piedi. Non lo dico per ferire i tuoi sentimenti, ma possiamo muoverci più velocemente se ti porto io.»

Josie si acciglio e indicò il suo busto, le gambe e poi il viso.

«Le mie ferite?» chiese.

Annuì.

«Sono a posto.»

Quello gli valse un'occhiata furiosa.

«Davvero» insistette. «Sono indolenzito, non posso

negare che le bruciature sulle gambe pulsano e che le costole non sono al cento per cento, ma il giorno in cui lascerò che qualche piccola sessione di tortura abbia la meglio su di me, sarà quello in cui rinuncerò alla mia spilla Budweiser.»

Josie non reagì. Rimase semplicemente a fissarlo.

«Ti prego, Spirit. Lascia che ti aiuti. Non sei più sola. Noi cinque siamo una squadra.»

«Blink» disse Pyro, con un tono ammonitore, dall'imboccatura della grotta.

Ma lui non si mosse. Percepì la preoccupazione nella voce del pilota, ma sarebbe rimasto in quel posto per sempre se fosse stato necessario, e avrebbe lasciato che Josie decidesse da sola cosa fare. Non aveva avuto possibilità di scelta nelle settimane in cui era stata prigioniera, e che fosse dannato se le avrebbe negato il libero arbitrio poco dopo essere stata liberata.

Se voleva camminare, se lo sarebbero fatto andare bene. Non c'era dubbio che sarebbe stato più rischioso perché li avrebbe rallentati notevolmente, ma lui non l'avrebbe costretta a fare nulla.

Dopo un paio di angoscianti secondi, lei annuì debolmente.

Blink non tirò un sospiro di sollievo e non le disse che aveva preso la decisione giusta, semplicemente si voltò e si accovacciò. «Salta su. Andiamocene da qui.»

Sentì le sue mani sulle spalle e la aiutò a salire sulla sua schiena. Proprio come aveva pensato, era più leggera della maggior parte degli zaini che aveva portato in missione.

Passò le braccia sotto le sue gambe per tenerla su e lei gli mise le proprie intorno al collo.

Fece un cenno agli altri e i cinque si avviarono, lasciandosi alle spalle la grotta. Kevlar si mise dietro di lui, pronto a portare Josie se necessario. Pronto a proteggerli. Era una bella sensazione. Bellissima.

Le montagne erano stupende a quell'ora del mattino, ma Blink non ci fece quasi caso. Tutta la sua attenzione era rivolta alla donna che stava trasportando. Il calore del corpo di Josie penetrava nel suo, e più camminavano più lei sembrava essere a suo agio.

Alla fine si appoggiò contro la sua schiena riequilibrando il peso. Stavano procedendo a un buon ritmo, probabilmente andavano al doppio della velocità del giorno precedente. Per quanto ne sapeva, non avevano una meta in mente, volevano solo allontanarsi dagli uomini che Kevlar e Pyro avevano visto, e mettere più distanza tra loro e l'elicottero abbattuto.

Camminarono per circa un'ora, poi si fermarono per orientarsi e fare una breve pausa.

Blink abbassò lentamente Josie a terra, poi si voltò per controllarla. «Stai bene?»

Lei annuì. Il suo viso non mostrava alcuna espressione, e ciò lo preoccupò.

«Tieni» disse Kevlar, porgendogli una bottiglia d'acqua.

Blink la prese e la offrì a Josie, e lei ne bevve qualche sorso. Poi suo fratello gli passò un pacchetto di cracker della razione della sera prima.

Guardandolo, sorrise. «Sono al sapore di pizza al salame

piccante» la informò. «Non è come mangiare una pizza calda con la mozzarella filante, ma sono comunque molto buoni.»

Gliene porse uno, ma lei non lo prese. Blink colse l'occasione per invadere il suo spazio personale. Josie avrebbe potuto indietreggiare o scuotere la testa, e lui si sarebbe allontanato. Ma non lo fece. Si limitò a guardarlo, con l'espressione preoccupata che aveva avuto troppo spesso negli ultimi tempi.

«Vorrei che mi dicessi a cosa stai pensando. Va tutto bene. Mio fratello e Pyro sanno quello che fanno. Sono piloti, sì, ma hanno anche seguito un lungo addestramento SERE, che sta per Survival, Evasion, Resistance, and Escape... sopravvivenza, evasione, resistenza e fuga. Non sono SEAL come me e Kevlar, ma ci vanno molto vicini.»

«Accidenti, grazie per il lusinghiero complimento» brontolò Tate.

Blink lo ignorò. «Puoi fidarti di loro. Puoi fidarti di *me*. Non permetteremo che accada nulla.»

Josie aprì la bocca come per dire qualcosa. Poi chiuse gli occhi e aggrottò la fronte, frustrata.

Le avvolse lentamente le braccia intorno al corpo, attirandola a sé. Lei posò la fronte sul suo petto, ma tenne le braccia lungo i fianchi. Sembrava che alla fine avesse esaurito l'adrenalina che l'aveva mantenuta in movimento durante la fuga. L'aveva visto succedere spesso. Le persone rimanevano forti finché non avevano più nulla da dare.

Non le disse niente, la tenne semplicemente stretta mentre lei stava appoggiata a lui. Dopo un tempo troppo breve per la sua tranquillità, lei si raddrizzò, lo guardò e annuì, poi gli prese i cracker che aveva ancora in mano.

«Cazzo, Spirit, mi impressioni ogni volta di più» sbottò.

Aprì di nuovo le labbra come per dire qualcosa, ma non uscì alcun suono.

La condusse vicino a Tate e Pyro e la aiutò a sedersi a terra, poi mangiarono qualche snack. Kevlar lo fece stando in piedi, con la testa che girava a destra e a sinistra per osservare e ascoltare eventuali cose fuori dall'ordinario, mentre i piloti discutevano su quale fosse la zona di atterraggio migliore per chiunque fosse andato a prelevarli.

«Penso da quella parte» disse Pyro, indicando verso ovest. «Non vogliamo trovarci allo scoperto, ma lì le cime delle montagne sembrano essere più distanti l'una dall'altra. Un elicottero potrebbe facilmente infilarsi tra di loro.»

«Non a nord?» chiese Tate, guardando in quella direzione.

«No. L'ultima cosa che vogliamo è avvicinarci troppo al confine iraniano. L'Iraq non sarà entusiasta di questa estrazione, ma almeno non causerà un incidente internazionale.»

«Non sono del tutto sicuro di dove siamo atterrati, ma è meglio stare lontani da qualsiasi città o paese, se possibile. Non vogliamo che dei terroristi prolunghino il nostro soggiorno in alcun modo.»

Blink sbuffò. *Atterrati*. Suo fratello era divertente. Ma supponeva che ogni volta che un elicottero precipitava e i passeggeri ne uscivano relativamente illesi, potesse essere definito un atterraggio e non un incidente.

«Bene. Come stai, Josie?» le chiese Pyro. «Le tue gambe

sono a posto? Può essere difficile essere trasportati per lunghe distanze... gli arti tendono a intorpidirsi, oltre al resto.»

Blink la guardò, interessato alla sua risposta.

Lei annuì a Pyro e alzò un piede, facendolo ruotare un paio di volte, poi scrollò le spalle.

«Bene. Dovresti mangiare di più» aggiunse, lanciando un piccolo pacchetto a Blink.

Lui lo prese al volo e lesse cosa c'era scritto, poi la guardò. «Dovresti sentirti speciale, la salsa di mele con purea di mango e pesca è una delle cose migliori di questi MRE. È molto ricercata.»

Invece di mostrarsi felice che l'uomo le avesse dato un alimento così prezioso, Josie si accigliò e scosse la testa.

«No. Non me lo riprendo. È per te» le disse Pyro.

Lei guardò Blink, come a cercare il suo sostegno per rifiutarlo.

«Mi dispiace, Spirit, ma sono d'accordo con lui. Almeno provaci, potrebbe non piacerti.» Strappò la parte superiore della busta di salsa di mele e gliela porse.

Quando la prese, notò quanto le sue mani fossero ancora sporche, anche se la sera prima lui aveva fatto del suo meglio per pulirle con le salviette umidificate. Odiava che fosse in quelle condizioni. Avrebbe voluto poterle offrire una doccia lunga e calda, ma avrebbe dovuto aspettare finché non fossero andati via da lì.

Lei mantenne il contatto visivo con Blink e se la portò alle labbra. Ne spremette un po' in bocca... e i suoi occhi si spalancarono quando i sapori deliziarono le sue papille gustative.

«Buona, eh?» le chiese con un piccolo sorriso.

Annuì.

«Non vedo l'ora che tu e Remi vi conosciate» disse Kevlar all'improvviso. «Ha lo stesso modo di... godere e apprezzare le piccole cose della vita.»

«Dovremmo continuare a camminare» li avvertì Tate, senza dare a Blink la possibilità di controbattere all'audace affermazione di Kevlar. Dato che Remi era una delle sue più care amiche, gli sarebbe piaciuto che Josie la conoscesse, ma non sapeva nulla della sua vita negli Stati Uniti e non poteva fare supposizioni... anche se avrebbe voluto.

Lei cercò di restituirgli la bustina di salsa di mele, ma lui scosse la testa. «Puoi finirla mentre camminiamo» disse, voltandosi per farla salire sulla sua schiena.

Ormai si erano entrambi abituati al quel metodo di trasporto, così si misero in cammino senza esitazione.

Spinsero tutti al massimo l'andatura per raggiungere le cime delle montagne che Pyro aveva indicato. Blink non le avrebbe mai scelte come punto di estrazione, ma i due piloti sapevano cosa potevano o non potevano fare i loro compagni Night Stalker, e se pensavano che quello fosse il posto migliore per essere prelevati, non aveva intenzione di discutere.

Dopo parecchie ore di marcia tra le montagne, le gambe gli pulsavano e gli sembrava che pesassero quattrocento chili, ma non si lamentò minimamente. Aveva imparato a sue spese che le cose potevano sempre peggiorare. Avevano camminato tutto il giorno, e sebbene Josie non fosse pesante, il suo corpo aveva subito di tutto negli ultimi tempi e alla fine stava finalmente protestando per quello che gli aveva chiesto di fare.

Era tardo pomeriggio quando Tate finalmente si fermò, si guardò intorno e disse: «Qui andrà bene.»

Blink non esitò ad abbassare Josie a terra. Poi si chinò, si mise le mani sulle cosce e chiuse gli occhi, facendo del suo meglio per sopportare i dolori che gli tormentavano il corpo. Era un uomo forte. Duro. Ma aveva i suoi limiti e sembrava li avesse raggiunti.

Sentendo una mano sul braccio, Blink aprì gli occhi e trovò Josie accanto a lui con un'espressione preoccupata, che gli prese la mano e lo tirò. La seguì, accigliandosi quando la vide zoppicare, poi si sedette dove lei gli indicò, sollevato di non essere più in piedi.

«Perdonatemi se ve lo dico, ma voi due avete un aspetto di merda» disse Tate. Non stava scherzando e non lo aveva detto con cattiveria, aveva solo affermato un dato di fatto.

«Mi sento così» ammise Blink.

Ora suo fratello *era* preoccupato.

«È tutto ok» continuò. «Ho solo avuto dei giorni difficili.» Cercò di rimettersi in piedi, ma si bloccò sorpreso quando Josie sibilò.

Era accigliata e lo stava guardando male. Puntò un dito a terra un paio di volte, poi lo indicò.

«Va bene, va bene. Resto qui.»

Lei annuì, si avvicinò allo zaino che Kevlar aveva appena lasciato cadere a terra, lo aprì e vi frugò dentro per un attimo, poi estrasse una razione MRE. Tornò da lui e si sedette per terra, dove cercò di aprire il duro sacchetto di plastica.

«Ho un po' paura a darle il mio coltello» mormorò Tate con una risatina, porgendolo a Blink. «Se la faccio arrabbiare potrebbe usarlo su di me.»

Josie gli lanciò un'occhiataccia.

Blink si limitò a ridere. «Dai, Spirit, lascia che ti aiuti.»

Gli lasciò tagliare la parte superiore del sacchetto, poi se lo riprese.

«Godetevi la cena» disse Tate con un'altra risata, e tornò a sedersi dove Pyro e Kevlar stavano aprendo le loro razioni.

Nel frattempo, Josie aveva estratto tutti i piccoli pacchetti che c'erano all'interno, disponendoli uno accanto all'altro.

«Ravioli di carne di manzo. Uno dei miei piatti preferiti» le disse Blink.

Voleva aiutarla, ma allo stesso tempo gli piaceva per una volta avere qualcuno che si prendeva cura di lui. Non parlò mentre Josie capiva come usare l'acqua per riscaldare i ravioli. Lesse le istruzioni sulle confezioni, guardò cosa contenevano, poi le aprì con cura una alla volta. Prima che lui se ne accorgesse, aveva creato una sorta di tagliere con i vari alimenti usando il sacchetto vuoto della razione come piatto improvvisato. Aveva tagliato a metà la barretta di marshmallow al caramello salato, disposto i grissini in modo da formare un perimetro per il cibo, aveva messo il formaggio cheddar spalmabile al centro, e tutto intorno aveva sparso le M&Ms.

Quando toccò alla busta degli elettroliti in polvere al gusto di punch alla frutta esitò, poi indicò la sua tasca dei pantaloni. Lui rimase confuso per un attimo, ma alla fine ricordò. Tirò fuori la tazza di metallo e gliela porse. Lei vi mise un po' di polvere e versò dell'acqua.

Quando i ravioli finirono di scaldarsi, Josie posò il sacchetto insieme agli altri alimenti, poi guardò lui e sorrise.

A essere sincero, non si era mai commosso così tanto in tutta la sua vita. Era solo una razione, ne aveva mangiate a centinaia, ma non gli era mai capitato che qualcuno si impegnasse in quel modo per farlo sembrare un pasto da gourmet come aveva fatto lei.

«Ha un aspetto delizioso» le disse.

Josie prese la tazza e gliela porse. Per la seconda volta, gli stava offrendo l'acqua di cui aveva disperatamente bisogno.

Blink non esitò, la prese, bevve metà della bevanda con un solo sorso e gliela restituì. Lei la finì, leccandosi i residui dalle labbra per poi riportare lo sguardo sul cibo.

Prese una M&Ms, la studiò con un piccolo sorriso e se la infilò in bocca. Masticò la piccola caramella al cioccolato a occhi chiusi, chiaramente assaporando quella delizia.

Amò vederla godersi il dolcetto, ma lei aveva bisogno di nutrimento. Blink prese la busta dei ravioli, ne infilzò uno con la forchetta e glielo porse. «Prova questo.»

Josie aprì gli occhi e si sporse in avanti, aprendo la bocca.

Era così intimo nutrirla, e anche se l'aveva fatto la sera prima con le polpette, si sentì comunque appagato nel profondo dell'anima.

Mangiarono a turno i ravioli, e lei diede un paio di morsi ad altre cose. Come il giorno precedente, fu sazia molto prima di quanto lui avesse previsto. Ma, d'altra parte, il suo stomaco si era probabilmente ristretto a causa della mancanza di cibo.

Sentendo la rabbia montare dentro di sé e il bisogno di vendicarsi degli stronzi che avevano fatto prigioniera quella donna innocente, guardò il fratello, desideroso di distrarsi. «E adesso?»

Tate scrollò le spalle, apparentemente incurante del fatto che fossero accampati in mezzo alle montagne dell'Iraq, e che in qualsiasi momento chiunque avrebbe potuto imbattersi in loro. «Dipende.»

Quando non approfondì, Blink gli chiese: «Da cosa?»

«Da te e Kevlar. Quanto bene pensate di essere monitorati?»

Prima che il suo leader potesse rispondere, a Blink sfuggì uno sbuffo. «Come un parassita al microscopio.»

«Allora direi che domani a quest'ora saremo di nuovo sulla portaerei a goderci una doccia e un pasto vero.»

Josie fece un verso accanto a lui e Blink le lanciò un'occhiata. Aveva gli occhi spalancati e sembrava spaventata a morte e allo stesso tempo eccitata.

«Abbiamo reso la cosa più facile possibile per i nostri

compagni Night Stalker» aggiunse Pyro. «Questo punto di estrazione sarà una passeggiata per loro. Potranno scendere tra queste due cime e persino atterrare, se necessario.»

La zona indicata da Pyro non era esattamente piana. Era piena di massi, e in realtà non era affatto pianeggiante. E per Blink, le cime di cui parlava non sembravano abbastanza larghe da ospitare le pale del rotore, ma d'altra parte non era un esperto di elicotteri. Se Pyro sosteneva che era il posto migliore per un'estrazione, gli avrebbe creduto.

Per la prima volta pensò a cosa sarebbe successo subito dopo il loro salvataggio, soprattutto a Josie. Il governo degli Stati Uniti non aveva l'abitudine di prelevare persone da dietro le linee nemiche senza conoscere qualcosa di loro. E mentre lui era consapevole che lei non fosse una minaccia, gli ufficiali della portaerei non lo sapevano. Accidenti, non sapeva nemmeno se era americana. Pensava di sì, ma senza conoscere nulla di lei, oltre al nome di battesimo, ci sarebbero state molte domande a cui rispondere.

Gli si strinse lo stomaco. Il cibo che aveva appena mangiato minacciò di risalire. Voleva proteggerla da quello che sarebbe successo, ma non sapeva come fare.

«Dobbiamo parlare» sbottò, rivolgendosi a Josie.

Lei inclinò la testa con aria interrogativa.

«Quando ci preleveranno, verremo portati su una nave della Marina nel golfo. Faranno a entrambi un sacco di domande. Io verrò portato in un'area per spiegare quello che mi è successo, e tu sarai...»

Josie non lo lasciò finire. Scosse la testa quasi con violenza e gli strinse la manica della maglia.

«Andrà tutto bene. Sarai al sicuro e...»

Scosse di nuovo la testa ed emise un ringhio. Sembrava terrorizzata.

«Guardami» le ordinò, mettendole le mani sul viso per impedirle di continuare a scuotere la testa. La tenne ferma e la guardò negli occhi. «Andrà tutto bene. Nessuno sulla nave ti farà del male.»

Lei non si staccò dalla sua presa, ma indicò prima lui e poi sé stessa. Lo fece di nuovo. E un'altra volta ancora.

«Vuoi restare con me?»

Annuì come meglio poté nella sua stretta.

«Non so se sarà possibile.»

Non appena pronunciò quelle parole, Josie chiuse gli occhi e tutto il suo corpo cominciò a tremare. Se non avesse saputo che non era così, avrebbe pensato che stesse avendo una crisi epilettica.

«Josie!» la chiamò con urgenza.

Ma lei si ostinò a tenere gli occhi chiusi.

«Pensi che lascerò che ti accada qualcosa? Non succederà» disse, rispondendo alla sua stessa domanda. «Ma non si aspettano che tu ci sia. Il resto della mia squadra probabilmente ha già informato i vertici che eri prigioniera nel mio stesso posto e che sei stata prelevata nello stesso momento, ma non sanno nulla di te. Per loro potresti essere una spia. Qualcuno che è stato messo in quella cella per raccogliere informazioni sulle nostre navi, sul nostro personale.»

Lei sbuffò e aprì gli occhi di scatto. Si liberò dalla sua presa e si guardò freneticamente intorno alla ricerca di qualcosa. Poi afferrò il coltello di plastica che era nel kit della razione e si accovacciò su una zona in cui il terreno era incontaminato.

Per un attimo Blink temette che avrebbe cercato di farsi del male, invece iniziò a scrivere sulla terra.

*England*

«Vieni dall'Inghilterra?» le chiese.

Scosse la testa con frustrazione, poi scrisse qualcos'altro.

*Josie England*

«È il tuo nome completo?» domandò Tate, che si era avvicinato quando lei aveva iniziato a scrivere.

Lei annuì. Poi continuò.

*Las Vegas Vacanza Kuwait*

«Sei di Las Vegas ed eri in vacanza in Kuwait? Non è esattamente una zona altamente turistica» commentò Kevlar. Ora erano tutti riuniti a leggere le sue parole.

Ma l'attenzione di Blink era focalizzata su di lei. Era in ginocchio e stava già cancellando le parole con la mano per scriverne altre. Il suo viso era arrossato, e sembrava quasi disperata di dare informazioni su di sé. Era ovvio che avesse il terrore di essere interrogata una volta arrivati sulla portaerei.

*Ayden Hitson Esercito Licenza Giro in barca*

«È il tuo ragazzo?» chiese Tate.

Blink sentì un'altra stretta allo stomaco.

*Lo era Dovevo lasciarlo*

«Quindi sei venuta a trovare il tuo ragazzo, che era in licenza nel Kuwait, e volevi rompere con lui? E siete andati a fare un giro in barca?» domandò Tate quasi con dolcezza. «Che cos'è successo? Dov'è Hitson?»

*Gli hanno sparato Morto Io rapita*

«Cazzo» disse Blink. Si alzò bruscamente e cominciò a camminare. Aveva immaginato che fosse successo qualcosa di brutto in associazione a una barca, vista la reazione che aveva avuto quando le era stato detto che sarebbe dovuta salire sul motoscafo in Iran, ma non si era aspettato *niente* del genere.

«Ok. Sei un'americana di Las Vegas di nome Josie England» riassunse Kevlar. «Eri in Kuwait a trovare il militare con cui uscivi. Hai fatto un giro in barca, probabilmente avete attraversato le acque iraniane e siete stati inseguiti dagli uomini che ti tenevano prigioniera. Ayden Hitson è stato ucciso e loro ti hanno presa in ostaggio. Perché?»

Blink voleva conoscere la risposta quanto gli altri. Ma Josie non scrisse nient'altro sulla terra, scrollò solo le spalle.

«Ci dev'essere un motivo» incalzò Tate. «Ti hanno chiesto qualcosa? Volevano informazioni su qualcosa legato all'esercito? Hanno contattato qualcuno per un riscatto?»

Josie li fissò per un attimo, poi cancellò le ultime parole scritte e prese il coltello di plastica.

*Picchiata Lasciata sola Dimenticata Niente cibo Niente acqua Non importa a nessuno*

Le parole incise sul terreno erano marcate e irregolari. Blink non riusciva a capacitarsi di ciò che stava scrivendo. Certo, le condizioni in cui si trovava confermavano ciò che diceva, ma era comunque difficile da credere.

Lei cancellò con rabbia le parole, poi ricominciò a scrivere.

*Donna inutile Non dell'esercito Non degna*

Blink non lo sopportò. «Tu non sei inutile» disse quasi con rabbia.

*Loro lo pensano Non io*

Ma Blink non era sicuro che lei credesse davvero a ciò che aveva scritto. Lo vedeva dal modo in cui incurvava le spalle, come cercava di rannicchiarsi su sé stessa. Era stata gettata in quella cella e dimenticata, come aveva detto. O forse non era stata dimenticata, ma evidentemente a nessuno era interessato qualcosa di lei da continuare a torturarla o a tenerla in vita. Aveva ragione, non era stata letteralmente *nulla* per i loro rapitori, e ciò lo fece arrabbiare.

«Hai una famiglia, Josie?» le chiese Tate con dolcezza. «Qualcuno con cui possiamo metterci in contatto per fargli sapere che stai bene? Qualcuno deve essere preoccupato per te.»

Josie fissò il fratello di Blink per un momento significativo, poi scosse la testa e scrollò di nuovo le spalle. Lasciò cadere il coltello e si alzò in piedi, indicando i cespugli dove andavano a fare pipì, e scomparve lentamente dietro di loro.

«Be', merda» disse Pyro.

«Se qualcuno fosse stato preoccupato perché non era tornata dalla vacanza, sicuramente avrebbe già contattato le autorità. Avrebbe detto loro che era andata in Kuwait e non era tornata. L'informazione alla fine sarebbe arrivata a qualcuno dei nostri circoli» affermò Kevlar.

A Blink sarebbe piaciuto pensarlo, ma non ne era sicuro. Se davvero non aveva nessuno che avrebbe potuto accorgersi della sua assenza...

Era impensabile.

Josie tornò prima che potessero discuterne ulteriormente. Iniziò a rimettere con cura il cibo non consumato nelle buste per poterlo mangiare più tardi. Nessuno aveva voglia di parlare dopo aver appreso quelle informazioni sulla sua situazione, così tutti si sistemarono lì, in attesa. Che scendesse il buio. Che arrivassero i soccorsi. Di qualcosa.

Blink non sarebbe riuscito a starle lontano nemmeno se la sua vita fosse dipesa da quello. Senza dire una parola, la invitò a sdraiarsi su un fianco per riposare e si accoccolò dietro di lei. Le passò un braccio intorno alla vita e la tenne contro di sé, al sicuro nella culla del suo corpo. La avvolgeva completamente. Ma era giusto così, era come se la stesse proteggendo dal mondo.

All'inizio rimase rigida, ma gradualmente si rilassò. Blink si sistemò mettendole l'altro braccio sotto la testa, in modo che potesse usarlo come cuscino.

Nessuno dei due dormì, ma gli diede un bella sensazione stare sdraiato lì. Con lei.

# CAPITOLO NOVE

Josie era imbarazzata. Dopo che nelle ultime settimane se l'era cavata bene a cercare di non provare nulla, quel giorno era andata un po' fuori di testa. Ma sapere che probabilmente sarebbe stata separata da Nate e che forse non l'avrebbe mai più rivisto, l'aveva fatta andare nel panico. Lei non era nessuno. Lui era un Navy SEAL. Era importante. Rendersi conto che i militari sulla nave avrebbero potuto pensare che lei fosse una traditrice o una spia, le aveva fatto desiderare disperatamente di far sapere chi fosse agli uomini che l'avevano salvata, e che in realtà sembravano averla presa in simpatia.

Era difficile comunicare senza parlare, ma era riuscita a dire loro alcuni fatti fondamentali. Forse erano state informazioni sufficienti a far sì che gli ufficiali nella nave non la rinchiudessero nella prigione a bordo – non aveva idea se esisteva ancora – e trovassero un modo per farla tornare a casa.

Ma il pensiero di tornare a Las Vegas, nel suo appartamento vuoto, non era allettante. Dubitava che qualcuno si fosse accorto che non era rientrata dalle vacanze. Probabilmente non sapevano nemmeno che era partita. Forse il postino, ma solo perché non era mai andata a ritirare la posta di cui aveva bloccato la consegna fino al suo ritorno.

La sua vita era piuttosto patetica e non era ansiosa di ritornarci. Ma dove altro poteva andare?

Si avvicinò un po' di più a Nate con un sospiro. Stare sdraiata con lui la faceva sentire... bene. Era sollevata che non avesse pensato male di lei perché era andata in Kuwait a trovare un ragazzo con cui stava per rompere. Era stata un'idea orribile, ovviamente, ma era grata che lui non sembrasse pensarla così.

O forse sì, e non diceva nulla.

Magari era troppo dispiaciuto per lei per condividere la sua opinione.

Ma non lo credeva. Non era un'esperta di uomini, ma di certo non si sarebbe accoccolato con lei se avesse pensato che fosse stupida.

Era troppo stanca per continuare a pensarci, anche se non aveva sonno. Cosa che non aveva senso. Così rimase semplicemente sdraiata tra le sue braccia, cercando di non pensare al futuro. Non poteva prevedere cosa sarebbe successo. Le cose erano state così folli fino a quel momento che non riusciva a immaginare cos'altro poteva esserci in serbo per lei.

Non dovette aspettare molto per scoprirlo. Sentì Nate alzare la testa nello stesso momento in cui si udì un debole tamburellare nel cielo.

«Sono arrivati» annunciò improvvisamente Pyro.

Nate si alzò in piedi in un lampo. La sollecitò a sedersi e le disse: «Ci siamo, Josie. Andiamo a casa.»

Le mancava un po' sentirsi chiamare Spirit. All'inizio non era stata sicura che le piacesse quel soprannome, ma si era abituata in fretta. Nessuno gliene aveva mai dato uno, e sapere il motivo per cui l'aveva soprannominata così le aveva dato una bella sensazione.

Si alzò e si mise insieme agli altri a guardare il cielo. Il sole era quasi tramontato, e c'era ancora abbastanza luce da non rischiare di inciampare nelle rocce. Ma Josie non aveva idea se chi stava pilotando l'elicottero avrebbe potuto vedere bene da riuscire ad atterrare, soprattutto dove si trovavano loro. Forse sarebbero stati tirati su di nuovo con la corda. Non era una cosa che aspettava con ansia, ma avrebbe fatto tutto il necessario pur di essere portata via da lì.

«Eccoli» disse Tate inutilmente.

L'elicottero apparve sopra la cima di una montagna come un bellissimo angelo. Si librò per un attimo, sollevando la terra intorno a loro, poi si abbassò piano proprio nel punto che aveva predetto Pyro.

Con suo grande stupore, il pilota riuscì a inserire il mezzo tra le due cime, ma non atterrò del tutto. Fece appoggiare uno dei pattini su una roccia e inclinò l'elicottero verso il basso, come a invitarli a salire a bordo.

Nessuno parlò, tanto non si poteva sentire nulla al di sopra del rumore delle pale del rotore. Josie chiuse gli occhi contro l'ondata di terra e polvere che si sollevò nell'aria.

Sentì Nate afferrarle il braccio e iniziare a camminare. Si fidò del fatto che lui l'avrebbe tenuta in piedi, e lo seguì. Quando il rumore si fece più forte, socchiuse gli occhi per vedere com'era la situazione.

Pyro e Tate erano già a bordo, e prima ancora di riuscire a battere le palpebre fu passata a loro e si ritrovò seduta all'interno. Poi Nate saltò dentro come non fosse stato picchiato e torturato appena un paio di giorni prima, seguito da Kevlar, e sentì il velivolo sollevarsi da terra.

Trattenne il respiro mentre andavano sempre più in alto. C'erano montagne su entrambi i lati e sembravano così vicine che temeva le avrebbero toccate. Non appena superarono le cime, i piloti diedero potenza ai motori e si ritrovarono a sorvolare la stessa zona che avevano appena attraversato.

Vide che Nate aveva in mano un paio di cuffie, che le mise sulle orecchie. Il rumore si affievolì all'istante e Josie lasciò andare il respiro che aveva trattenuto. La loro estrazione era stata rapida e senza intoppi. Era un bel cambiamento rispetto all'ultima volta che era stata in un elicottero.

Anche tutti gli uomini si misero le cuffie, così li poté sentire parlare tra loro.

«Buck! Obi-Wan! Che bello vedervi!» esclamò Pyro ridendo.

«Qualcuno doveva pur riportare i vostri culi al lavoro

dopo che avete deciso di prendervi una vacanza in montagna» disse uno dei piloti, lanciando un'occhiata alle loro spalle con un sorrisetto.

«Sì, certo, Buck» replicò Pyro bonariamente.

«State tutti bene?» chiese l'altro pilota, che Josie suppose fosse Obi-Wan.

«Sì» rispose Tate.

«Laryn ti ucciderà» disse l'uomo.

«Lo so. Ha lavorato sodo per far funzionare perfettamente quell'elicottero, poi qualcuno ha deciso di farci un buco» ribatté Tate con un tono quasi addolorato.

Era una conversazione così normale. Sembravano degli amici che si incontravano dopo tanto tempo che non si vedevano.

«Laryn è la capo meccanico che ha lavorato sul mio MH-60» spiegò Tate, guardando Josie. Pensò che si fosse dimenticato che l'aveva già nominata, così si limitò ad annuire.

«È una dei migliori meccanici che abbia mai conosciuto. Non mi fiderei di nessun altro con i miei bambini. Forse la incontrerete, dipende da cosa succederà quando atterreremo.»

E a quello l'ansia la travolse di nuovo.

«Stai bene, Blink?» gli chiese Buck. «I ragazzi del tuo team ci hanno detto quel poco che sapevano quando li abbiamo visti sulla nave. È stata molto dura?»

«Non quanto per Josie» rispose Nate.

Percepì sei occhi puntati su di lei, e non sapendo

cos'altro fare, salutò pateticamente con la mano i due piloti.

Delle risatine le risuonarono nelle orecchie.

«Giusto. Josie. È un piacere conoscerti. A nome dell'Esercito degli Stati Uniti, siamo felici che tu stia bene... e di essere stati noi a tirarti fuori da lì. Perché sappiamo tutti che la Marina non era all'altezza del compito.»

Stava per arrabbiarsi per conto di Nate e Kevlar, poi si rese conto che Obi-Wan stava scherzando. Più o meno. Doveva trattarsi di una presa in giro ricorrente tra l'esercito e la marina, perché Kevlar si sporse in avanti e gli diede uno schiaffo sul casco.

«Ehi! Attento! Non si disturba il pilota mentre sta volando» si lamentò Obi-Wan.

«Potresti pilotare questo affare con una mano legata dietro la schiena e gli occhi bendati» ribatté Nate.

«È vero. Sono proprio bravo» concordò.

«Oh, Signore, l'hai combinata bella, hai alimentato il suo ego. Ora sarà ancora più impossibile» gemette Buck.

Josie ascoltò con interesse quello scambio di battute, ma intimamente era ancora nel panico al pensiero di quello che sarebbe successo una volta arrivati sulla nave. Sarebbe stata nei guai? Come avrebbe fatto a rispondere alle domande se la sua stupida voce non funzionava? Ora che era al sicuro, si era quasi aspettata di poter magicamente tornare a parlare. Ma, naturalmente, non aveva avuto quella fortuna.

Ben presto si lasciarono alle spalle il paesaggio desertico, e sotto di loro ci fu solo acqua.

«Va tutto bene. Siamo al sicuro» disse Nate, che evidentemente si era accorto del suo disagio.

Josie annuì, ma non riuscì comunque a rilassarsi.

Almeno finché lui non le prese la mano. Abbassò lo sguardo e pensò che avrebbe dovuto provare imbarazzo per l'aspetto disgustoso delle sue dita. C'era così tanta roba nera incrostata sotto le unghie che non sapeva se sarebbe mai riuscita a toglierla. Ma sembrava che a lui non importasse.

«Eccola lì. Riesci a vederla?» chiese Buck voltandosi a guardarla, e indicando il parabrezza.

Si allungò verso l'alto il più possibile sul sedile e riuscì a vedere un puntino in lontananza, che si avvicinava sempre di più mentre volavano in quella direzione.

Non ci volle molto prima che si librassero sul ponte dell'enorme nave da guerra. Il cibo che aveva mangiato minacciò di risalire quando l'elicottero atterrò sobbalzando un po'.

Poi le venne in mente una cosa e strinse forte la mano di Nate.

«Cosa? Che c'è che non va?»

Era una cosa stupida, non ne aveva più bisogno, ma il pensiero che fosse stata lasciata tra quelle montagne la fece andare nel panico, provocandole un senso di nausea. Toccò la tasca di Nate, ma non sentì nulla all'interno, e un verso strozzato le salì alla gola.

«La tua tazza? Ce l'ho qui, nell'altra tasca» le disse attraverso le cuffie. «È tutto ok, Spirit. Ci penso io.»

Il sollievo che provò fu così intenso da farle venire le

vertigini. Era solo una tazza. Probabilmente ce n'erano centinaia di uguali su quella nave. Non ne aveva più bisogno. Eppure, si sentiva ancora legata a quel dannato oggetto. L'aveva tenuta in vita. Senza la tazza, non sarebbe stata altro che un ammasso di carne in decomposizione in quella maledetta cella.

Riuscì ad annuire. Gli altri si stavano togliendo le cuffie, così lo fece anche lei, e all'improvviso fu travolta da tutto il rumore del mondo esterno; gente che parlava, ordini urlati che non capiva, il rombo del motore dell'elicottero.

«Forza, usciamo da qui» disse Nate, tirandole delicatamente la mano.

Lanciando un'occhiata fuori, Josie vide una marea di persone che guardavano verso di loro.

Si sentì improvvisamente sopraffatta. Abbassando lo sguardo su di sé si rese conto di quanto probabilmente risultasse ridicola. Era in calzini, con una maglietta enorme e un paio di boxer. Per non parlare del fatto che era ricoperta di sporcizia e che i suoi capelli erano unti e disgustosi. Non aveva motivo di essere imbarazzata o di vergognarsi dopo tutto quello che aveva passato... ma per qualche ragione, non poté farne a meno.

Nate sembrò capire ciò che stava provando, perché si voltò e prese una coperta che era stata piegata ordinatamente in un piccolo scomparto all'interno dell'elicottero. Senza lasciarle la mano gliela avvolse intorno alle spalle, aiutato dal fratello, e lei se la strinse al petto con la mano libera.

Si alzò in piedi con i due gemelli al suo fianco. Kevlar

saltò fuori e poi si girò, tendendo le mani per aiutare tutti e tre a scendere dal mezzo. E all'improvviso si trovò sul ponte dell'enorme nave.

Sentì una voce femminile urlare: «Casper! Che diavolo hai fatto al mio elicottero?»

Josie vide una donna sui trentacinque anni, alta intorno al metro e sessantacinque, con i capelli neri tirati indietro in uno chignon e gli occhi scuri che scintillavano, marciare verso Tate per poi colpirlo al petto. Indossava una tuta da lavoro con quello che sembrava uno striscio di grasso sul davanti della coscia destra.

Tate sorrise a Josie e Nate. «È stato bello vederti, fratello. Non sparire. Ci rivedremo negli Stati Uniti.»

Lui annuì al suo gemello, e lo guardarono allontanarsi con la donna al suo fianco. Anche se lo stava rimproverando, era evidente il sollievo nei suoi occhi per il fatto che fosse tornato vivo e tutto intero. E lui non pareva affatto turbato da quello che gli stava dicendo. Anzi, sembrava contento di vederla.

«Immagino che quella fosse Laryn» disse Nate con un piccolo sorriso.

Prima ancora che lei potesse annuire, un tizio si avvicinò a loro.

«Blink!» esclamò, dandogli quell'abbraccio da uomini con un braccio solo, prima ancora che potessero fare due passi per allontanarsi dall'elicottero.

«È bello vederti, MacGyver» lo salutò Nate. Josie si ricordò di averlo visto per un breve lasso di tempo dopo che erano stati liberati.

«Andiamo, i ragazzi sono ansiosi di vederti.»

«Di interrogarmi, vorrai dire» ribatté lui con una piccola risata.

«Naa, il cazziatone lo teniamo per dopo» si intromise Kevlar, ridendo insieme all'altro compagno.

«Per ora siamo solo contenti di vederti vivo e vegeto» aggiunse MacGyver.

«Scusate, ma l'ammiraglio vuole parlare con voi due» li interruppe un ufficiale che si trovava lì vicino, rivolgendosi a Nate e Kevlar.

«L'ammiraglio?» Nate fece un fischio basso.

«Sì. Se volete seguirmi» disse l'uomo, indicando una delle porte.

«E Josie?» chiese, senza muoversi di un millimetro.

Senza quasi rendersene conto lei gli si avvicinò. Voleva stringersi a lui, implorarlo di non lasciarla, ma non riusciva a parlare.

«È questo il suo nome? C'è un capitano che aspetta di parlare con lei.»

«E poi?» incalzò.

L'ufficiale lo fissò. Esitò un attimo, poi disse: «Non lo so. Dipende da quello che verrà detto, suppongo.»

Nate scosse la testa. «Lei viene con noi.»

«Non credo...»

«Io vado dove va lei» insistette con fermezza. «Può venire con me e Kevlar a parlare con l'ammiraglio.»

«L'ammiraglio non parlerà di ciò che è successo in una missione top-secret, o successivamente, con un civile presente» lo avvertì l'ufficiale.

«Pazienza. Lei ne sa quanto me di quello che è successo successivamente, forse di più. È stata ospite dei terroristi molto più a lungo di me. Non crede che l'ammiraglio vorrà conoscere quello che sa?»

Josie non aveva mai visto quel lato di Nate. Suonava incazzato e più autoritario di quanto fosse mai stato. Non la turbò. Anzi.

«Il culo è tuo» disse l'ufficiale con un'alzata di spalle, poi si voltò verso la porta. «Se volete seguirmi.»

«Notevole» borbottò Kevlar dietro di loro.

Nate si girò verso il suo amico. «Ho bisogno che tu la tenga d'occhio. Se la allontanano da me, non lasciarla sola neanche un minuto. Sai che non parla, quindi dovranno darle il tempo di scrivere tutto ciò che vogliono sapere. E ha bisogno di mangiare ancora. E bere. E fare la doccia. Lei...»

«Tranquillo, Blink» disse Kevlar, mettendogli una mano sulla spalla. «Se pensi che qualcuno voglia mettersi a discutere con te, ti sbagli. Sei un prigioniero di guerra. Da queste parti li trattano con i guanti. Nessuno ti farà arrabbiare.»

«Certo. Dillo all'ammiraglio» borbottò.

«Immagino che sia stato lui a dare l'ordine» replicò Kevlar con aria indifferente. Sorrise a Josie. «Ora che siamo al sicuro e non in giro su un elicottero o a fare un'escursione di piacere tra le montagne... voglio ringraziarti per esserti presa cura di questo bestione. È un rompipalle, ma è il *nostro* rompipalle. Anche se è andato in Iran senza dircelo.»

«Non ne ho avuto il tempo. Il comandante mi ha dato trenta minuti per arrivare alla base e partire.»

«Lo so. Ti sto solo tormentando un po'. Fidati, il comandante sa che nessuno di noi è contento di come sono andate le cose.»

«Cazzo. Non avevo nemmeno pensato alla missione fino ad ora. L'altra squadra sta bene? Sono riusciti a scappare?» gli chiese.

Josie girava la testa di qua e di là per seguire il discorso tra i due uomini.

«Stanno bene. La tua distrazione è stata sufficiente a farli scappare e raggiungere il punto di estrazione.»

«Ottimo» disse Nate con emozione.

«Ma sappi che se mai farai *qualcosa* di simile con noi, non sarai contento delle conseguenze.»

«Ne prendo atto. Ma non mi pento di averlo fatto. Nemmeno per un secondo.» Nate lanciò un'occhiata a Josie.

Quella conversazione la confondeva, non sapendo esattamente di cosa stessero parlando. Ma non ebbe la possibilità di dirlo perché furono condotti sottocoperta dell'enorme nave.

I calzini scivolavano sul pavimento metallico, e sarebbe caduta almeno due volte se non fosse stato per la presa ferrea di Nate sulla sua mano. Lei teneva la coperta intorno a sé come uno scudo, per niente entusiasta degli sguardi che riceveva dai marinai che incrociavano.

Si fermarono davanti a una porta dove c'era un uomo sull'attenti, che fece il saluto militare all'ufficiale che li accompagnava e la aprì per farli entrare. Tutta quella formalità la rese nervosa. Era evidente che nella stanza ci fosse qualcuno di importante. Qualcuno che l'avrebbe giudicata per le sue azioni e magari avrebbe deciso che era... cosa? Un peso? Una spia? Un'idiota? Non sapeva più cosa pensare.

Nate non le lasciò la mano, ma fece il saluto militare all'uomo che era seduto a un tavolo rotondo con un portatile davanti a sé. Indossava un'uniforme bianca perfettamente pulita... che la fece sentire ancora più sporca.

«Sedetevi» ordinò, indicando le sedie di fronte a lui.

Kevlar si accomodò accanto a lei, mentre Nate dall'altro lato.

Non appena Josie si sedette, si rialzò subito e guardò la sedia. Aveva una seduta imbottita di colore marrone e il pensiero di contaminarla con la sua puzza era ripugnante. Non avendo altra scelta, si tolse la coperta dalle spalle e la sistemò con cura sulla sedia, poi si accomodò di nuovo.

Vide gli occhi di tutti puntati su di lei. Deglutendo a fatica, scrollò a disagio le spalle e fece del suo meglio per non andare in iperventilazione.

«Bene, allora, Blink... raccontami cos'è successo. E non tralasciare nulla» ordinò l'ammiraglio.

Senza esitare, Nate cominciò. Parlò di eventi che lei non capiva, ma che ovviamente erano il motivo per cui era andato in Iran. Il suo tono era quasi privo di emozioni, mentre raccontava com'era stato catturato e torturato. Spiegò anche perché sapeva che sarebbero andati a salvarlo – grazie al localizzatore che indossava – e che quando

Kevlar e la sua squadra erano arrivati, aveva posticipato il suo salvataggio per poter liberare anche Josie.

Fece sembrare... irrilevante tutto quello che avevano passato. Come se essere tenuto fermo mentre qualcuno gli versava dell'acqua sul viso coperto da un asciugamano fosse normale e non un'esperienza terribile. Descrisse che avevano sparato loro mentre venivano issati sull'elicottero e che il mezzo era stato colpito da quel missile per poi schiantarsi sulle montagne, come se fosse stato un evento quotidiano. Cominciava a pensare che per lui probabilmente lo era.

«E lei?» chiese l'ammiraglio, rivolgendo l'attenzione a Josie, che si mise istintivamente a sedere più dritta. «Voglio sapere come diavolo è finita in una cella in Iran, e perché non sapevamo nulla della sua presenza lì.»

Aprì la bocca, ma naturalmente non uscì nulla. Per fortuna Nate parlò al posto suo. Anche in quel caso, fece sembrare la sua storia molto più ordinaria di quanto non fosse stata. Persino *lei* sapeva che non era normale che un americano andasse in vacanza in Kuwait.

«Lo specialista Ayden Hitson? Il suo corpo è stato ritrovato il giorno dopo la sua scomparsa. Sostiene di essere stata su una barca con lui?»

Aveva usato un tono così sospettoso, che Josie si sentì quasi offesa. Perché *non* avrebbe dovuto essere con lui? Dubitava della sua storia? Pensava che avesse ucciso Ayden? Visioni di essere rinchiusa in un'altra cella, da qualche parte nelle profondità di quella nave, minacciarono di sopraffarla.

Senza pensarci, indicò il portatile e schioccò le dita con impazienza.

«Cosa?» chiese l'ammiraglio.

«Vuole usare il suo portatile» rispose Nate con voce allegra. Sembrava quasi divertito, ma Josie era sull'orlo di una crisi di nervi. Doveva convincere quell'uomo a crederle. E per farlo aveva bisogno delle parole.

L'ammiraglio cliccò su alcuni tasti, probabilmente per chiudere documenti con dati sensibili o altro, poi le passò il portatile.

Si stupì che avesse fatto ciò che aveva chiesto, ma non esitò. Mise le mani sulla tastiera, sentendosi normale per la prima volta dopo secoli, cliccò sull'icona di Word e iniziò a scrivere.

«Cazzo» disse Nate con una piccola risatina, mentre le sue dita volavano sui tasti.

«La ragazza ha talento» commentò ironicamente Kevlar.

Josie li sentì a malapena. Era troppo impegnata a scrivere esattamente com'era finita in quella cella in Iran.

A Las Vegas, era un'editor di sottotitoli. Scriveva il testo che appariva sugli schermi televisivi durante i film e altri programmi. Era nota per la sua precisione e per essere in grado di sottotitolare programmi in diretta. Ora la sua velocità di battitura giocava a suo favore, tanto che in dieci minuti scrisse più di millecinquecento parole e tutta la sua storia.

Spiegò che l'avevano convinta ad andare in Kuwait, che Ayden aveva ignorato le sue preoccupazioni riguardo al giro in barca, che era stato presuntuoso mentre sfrecciava e si pavoneggiava. E poi che era accaduto tutto in fretta e non avevano dato loro nemmeno la possibilità di spiegare come fossero finiti in acque iraniane. Descrisse all'ammiraglio la paura che aveva avuto quando avevano sparato ad Ayden per poi gettarlo in mare, e quando era stata trascinata a bordo della barca degli iraniani e rinchiusa in quella cella. Che era stata picchiata, che ogni tanto le era stato dato un pezzo di pane e che poi non aveva avuto altro che l'acqua che gocciolava dal muro.

Raccontò tutto nel modo più conciso possibile, nella speranza che le fosse permesso di rimanere con Nate, il quale, mentre lei scriveva, stava leggendo insieme a Kevlar accanto alle sue spalle. Quindi, quando finì e spinse il portatile verso l'ammiraglio, sapevano già ciò che aveva da dire.

«Cazzo, Josie» mormorò Nate, appoggiando la fronte contro la sua tempia. Lei chiuse gli occhi, in attesa del giudizio dell'uomo.

Non ci volle molto.

«Mi dispiace molto per quello che ha passato, signorina England. Il mio staff dovrà indagare, controllare l'hotel e le compagnie aeree per verificare la sua storia, ma mi basta guardarla per capire che ha passato l'inferno e non ho motivo di dubitare di lei. È una donna molto fortunata. Non sono molte le persone che hanno avuto la sua stessa esperienza e sono sopravvissute per poterlo raccontare. Immagino che non voglia che la stampa venga a conoscenza della sua storia.»

Scosse la testa quasi con violenza.

«Bene. Faremo del nostro meglio. Potete andare. Kevlar, sono sicuro che uno della tua squadra sta aspettando qui intorno. Potete recarvi tutti e tre nell'area delle cuccette dove si trova il vostro team. Potete darvi una ripulita e mangiare. Abbiamo uno psicologo a disposizione se volete parlare di quello che è successo. Altrimenti, domani vi porteremo in aereo in Germania e da lì potrete tornare negli Stati Uniti. Ci sono obiezioni?»

«No, signore» dissero all'unisono Nate e Kevlar.

Josie si sentì quasi sgonfiare. Tutto lì? Non aveva altro da dire sulla sua apparizione sulla nave?

A quanto pareva era così, perché Nate la prese per il gomito e la aiutò ad alzarsi, e le avvolse di nuovo la coperta intorno alle spalle. Poi la condusse alla porta, che venne magicamente aperta dall'uomo che si trovava fuori, e tornarono a percorrere l'interno della nave.

«Josie?» Kevlar la fermò dopo aver fatto a malapena dieci metri. Si trovavano in mezzo a una passerella, e la bloccavano completamente, ma per fortuna erano soli in quel momento.

Lo guardò, chiedendosi cosa stava per dirle. Forse che era stata un'idiota ad andare in Kuwait? Voleva rimproverarla per essere andata a fare un giro in barca con Ayden in una zona del mondo molto instabile?

Invece, strinse brevemente le labbra e disse: «Te l'ho già accennato, ma Remi vorrà sicuramente conoscerti.»

*Eh?* Era confusa.

«Scusa. Remi è la mia fidanzata. E voi due avete vissuto entrambe un'esperienza piuttosto intensa. Inoltre, lei è davvero brava a fare amicizia. So per certo che vorrà prenderti sotto la sua ala. Per favore, di' che verrai a Riverton quando torneremo negli Stati Uniti.»

«Kevlar» disse Nate, in un tono che non riuscì a interpretare. Così lo guardò e vide che stava fissando male l'amico.

«Lo chiedo solo perché non ho idea di cosa stia succedendo dietro l'apparenza stoica di *questo* ragazzo. C'è un motivo per cui è conosciuto come Blink. Perché non batte ciglio quando sta per fare il culo a qualcuno.»

Guardò di nuovo Nate, e non ebbe dubbi che ciò che aveva detto fosse vero.

Kevlar sorrise, poi disse: «Mi hai detto *tu* di prendermi cura di lei.»

Invece di rispondere all'amico, Nate la prese per le spalle e la girò delicatamente verso di sé. «Kevlar mi ha anticipato, ma sì... vorrei che venissi a Riverton con noi. Non puoi tornare a Las Vegas, Josie. Nessuno ha denunciato la tua scomparsa. E se la madre e la sorella di Ayden sapevano che saresti andata da lui, come hai scritto sul tuo rapporto all'ammiraglio, perché diavolo non hanno detto nulla? Soprattutto quando l'esercito ha notificato loro la sua morte settimane fa.»

Josie aveva scritto nel suo rapporto che i familiari di Ayden lo avevano aiutato a convincerla a partire, in modo che l'ammiraglio capisse perché aveva deciso di andare in Kuwait. Infatti, aveva anche chiesto loro se volevano darle qualcosa da portare ad Ayden. E l'avevano fatto; metà della roba che aveva messo in valigia era stata per lui.

Si era fatta la stessa domanda di Nate, ma non sapeva nemmeno cosa fosse successo quando le donne avevano saputo della morte di Ayden. Era molto probabile che avessero pensato che fosse stata uccisa anche lei.

«Ma non ha importanza. Fidati quando ti dico che l'esperienza che hai vissuto... può divorarti dentro. Può venire fuori quando meno te lo aspetti. Passa qualche settimana a Riverton. Puoi stare da me. Per recuperare, per riprendere confidenza con la vita.»

Josie voleva farlo. Si sorprese di quanto desiderasse accettare. Che cosa aveva a Las Vegas? Niente. Nessuno. Inoltre, il pensiero di poter stare vicino a Nate era irresistibile.

Gli fece un piccolo cenno di assenso.

«Sì? Verrai in California con noi?»

Annuì di nuovo.

Il sorriso che si aprì sul suo volto le provocò una sensazione di calore dentro al corpo.

«Ottimo. E sì, Remi ti adorerà. Anche Wren.»

«Non dimenticare Caroline, Alabama e tutta la banda» aggiunse Kevlar.

«Puoi evitare di spaventare Josie proprio quando ha accettato di venire con noi?» si lamentò Nate, mentre le prendeva la mano e ricominciava a camminare.

«Scusa. Ma sul serio, è fantastico!»

Josie si sentì un po' strana nel vedere com'erano felici quegli uomini per il fatto che avesse deciso di andare in California. Se avessero saputo quanto era patetica e che non aveva letteralmente nessuno che sarebbe stato contento di rivederla nel Nevada, forse non sarebbero stati così entusiasti di averla aggiunta al loro gruppo.

Avevano fatto solo pochi metri che MacGyver si unì a loro, e fece strada. Percorsero così tanti corridoi, che quando raggiunsero un'altra sala piena di porte e MacGyver ne aprì finalmente una, Josie ormai non sapeva più orientarsi. Riconobbe gli uomini all'interno. Erano quelli che li avevano tirati fuori dalle celle. Era sollevata che stessero tutti bene, soprattutto dopo la terrificante fuga nell'oceano che avevano affrontato.

«Blink!»

«Porca puttana, amico, che bello vederti!»

«Sei un idiota. Non posso *credere* che tu sia scappato in Iran senza di noi!»

I commenti si susseguirono in rapida successione, mentre gli amici di Nate lo allontanavano da lei, lo abbracciavano e salutavano calorosamente con pacche sulle spalle.

«Piano» si lamentò lui. «Ho già abbastanza lividi, non ho bisogno che voi stronzi ne aggiungiate altri.» Poi si girò e le presentò di nuovo tutti, cosa che Josie apprezzò. Aveva dimenticato chi fosse chi.

«Dio, quanto puzzi» disse uno dei ragazzi quando ebbe finito.

Nate alzò gli occhi al cielo. «Grazie, Smiley. Credi di avere un odore migliore dopo aver passato buona parte della settimana in missione?»

Tutti risero, ma il fatto che parlassero di puzza la fece sentire in imbarazzo per non essere pulita. E lei era stata via per molto più di una settimana.

«A proposito... abbiamo bisogno di fare la doccia. E a Josie serve qualcosa da mettere. Ha anche bisogno di cibo e acqua» annunciò Nate.

«Vado allo spaccio a trovarle qualcosa. Non so se hanno roba piccola, ma vedrò cosa posso fare» disse Safe.

«E io vado alla mensa a prendere un po' di cibo per entrambi» si offrì Preacher. «Lo riporto qui, così potrete mangiare in pace. Ci sono troppe persone che sanno quello che è successo, per lo meno che eravate in Iran e avete dovuto essere prelevati. Per un po' non sarà gradevole farlo in pubblico.»

«Io le preparo una cuccetta» aggiunse MacGyver.

«Per quanto riguarda la doccia, il bagno delle donne è in fondo al corridoio» disse Flash.

Nate annuì. «Grazie, ragazzi.»

«Figurati.»

«Quando vuoi.»

«Torno subito.»

Nate si voltò verso Josie. «Bene, allora, per quanto vorrei poterti dire che le docce a bordo sono lussuose, non è così. Dovrebbe esserci acqua calda, ma non è garantita. Dovrai essere veloce. Mi dispiace. Quando saremo in California, potrai prenderti tutto il tempo che vorrai, ma qui...»

Josie gli mise una mano sul braccio e mimò con la bocca: *"Va bene così"*.

«Vorrei poterti dare un sacco di cose in questo momento, tra cui una lunga doccia calda, ma posso darti del sapone, un posto sicuro dove posare la testa, del cibo e, spero, la rassicurazione che tutto andrà bene da qui in avanti.»

Lei annuì, grata per ogni singola cosa che stava facendo per lei in quel momento, che aveva fatto in passato e avrebbe fatto in futuro.

«Amici, avreste dovuto vedere la nostra ragazza digitare sulla tastiera. Merda, giuro che le sue dita fumavano sui tasti del portatile dell'ammiraglio. E quando gli ha schioccato le dita per chiedergli il computer e lui ha praticamente obbedito?» Kevlar rise. «Se non fossi già innamorato di qualcuno, sarebbe successo in quel momento.»

Anche MacGyver ridacchiò da dietro uno degli armadietti, dove stava prendendo delle coperte presumibilmente per prepararle un letto.

«Vieni, ti mostro dove puoi fare la doccia. Sono sicuro che Safe tornerà con dei vestiti prima che tu abbia finito. Quando si mette in testa una cosa, la fa in fretta» disse Nate.

Guardò con desiderio una delle cuccette, dato che all'improvviso si sentì come se stesse per svenire per la stanchezza, ma lo seguì fuori e tornò nel corridoio. Nate si fermò davanti a una porta di metallo con la scritta WOMEN a caratteri cubitali.

«Pensi di essere a posto?»

Lei annuì.

«Ok, resterò qui fuori finché non avrai finito.»

Josie aggrottò la fronte e inclinò la testa con aria interrogativa.

«È solo che non voglio che tu ti senta a disagio o che

qualcuno ti disturbi. Possono aspettare finché non avrai finito.»

Avrebbe voluto protestare. Dirgli che era certa che non sarebbe stato un problema se fosse entrata un'altra donna, ma dal suo sguardo agguerrito era evidente che volesse lasciarle un po' di spazio.

Non era sicura di volerlo, soprattutto da lui, ma annuì comunque.

La sua supposizione si rivelò esatta quando, nel momento in cui la porta si chiuse alle sue spalle, le ci volle tutta la sua forza interiore per non riaprirla. Trovarsi da sola per la prima volta da quando Nate era stato trascinato nella cella accanto alla sua, le riportò alla mente troppi brutti ricordi.

Fece un respiro profondo. Poi un altro. Doveva capire come tornare al suo stile di vita solitario senza avere un attacco di panico ogni volta che una porta si chiudeva dietro di lei.

Si avvicinò lentamente alla fila di docce lungo il muro. In quel momento, il pensiero di essere pulita prese il sopravvento su qualsiasi altra emozione. Lasciò cadere la coperta, si tolse i calzini, la maglia, i boxer e quel maledetto bikini, chiuse la tenda della doccia e girò la manopola. Il getto che uscì dal soffione era debole e l'acqua tiepida, ma la sensazione fu assolutamente paradisiaca.

Quando alla fine chiuse l'acqua – si era insaponata più volte e aveva sfregato leggermente il cuoio capelluto – Josie riusciva a malapena a tenere gli occhi aperti. I suoi capelli erano ancora un disastro, ma ormai era troppo esausta per fare qualcosa di più. Le bastava che il suo corpo fosse pulito. Non poteva lavare via la sensazione di essere stata sdraiata nella sporcizia e aveva ancora delle linee scure sotto le unghie, ma il profumo di pulito era fantastico.

«Josie?»

Sentì la voce di Nate, e sbirciò dalla tenda della doccia, assicurandosi di rimanere nascosta. Lui aveva visto praticamente tutto il suo corpo, compreso come le sporgevano le ossa, ma ora che non erano nel bel mezzo della fuga da una prigione di un gruppo di terroristi, era più imbarazzante essere nuda vicino a lui.

«Safe ha portato degli indumenti. Te li metto qui. Vestiti con calma. Non entrerà nessuno finché non avrai finito.»

Poi le fece un cenno con la testa e la lasciò di nuovo sola.

A Josie non piacque vedere la schiena di Nate che si allontanava da lei, ma doveva abituarsi. Con coraggio, uscì dalla doccia e si avvicinò alla pila di cose che le aveva lasciato. Sopra c'era un asciugamano, che avvolse intorno al corpo.

Safe le aveva preso una maglietta con la scritta NAVY sul davanti, un paio di pantaloni della tuta con la stessa scritta su una gamba, un paio di mutandine e un reggiseno sportivo. Oh, e anche dei calzini.

Il solo vedere degli indumenti puliti le fece venire le lacrime agli occhi. Si asciugò rapidamente e indossò tutto. Si sentiva un'altra persona ora che indossava dei vestiti veri. E *puliti*.

Socchiuse la porta e vide Nate che le dava le spalle, impedendo a chiunque di entrare. C'era una donna di lato con le braccia incrociate, sembrava irritata, ma appena la vide, cambiò espressione.

«Oh, sei così piccolina» le disse.

Josie avrebbe voluto ridere, visto che le capitava spesso che glielo dicessero, ma Nate si intromise. «Sei a posto? Ti va bene tutto?»

Lei annuì, sentendosi improvvisamente timida. Si rese conto che non si era ancora fatto la doccia. Era rimasto lì fuori mentre lei se la prendeva comoda. Si accigliò, poi indicò la porta dall'altra parte del corridoio con su scritto MEN.

Lui si voltò a guardare. «Sì, mi laverò quando ti sarai sistemata in una delle cuccette.» Poi la oltrepassò per entrare nel bagno delle donne.

La tizia che aspettava di entrare alzò gli occhi al cielo, ma gli tenne aperta la porta.

Josie lo guardò avvicinarsi a dove lei si era tolta i vestiti, raccoglierli e gettarli nel cestino. Poi tornò e la prese delicatamente per il braccio. «Andiamo, i ragazzi dovrebbero aver portato qualcosa da mangiare e da bere. Ti sistemerò, poi farò una doccia e tornerò prima che tu ti accorga della mia assenza.»

Non ne era sicura, ma annuì lo stesso.

La condusse nella stanza con le cuccette e vide che aveva avuto ragione: i suoi compagni di squadra erano tutti lì ad aspettarli. E avevano allestito quello che sembrava un banchetto. Qualcuno aveva tirato fuori un baule da sotto una delle cuccette e lo aveva utilizzato come tavolo. C'era un sacco di cibo sopra, ma ciò che attirò la sua attenzione fu la frutta fresca.

Senza pensarci prese una fragola, ma poi si bloccò sentendosi terribilmente maleducata.

«Forza, Josie. Serviti pure. Torno subito.» Poi, con sua grande sorpresa, Nate la baciò sulla tempia, prese una pila di vestiti da una cuccetta e lasciò la stanza.

Per un attimo andò nel panico, poi si costrinse a fare un respiro profondo.

«Stai andando bene, Josie» le disse Kevlar. «I primi giorni di ritorno alla civiltà sono sempre difficili.» I suoi capelli erano bagnati ed era evidente che avesse fatto la doccia nello stesso momento in cui l'aveva fatta lei.

«Se questa si può chiamare civiltà» brontolò Smiley.

«Vero» ribatté Kevlar con un piccolo sorriso. «Coraggio. Io ti annoierò con le storie della mia Remi e Safe potrà intrattenerti con quelle della sua Wren. Blink ti ha parlato di Caroline e Wolf, no? Be', abbiamo un po' di cose da raccontarti! Ti troverai bene con tutti... anche se è un peccato che tu abbia dovuto vivere quella brutta esperienza.»

Qualche attimo più tardi, Josie era seduta a gambe incrociate su una delle cuccette, con un piatto pieno di cibo sulle ginocchia, mentre tutti i ragazzi si alternavano a raccontarle delle persone che avrebbe incontrato in California. Nessuno sembrava pensare che fosse strano che andasse a Riverton con loro. Anzi, ne sembravano entusiasti.

Quando Nate tornò le girava la testa. Non era stato via più di quindici minuti, ma sembrava che fossero passate delle ore.

«È rimasto qualcosa per me?»

Josie riuscì solo a fissarlo. Era lo stesso uomo che aveva conosciuto, ma ora aveva un aspetto diverso. Si era lavato via la sporcizia e tagliato la barba. Le lentiggini risaltavano ancora di più ora che non erano nascoste sotto lo sporco e il sangue. Aveva ancora dei lividi sul viso, ma sembrava...

Intoccabile.

Come diavolo le era saltato in mente di accettare di andare in California con quell'uomo? Era talmente fuori dalla sua portata. Era alto, muscoloso e affascinante, mentre lei era... cos'era? Bassa, insignificante e magra come uno stecchino.

L'appetito scomparve in un istante.

Ma Nate non sembrò accorgersene. Si sedette accanto a lei dopo aver riempito il proprio piatto di cibo, poi le prese la mano, mangiando con l'altra, il tutto mentre scherzava con i suoi amici. Sembrava che a nessuno importasse che le stesse tenendo la mano. Non lo presero in giro, continuarono semplicemente a conversare.

Le faceva male la testa; era confusa, stanca e sopraffatta da tutto quello che era successo in così poco tempo.

«La stiamo perdendo» disse qualcuno a bassa voce.

Il piatto che aveva in grembo fu rimosso e Nate la esortò a sdraiarsi.

«Sei stanca, Spirit, e non c'è da stupirsi. Chiudi gli occhi. Dormi.»

Un secondo prima aveva deciso che quell'uomo non faceva per lei, ma andò nel panico al solo pensiero che si allontanasse, e gli afferrò il polso quando lui fece per alzarsi.

A suo credito, Nate non si liberò e non le chiese cosa stesse facendo. Semplicemente si risedette, poi si sistemò per sdraiarsi accanto a lei. «Vieni qui» la esortò, tirandola più vicino a sé.

Un attimo dopo si ritrovò con la testa sulla sua spalla e il braccio sulla sua pancia. Lui le circondò le spalle, tenendola contro di sé. «Dormi, Josie. Domani sarà un'altra lunga giornata, perché voleremo fino in Germania e poi torneremo negli Stati Uniti.»

Annuì, e avrebbe voluto rimanere sveglia per ascoltare altri dettagli su ciò che sarebbe accaduto l'indomani, ma non riusciva a tenere gli occhi aperti. Con il tranquillo battito del cuore di Nate sotto la guancia, cadde in un sonno profondo e ristoratore, sicura che quell'uomo non avrebbe permesso che le accadesse nulla mentre riposava.

# CAPITOLO DIECI

BLINK AVEVA DORMITO come un sasso. Ne aveva avuto davvero bisogno. Non aveva riposato decentemente da quando era stato svegliato nel cuore della notte e gli era stato ordinato di raggiungere la base entro un'ora per partire per una missione in Iran.

Avere Josie al suo fianco aveva reso il suo sonno ancora più ristoratore.

Fece un sospiro di sollievo guardando la donna ancora addormentata sul suo petto. Profumava come lui. Come il suo sapone. I suoi capelli erano ancora un disastro; ci sarebbe voluto molto di più della penosa doccia di una portaerei per sistemarli. Ma la sera precedente, vedere la sua pelle pulita e il rossore sulle sue guance mentre mangiava e beveva a sazietà... aveva contribuito molto a far sembrare una cosa da poco ciò che aveva passato lui.

Non riusciva ancora a credere che quella donna fosse

stata in una cella iraniana a deperire e che nessuno lo sapesse. Se non lo avessero catturato, sarebbe stata ancora lì. Era incredibile. Inaccettabile.

Non gli era sfuggito che si era irrigidita dopo averlo visto appena tornato dalla doccia, e pensava di sapere il motivo. Si era abituata a vederlo in modalità soldato, con la barba incolta e ricoperto da giorni di sporcizia. Ma se pensava di tirarsi indietro ora, si sbagliava di grosso.

Lei era la donna che aveva aspettato per tutta la vita, e avrebbe fatto di tutto per dimostrarglielo. Qualsiasi insicurezza avesse riguardo alla loro possibile relazione, era una stronzata. La sera prima aveva notato subito che era a disagio con lui, perché all'improvviso era stata riluttante a incontrare il suo sguardo, e la sua espressione era diventata triste. Ciò lo aveva ferito profondamente, ma in qualche modo avrebbe fatto sì che si sentisse di nuovo a suo agio; alla fine era sempre lo stesso uomo che lei aveva conosciuto quando stavano lottando per sopravvivere.

Non aveva mentito, quella sarebbe stata una giornata lunga e difficile. Avrebbero dovuto rispondere ad altre domande, essere esaminati dai medici e affrontare il lungo volo fino in California. Ma lui sarebbe stato al fianco di Josie, assicurandosi che avesse qualunque cosa le servisse e che riuscisse a gestire bene tutte le attenzioni che avrebbe ricevuto.

Lei si agitò tra le sue braccia, e Blink percepì il momento in cui prese coscienza di ciò che la circondava, perché si irrigidì.

«Shhh» mormorò contro i suoi capelli. «Va tutto bene.

Abbiamo ancora qualche minuto prima di doverci alzare. Sono sicuro che la sveglia di Kevlar suonerà da un momento all'altro. Poi dovremo fare i conti con la scontrosità di Flash e Smiley perché odiano che il loro prezioso sonno venga interrotto, con MacGyver che sarà in piedi e pronto a partire in pochi secondi, cosa davvero fastidiosa, e con Safe che sarà uno zombie fino a quando non avrà bevuto il caffè, anche se non sarà quello che gli piace. Preacher sarà già vestito e con il borsone in spalla e ci chiederà di sbrigarci, e Kevlar sarà l'ultimo ad andarsene per controllare che qualcuno non abbia dimenticato di prendere qualcosa, come succede sempre.»

Sentì Josie sorridere contro il suo petto. Poi lei sollevò la testa e lo studiò con uno sguardo interrogativo.

«Io?» le chiese.

Annuì.

Blink scrollò le spalle. «Seguo la corrente. Non attiro l'attenzione su di me, non mi metto in mezzo. Guardo gli altri, osservo. È mio fratello quello estroverso. Io sono il tipo di persona che sta in disparte e si fa un'idea della situazione prima di agire. Ho imparato molto osservando.»

Josie appoggiò il mento sulla mano, continuando a guardarlo negli occhi.

«Vuoi sapere cos'ho imparato osservandoti?»

Lei aggrottò la fronte e scosse la testa.

Blink ridacchiò piano. Si stava godendo quel momento. Quell'intimità. Anche se erano in una stanza insieme a tutti i suoi compagni di squadra, gli sembrava che fossero in una bolla tutta loro. «Te lo dirò lo stesso. Tu sei come me,

Spirit. Osservi gli altri. Provi a capire che persone sono prima di interagire. Lo hai fatto con me. Non eri sicura di poterti fidare, non sapevi cos'avrei potuto fare quando avessi scoperto che eri in quella cella. E quando hai capito che ero dalla tua parte, che non ti avrei fatto del male, hai agito.»

Josie si spostò in modo da appoggiare di nuovo la guancia sul suo petto, interrompendo il contatto visivo.

«Il fatto che tu mi abbia dato quell'acqua... mi ha cambiato la vita, Josie» ammise Blink in un sussurro. «So cosa significava per te. È stata letteralmente la tua ancora di salvezza. In teoria, avresti dovuto essere morta. Non so per quanto tempo sei rimasta senza cibo, ma qualsiasi idiota avrebbe potuto capire che è stato un periodo *molto* lungo. C'è voluto più di un giorno e mezzo perché quella tazza si riempisse d'acqua. Ma tu l'hai *data* a me. Non metà, tutta. I miei compagni di squadra darebbero la vita per me, e io farei lo stesso per loro, ma a parte quegli uomini... nessuno è mai stato così coraggioso e altruista nei miei confronti come sei stata tu.

Farò tutto ciò che è in mio potere per ricambiare quella gentilezza. Non perché devo o mi senta in qualche modo obbligato, ma perché se non riesco a trovare un modo per tenerti nella mia vita, non sono sicuro di poter continuare a fare quello che sto facendo. Ho visto troppo odio, troppa morte, e ho bisogno di te per bilanciarla. Non qualcuno *come* te... ma te.»

Non appena quelle parole lasciarono la sua bocca, desiderò di potersi rimangiare tutto. Si rese conto dal suo sguardo di averla sopraffatta. Quella donna aveva appena passato l'inferno. Aveva una vita negli Stati Uniti. E invece lui le aveva detto che non l'avrebbe lasciata andare. Merda, come uno stalker o qualcosa del genere. Quel pensiero gli fece venire voglia di picchiarsi da solo.

Josie alzò la testa e lo guardò ancora una volta. Aveva le lacrime agli occhi e Blink andò nel panico. Non aveva avuto intenzione di turbarla o di farla piangere!

«Cazzo» imprecò.

Con sua grande sorpresa, lei gli fece un sorriso tremante. «Dici spesso "cazzo".»

Blink rimase a bocca aperta, completamente scioccato. La sua voce era stata a malapena un sussurro roco, come se le sue corde vocali fossero arrugginite per essere rimaste inutilizzare per molto tempo. E lei sembrò altrettanto sorpresa di sentirla.

Avrebbe voluto balzare in piedi e lanciare un urlo trionfante. Aveva parlato! A *lui*! Gli sembrò una vittoria importante.

Ma si costrinse a mantenere la calma. «Sì, lo so. Devo scusarmi?» le chiese.

Lei scosse la testa.

«È solo che quella parola riassume perfettamente quello che sto provando nel momento in cui la uso. Se sono ferito, sorpreso, preoccupato, eccitato... trasmette tutti questi sentimenti. È una parola multiuso che si adatta sempre all'occasione.» Blink portò la mano sul suo viso e le asciugò con il pollice le lacrime sulle guance. «Non piangere, Josie. Non sopporto quando lo fai.»

Gli rivolse un altro sorriso tremante.

Poi la sveglia di Kevlar iniziò a suonare nella stanza silenziosa.

Gli uomini intorno a loro emisero gemiti e lamenti, e il loro leader sbraitò: «È ora di alzarsi, ragazzi! Andiamo a casa!»

«L'unico motivo per cui sei così eccitato è perché potrai vedere Remi» brontolò Smiley.

«Già. Un giorno avrai la tua donna da cui tornare a casa e allora sarai *tu* il primo ad alzarti, e ci romperai le scatole per metterci fretta.»

«Dubito» borbottò.

«Te l'avevo detto» disse Blink sottovoce a Josie. «Sei pronta per oggi?»

Lei scrollò le spalle.

«Be', qualsiasi cosa accada, io ci sarò. Quindi non devi preoccuparti. Ok?»

*"Ok"*, mimò con la bocca.

Blink non si aspettava di certo che cominciasse a chiacchierare ora che finalmente aveva parlato, ma sperava che acquistasse un po' di fiducia e fosse in grado di usare la voce più spesso. Sorrise al pensiero.

Josie gli toccò il petto e inclinò la testa con uno sguardo interrogativo.

«Stavo solo pensando al fatto che sono io il logorroico in questa relazione» ammise onestamente. «È esilarante, perché sono tutt'altro che loquace... con tutti, tranne che con te.»

«Non sta mentendo» disse Flash, dalla cuccetta accanto

alla loro. «Blink è un tipo *davvero* taciturno. Vedi che sta pensando a un chilometro al minuto sotto quello sguardo vitreo, ma non apre mai la bocca, a meno che non abbia qualcosa di importante da dire.»

Josie rivolse a Blink un piccolo sorriso... che gli arrivò dritto al cuore.

«Alzatevi, pigroni» incalzò Kevlar. «Dobbiamo fare colazione e vedere l'ammiraglio, poi sono sicuro che vorrai salutare tuo fratello prima di partire.»

«Facciamolo» disse Blink a Josie.

«Facciamolo» sussurrò lei.

«Aspetta... ha appena parlato?» chiese Preacher.

Safe gli diede uno schiaffo sulla nuca, ma Blink non distolse lo sguardo da lei. Ogni parola che usciva dalla sua bocca gli sembrava una grande vittoria, anche se, a essere sincero, non gli sarebbe importato se fosse stata muta. Pareva fosse in grado di capirla benissimo. Il loro era un legame creato dalle circostanze. Avevano attraversato l'inferno insieme e ne erano usciti.

———

Josie si trovava sul ponte della portaerei e guardava Nate abbracciare suo fratello per salutarlo. Era lì con altri cinque piloti Night Stalker. Era stata presentata a quelli che non conosceva – Caos ed Edge – e non poté fare a meno di sorridere un po' pensando ai loro soprannomi. Obi-Wan, Buck, Pyro, Casper... avrebbe voluto chiedere come se li erano guadagnati, cosa significassero, ma non ne aveva avuta l'occasione, perché dovevano salire sull'aereo che li stava aspettando per portarli in Germania.

Quella mattina, durante l'incontro con l'ammiraglio, lui le aveva detto che una volta giunta lì le avrebbero dato un passaporto sostitutivo, che un uomo di nome Tex aveva organizzato tutto. Josie non sapeva chi fosse, ma era grata per il suo aiuto. L'aveva spaventata a morte il pensiero di dover aspettare sulla nave o in Germania, mentre Nate e gli altri sarebbero tornati a casa. Non che qualcuno fosse stato scortese o cattivo con lei, semplicemente si sentiva più a suo agio con gli uomini che già conosceva.

Chi voleva prendere in giro? Era Nate quello con cui si sentiva più a suo agio. Lui vedeva la donna che c'era sotto la creatura pelle e ossa, traumatizzata, sudicia e puzzolente che aveva inizialmente conosciuto. Le sembrava di star emergendo da anni vissuti dentro a fogne buie e umide, ricoperta di sporcizia e abbandonata. E in un certo senso era così.

Tecnicamente, era ancora Josie England, la donna poco interessante e facile da dimenticare di prima. Ma Nate la faceva sentire... importante.

Ciò che le aveva detto quella mattina le risuonava in testa.

*Ho bisogno di te... non di qualcuno come te... ma di te.*

Quelle erano parole che cambiavano la vita.

Ayden le aveva detto che l'amava all'inizio della loro relazione, che era bella, intelligente, ma alla fine non erano state altro che belle parole per portarla a letto. Ora lo capiva, anche se lui aveva mostrato molto presto la sua vera natura. Non gli era mai importato di lei, solo di quello che poteva ottenere.

Ma Nate? Lui vedeva dritto nella sua anima, e ciò che vedeva non sembrava disgustarlo. Di certo, da quando si erano conosciuti non era stata al meglio della sua forma, fisicamente e mentalmente. Ma non importava. E per quanto riguardava la tazza d'acqua che gli aveva dato, lui poteva anche pensare che fosse stata una decisione difficile rinunciare all'unica cosa che l'aveva tenuta in vita, e con chiunque altro avrebbe potuto esserlo, ma il fatto che Nate non avesse preteso che lei la condividesse, che non si fosse aspettato nulla, come avrebbe fatto Ayden, le aveva reso ancora più facile offrirgliela.

In realtà, si era pentita di non avergliela data prima. Non avrebbe dovuto aspettare così tanto. Ma per fortuna erano stati salvati e alla fine non aveva avuto importanza.

«È un brav'uomo» le disse Kevlar, mentre guardavano Nate e Tate che si salutavano. «Gli devo tutto. Ha salvato la mia Remi. Ha fatto quello che sa fare meglio, osservare, notare i particolari, poi ha agito quando è stato necessario.»

Josie lo guardò. Ricordava che Nate le aveva raccontato quello che era successo a Remi, che era stata rapita e quasi sepolta viva, ma ovviamente aveva minimizzato il suo ruolo nell'intera faccenda.

Kevlar si voltò a guardarla. «Ha passato davvero l'inferno, e non mi riferisco a quest'ultima esperienza. Ha perso il suo ex team SEAL. Alcuni ragazzi sono morti, alcuni erano feriti così gravemente che sono stati congedati per ragioni mediche. Per settimane non ha fatto altro che stare seduto al bar, dove ci piace ritrovarci, a fissare il vuoto. Ma è letteralmente uno degli uomini più forti che conosca. Siamo fortunati ad averlo. Quando abbiamo saputo quello che era successo, cioè che era stato rimandato in Iran dove aveva perso la sua ultima squadra e si era fatto catturare per far scappare gli uomini che erano con lui, non c'era la minima possibilità che non saremmo stati noi quelli che sarebbero andati a riprenderlo. Tu e lui... siete così simili da essere incredibile. Entrambi avete cacciato nel profondo di voi la sofferenza, e non lasciate che vi impedisca di sopravvivere. Penso che siate perfetti l'uno per l'altra.

Mi rendo conto che la gente sarà scettica. Probabilmente lo sei anche *tu*. Ma io ho capito dal momento in cui ho visto Remi che era quella giusta per me. Non lo ammettevo a me stesso, ma lo sapevo. Lui può guarirti se glielo permetterai, così come puoi guarirlo tu. Ma non fargli del male, Josie. Non sono sicuro che possa sopportarlo. Non dopo tutto il resto.»

Il suo cuore era addolorato per quell'uomo che era diventato rapidamente tutto per lei. Voleva dire a Kevlar che non gli avrebbe fatto del male. Ma le parole non uscirono. Così si limitò ad annuire.

«Bene. Sono contento che abbiamo fatto questa chiacchierata» le disse con una piccola risatina. «Ti ho già detto che Remi vorrà conoscerti, e non mentivo. Sarà ansiosa di incontrare la donna di Blink. Loro due hanno un legame speciale, di cui non sono affatto geloso. Senza di lui, non avrei lei. Potrebbe essere un po' protettiva nei suoi confronti, quindi ti chiedo di essere tollerante. Voi due avete condiviso un'esperienza orribile, ma anche lei e Blink.»

Josie annuì di nuovo.

«Grazie. Ti giuro che Remi sarà l'amica più fedele che potrai mai avere. È una cartonista. Aspetta di leggere le sue vignette di Pecky il taco viaggiatore. Sono esilaranti.»

«Oh, Signore, stai ancora parlando di Pecky?» chiese Flash dietro di loro.

Lei si voltò e vide il SEAL sorridere al suo leader.

«Sì» rispose Kevlar senza voltarsi. «Se riuscissi a far leggere le sue cose a tutti quelli che incontro, potrei ritirarmi dalla Marina e fare il marito casalingo.»

«Puoi farlo anche adesso» disse MacGyver. «Sappiamo tutti che fa un sacco di soldi con quel taco.»

«Se lo dici tu» borbottò lui.

Josie non poté fare a meno di ridacchiare.

«Che suono dolce» disse Safe arrivando accanto a Kevlar e guardandola sorpreso.

Per qualche motivo, si sentì arrossire. Quando Nate si unì a loro dopo aver salutato il suo gemello e gli altri Night Stalker, si rese conto di essere finita con un bel gruppo di uomini. Erano leali, amichevoli e un po' cazzuti. No, non un po'... *molto*. Non aveva dimenticato come li avevano fatti evadere da quelle celle, e com'erano stati in modalità soldato mentre si muovevano per la città, prima che si scatenasse l'inferno e dovessero separarsi.

«Scusate, ci è voluto più di quanto pensassi. Tate e il suo team sono diretti negli Stati Uniti. Tornano a Norfolk, in

Virginia, dove vivono attualmente. Dato che ha perso l'elicottero, devono consegnargliene uno nuovo e lavorare con i meccanici per equipaggiarlo e farlo funzionare come piace a lui.»

«Perso? È questo che hanno deciso di dire?» chiese Preacher con uno sbuffo.

Nate sorrise. «Mm-mm.»

Sembrava quasi un ragazzino quando sorrideva. A Josie piaceva ogni suo aspetto: serio, emotivo, letale, scherzoso, assonnato, preoccupato per lei... ma, soprattutto, quello di quel momento. Quello ironico.

«Scendiamo da questo ammasso di ferraglia. Sono pronto a vedere Wren» disse Safe.

Tutti si chinarono per prendere i loro borsoni e lei si sentì strana per il fatto di non avere altro che i vestiti che aveva addosso... e la sua piccola tazza di metallo che Nate aveva insistito per tenere in tasca. Aveva detto che portava fortuna, promettendole che non le sarebbe successo nulla.

Dato che si fidava di lui, non aveva protestato. In ogni caso, non aveva una borsa in cui metterla, e non aveva tasche nei pantaloni della tuta che portava.

Attraversarono il ponte verso un aereo in attesa. Non era entusiasta della procedura di decollo dalla nave in movimento, ma non aveva intenzione di lamentarsi. Il pensiero di tornare sulla terraferma e negli Stati Uniti, era una motivazione sufficiente per farle fare tutto ciò che le veniva chiesto.

———

Ventiquattro ore più tardi, Josie non ne poteva più. Di viaggiare, di essere educata, di portare pazienza. Di essere socievole. Non aveva senso, considerando che non era passato molto tempo da quando avrebbe fatto di tutto pur di stare in mezzo alla gente. Ma dopo aver fatto il viaggio stressante fino in Germania, dopo essere stata visitata ed esaminata da un medico dell'ospedale militare con la tendenza a parlare di lei come se non fosse stata nella stanza semplicemente perché non parlava, e che aveva detto che era malnutrita e anemica – ma va! – e dopo il lungo volo di ritorno in California con un aereo pieno di marinai e soldati che stavano *anche loro* tornando a casa, Josie desiderava di poter stare un po' di tempo da sola.

Si sentiva anche... destabilizzata. Non aveva fatto parte del mondo vero e proprio per così tanto tempo, che il solo fatto di essere nell'auto di Nate mentre andavano a casa sua era snervante. Era buio, non aveva idea di che ora fosse, ma anche le poche macchine che percorrevano la loro stessa strada la mandavano nel panico.

«Respira, Josie. Saremo a casa mia tra pochi minuti. Poi potrai rilassarti.»

Non era sorpresa che fosse così in sintonia con lei. Era rimasto al suo fianco durante tutto il viaggio. Le aveva ceduto il posto accanto al finestrino sul volo per la Germania, sedendosi al centro anche se era stato stretto su quel piccolo sedile, e le aveva tenuto la mano sulla schiena nel percorso da e per l'aereo e nell'ospedale militare in Germania. Non gli avevano permesso di rimanere nella stanza mentre la visitavano, e il solo fatto di stare lontano da lui per quel piccolo periodo di tempo l'aveva quasi mandata fuori di testa.

Era stanca, nervosa e le veniva da vomitare perché era preoccupata dell'immediato futuro. Si chiedeva se aveva fatto bene a decidere di andare in California. Forse avrebbe dovuto tornare nel suo appartamento a Las Vegas. Anche se non era nemmeno sicura di avere ancora un posto in cui vivere lì. Era stata via abbastanza a lungo che il suo padrone di casa probabilmente aveva pensato che lo avesse abbandonato su due piedi, e chissà cos'era successo alle sue cose.

Si sentì prendere dal panico. E se tutti i suoi averi fossero spariti? Venduti? Buttati via? Non aveva nulla di prezioso, tranne le foto, gli oggetti con un valore affettivo e i vestiti che aveva cercato per ore e che dopo alcune modifiche le erano stati alla perfezione. Non voleva ricominciare da capo. Non sapeva nemmeno come *iniziare* a farlo. E doveva contattare il suo capo, per assicurarsi di avere ancora un lavoro.

«Josie, cosa ti ho detto? *Respira*» le ordinò Nate con fermezza.

Si voltò a guardarlo, e riusciva a malapena a scorgerlo grazie al bagliore dei fari delle auto che passavano e dei lampioni.

«So che oggi è stata una giornata difficile, ma siamo quasi a casa.»

Avrebbe voluto sbuffare. Difficile. Sì, certo. Non era la parola che avrebbe usato, ma in realtà non poteva lamentarsi. Nessuno le aveva detto che avrebbe dovuto tirare fuori una carta di credito prima di poter salire su uno degli aerei. Aveva un passaporto, era viva e libera.

«Abito in un appartamento. Non è niente di speciale. Un giorno vorrei comprare una casa, ma con il lavoro che faccio non mi sembra una cosa intelligente in questo momento. Remi per un periodo ha vissuto nello stesso condominio con Kevlar, ma si sono trasferiti nella sua villetta. Quando arriveremo, non devi fare nulla. Puoi semplicemente sederti e ambientarti. Fidati quando ti dico che capisco come ti senti. C'è tanto rumore, vero? Macchine che suonano il clacson, il rombo dei motori, radio che suonano. Anche se era uno schifo stare in quella cella, stare in mezzo a tutta questa gente risulta... caotico.»

Come le aveva ordinato, Josie fece un respiro profondo. Aveva ragione. Sembrava che tutta la sua vita fosse fuori controllo, e lei un tempo si vantava di averlo *sempre*. Per settimane non era stata in grado di controllare nulla di ciò che le accadeva, e anche dopo essere stata liberata, aveva continuato a sentirsi dire cosa fare da tutti quelli che la circondavano. Non aveva mai avuto possibilità di scelta... tranne quella di andare in California con Nate. Che le sembrava una cosa giusta.

Così si rilassò un po'.

«Arrivati» annunciò lui entrando nel parcheggio. Anche se gli appartamenti erano vecchi, non avevano un aspetto fatiscente. E il parcheggio era ben illuminato. Non che avesse importanza.

Josie non aveva paura del buio. Aveva trascorso il periodo di prigionia nell'oscurità quasi totale, quindi i suoi demoni non derivavano dalla mancanza di luce. Di trovarsi in mare, di non avere accesso al cibo o a qualcosa da bere, sì. Del buio, no.

Nate parcheggiò e spense il motore.

«Non muoverti, vengo di là» le disse, aprendo la portiera.

Aspettò che girasse intorno al pick-up senza lamentarsi. Quando le aprì la portiera gli sfuggì una piccola risatina. «Dovrò procurarti uno sgabello in modo che tu non ti rompa il collo mentre sali o scendi» mormorò. Josie controllò e vide che era piuttosto alta da terra. Essere bassi aveva i suoi svantaggi, e uno era quello.

Nell'istante stesso in cui ebbe quel pensiero, se lo rimangiò quando Nate chiuse le braccia intorno a lei, la sollevò dal sedile e la posò a terra. Stare nel suo abbraccio non era affatto brutto.

Lui prese il borsone dal pianale del pick-up e le tese la mano.

Josie non esitò a prenderla, e si lasciò condurre verso una delle porte del primo piano del complesso. Lui tirò fuori le chiavi dalla tasca, le infilò nella serratura e aprì. «Dopo di te» le disse.

Entrò nella zona giorno, mentre Nate accendeva alcune luci. Guardandosi intorno, non vide nulla fuori posto. I libri erano ben allineati su una libreria contro una parete, i pochi quadri appesi ai muri erano distanziati in modo uniforme e non erano storti nemmeno di un millimetro. Sullo schienale del divano c'era una coperta perfettamente piegata. I cuscini erano posizionati ai due angoli. Il tavolino era pulito, senza riviste o soprammobili sopra.

Dando un'occhiata alla cucina, non vide piatti sporchi nel lavello, i banconi erano immacolati e i pochi elettrodomestici sul ripiano erano spinti contro la parete e allineati con precisione.

«Sono un po' maniaco dell'ordine» disse Nate dietro di lei. «Ce l'hanno inculcato al campo di addestramento.»

Josie si girò verso di lui sorridendo come una stupida, ma non poté farne a meno. La sua casa a Las Vegas era uguale; ordinata, senza cose inutili.

Vedendo la sua espressione, lo sguardo preoccupato di Nate scomparve. «Ne deduco che non correrai fuori dalla porta lamentandoti del fatto che sono un maniaco perfezionista.»

Lei annuì.

«Bene. Cosa vuoi fare? Una doccia? Guardare la televisione? Stare seduta a fissare il vuoto? Dormire?»

La sua pancia decise di brontolare proprio in quel momento, mettendola in imbarazzo. Nate si era assicurato che lei avesse molte cose da mangiare durante il viaggio. Aveva tirato fuori in continuazione barrette di cereali e frutta secca da una delle sue tante tasche. Per non parlare di farle bere tutta l'acqua che aveva voluto.

«E mangiare sia» disse con decisione. Lasciò cadere il borsone e si diresse in cucina. Era piccola, ma aveva tutto ciò che serviva per essere funzionale. Andò alla dispensa e vi guardò dentro per un lungo momento, poi prese qualcosa.

«Non ho niente di fresco, devo andare a fare la spesa, ma ho una confezione di patate gratinate e dei fagiolini in scatola. E del tonno. Posso preparare un'insalata di tonno. È molto buona con un po' di maionese e dei jalapenos sottaceto. Normalmente li uso per fare un panino, ma non ho il pane. Ho dei cracker. Possiamo sbriciolarli o inzupparli.»

Mentre parlava, prese altre cose e poi si voltò verso di lei con le braccia piene... e per qualche motivo Josie avrebbe voluto piangere di nuovo. Erano appena tornati a casa, era tardi, Nate doveva essere stanco quanto lei, aveva dei problemi di salute e probabilmente anche psicologici da affrontare a causa del periodo trascorso come prigioniero di guerra... e invece eccolo lì, che si faceva in quattro per darle da mangiare.

«No, non piangere» le ordinò, chiaramente vedendo la sua angoscia. «Possiamo ordinare una pizza se vuoi, ma non piangere.»

Josie non poté fare a meno di ridere tra le lacrime. Era certa che lui sapesse che la sua emotività non era causata da quello che aveva scelto di preparare, stava solo cercando di farla ridere. E ci era riuscito.

«Posso aiutarti?» gli chiese, ancora una volta sorpresa dal tono della sua voce. Alle sue orecchie suonava strana e le parole erano uscite quasi senza che se ne accorgesse. Altre volte, quando voleva davvero dire qualcosa, le sue corde vocali non collaboravano. Ma sembrava che almeno con Nate, quando si sentiva più a suo agio, riuscisse a parlare senza troppo sforzo.

«Certo. Se vuoi prendere un paio di ciotole da quell'armadietto e poi aprire le lattine, sarebbe un buon inizio.»

Era contenta che lui non facesse tanto clamore quando lei parlava, sarebbe stato strano e l'avrebbe fatta sentire in imbarazzo.

Lavorarono insieme per preparare la cena, che fu pronta in pochissimo tempo. Mentre le patate finivano di cuocere, si gustarono il tonno e i fagiolini, e anche se Josie non riusciva ancora a mangiare come faceva un tempo, non si saziò velocemente come il giorno prima.

«Stasera e domani ci riposiamo. Recuperiamo. Dopodiché saremo sufficientemente pronti per tornare nel mondo reale. So che probabilmente avrai delle persone da contattare, io dovrò andare alla base, ma avremo almeno un giorno per non fare nulla. Per riacclimatarci. Ok?» le disse a un certo punto.

Josie annuì. Non fare nulla suonava davvero fantastico. Anche se aveva passato le ultime settimane in quel modo, ora si sentiva molto diversa perché era al sicuro, aveva la pancia piena e non era in ansia, in attesa che accadesse qualcosa di brutto.

Infine mangiarono le patate che per lei furono la cosa migliore che avesse mai assaggiato. Con tanto formaggio, cremose e talmente deliziose che le venne di nuovo voglia di piangere. Ma non ne ebbe la possibilità. C'erano piatti da lavare e da riporre, superfici da pulire, e per quando finirono era già l'ora di andare a letto.

Nate la condusse nella stanza degli ospiti. Fu evidente che non ne ricevesse molti, dato che in quel piccolo spazio c'erano scatole, pesi e un miscuglio di mobili vari. Era lo spazio più disordinato del suo appartamento. Contro una parete c'era un letto singolo, e all'improvviso non pensò ad altro che a rannicchiarsi e dormire per ore.

«C'è un bagno nel corridoio. Ti tiro fuori uno spazzolino da denti che puoi usare. Domani lavoreremo sui tuoi capelli. Non toccarli stasera. Capito?»

Josie lo guardò sorpresa.

«So che devono darti fastidio, ma non voglio che tu prenda un paio di forbici o faccia qualcosa di drastico prima di avermi dato la possibilità di aiutarti. Non ho alcuna esperienza nel districare o sciogliere nodi, ma sono disposto a provarci se lo sei anche tu.»

Lei annuì timidamente, chiedendosi come facesse a sapere che stava pensando di tagliarli tutti e ricominciare da capo. Aveva sempre pensato che i suoi lunghi capelli biondi fossero una delle sue caratteristiche migliori, e avrebbe odiato doverli tagliare. Quindi, qualsiasi aiuto lui volesse darle, lo avrebbe accettato volentieri.

«Bene. La mia camera è proprio qui accanto, se hai bisogno di qualcosa non esitare a venirmi a chiamare. Vado a prenderti dell'acqua che potrai tenere vicino al letto e... oh! La tua tazza.» La tirò fuori dalla tasca e la sollevò.

Lì, nel mondo reale, nell'atmosfera ordinata e pulita del suo appartamento, quell'oggetto aveva un aspetto patetico. Probabilmente era piena di germi e parassiti, ma Nate non ne sembrò infastidito o turbato. Non riuscì a interpretare l'espressione che aveva sul viso, ma non era di disgusto.

«La lascio qui» disse con calma, posandola sul comodino. Poi si avvicinò a lei e le accarezzò la guancia con un dito. «Grazie per aver combattuto. Per non esserti arresa. Per essere qui. Per essere te, Josie.» Poi si chinò, le baciò la fronte e se ne andò senza dire altro.

Se lei fosse stata un'altra persona, lo avrebbe richiamato. Gli avrebbe detto quanto era grata per la sua ospitalità. Lo avrebbe ringraziato per essere stato con lei in Germania dopo la visita e dopo che quello stupido dottore aveva esaminato tutto ciò che pensava non andasse in lei. Per essersi seduto accanto a lei in aereo e averla tenuta calma. Per averle dato da mangiare quella sera, per averla fatta sentire normale, anche se sapeva che non sarebbe mai più tornata a essere la donna che era prima di prendere la fatidica decisione di andare in Kuwait... e poi di salire su quella barca con Ayden.

Ma non lo fece. Si limitò a guardarlo allontanarsi.

Invece di andare in bagno a lavarsi i denti – li aveva lavati per quindici minuti di fila quando era arrivata in Germania – si girò e si infilò sotto le coperte. Non si preoccupò di togliersi la tuta o la maglia; all'improvviso era troppo esausta per fare qualsiasi altra cosa che non fosse sdraiarsi.

Chiuse gli occhi, e in pochi secondi si addormentò.

# CAPITOLO UNDICI

BLINK NON SAPEVA cosa lo avesse svegliato. Rimase immobile nel letto e fissò il soffitto, cercando di orientarsi; non era passato molto tempo da quando si trovava disteso nella cella di una prigione in Iran a fissare il soffitto di cemento. Ora era a casa, comodo, al sicuro... e improvvisamente nervoso.

Qualcosa lo aveva disturbato tanto da svegliarlo da un sonno profondo. Poi si ricordò che Josie era lì. Nell'altra stanza. Stava avendo degli incubi? Che lui sapesse, non ne aveva avuti da quando erano stati salvati, e nemmeno mentre erano vicini di cella, ma molte volte si iniziavano ad avere solo dopo essere usciti da una situazione che aveva causato dello stress psicologico. Lo aveva provato in prima persona.

Guardò l'orologio e vide che aveva dormito qualche ora.

Fuori cominciava a schiarire, ma era sicuramente ancora mattina presto.

Blink gettò via le coperte e si alzò. Aveva fatto qualche passo verso la porta per andare a controllare Josie, quando qualcosa lo fece guardare dietro di sé.

E trovò proprio lei, sul pavimento ai piedi del letto, tutta raggomitolata, con la coperta della stanza degli ospiti avvolta intorno al corpo.

«Cazzo» mormorò.

Sospirò, ricordando le prime parole che Josie aveva pronunciato sul fatto che lui usasse spesso quel termine, e le si avvicinò. Si accovacciò accanto a lei e le scostò una ciocca di capelli dalla guancia.

«Josie?» la chiamò sottovoce, non volendo spaventarla.

Lei aprì gli occhi e lo fissò.

«Sono io, Blink. Stai bene?»

«Mi sono svegliata e non riuscivo a dormire» disse assonnata.

«Hai fatto un brutto sogno?» le chiese.

Lei scosse la testa. «È solo che non ti ho visto. Ormai sono abituata a dormire vicino a te.»

Le sue parole gli fecero mancare un battito. Quella donna lo faceva impazzire.

La sollevò dal pavimento senza alcuno sforzo, e si rese di nuovo conto di quanta strada avesse ancora da fare per rimettersi in salute. Ma ci avrebbe lavorato. Sarebbero andati a fare la spesa e le avrebbe comprato tutti i suoi cibi preferiti, assicurandosi di seguire gli ordini del medico sul fatto di mangiare molte proteine e alimenti sani per rinforzare i muscoli.

Girò intorno al letto e la posò sul materasso, poi disse: «Va un po' più in là.»

Lei obbedì, e in un attimo le si sdraiò accanto e tirò su le coperte. Poi le avvolse un braccio intorno alle spalle in modo da farle posare la testa sul suo petto, come avevano dormito sulla portaerei. «Così va meglio» disse soddisfatto.

Josie annuì contro di lui. Non gli era sfuggito che avesse parlato mentre era mezza addormentata, come se non fosse stata consapevole di farlo. La voce era ancora lì, doveva solo abituarsi a usarla di nuovo. Avere la sicurezza di poterlo fare.

Non passò molto che sentì i respiri di Josie regolarizzarsi. Gli aveva messo un braccio intorno alla pancia e una gamba sopra la coscia. Si sentiva bloccato da lei, anche se pesava meno di cinquanta chili. Probabilmente non aveva idea di avere tutto il potere nella loro relazione; Blink si sentiva impotente di fronte a lei... e non poteva esserne più felice.

Quando qualche ora dopo si svegliò, era da solo nel letto. In preda al panico, gettò via le coperte e attraversò la stanza prima ancora di rendersi conto di ciò che stava facendo. Corse nella zona giorno e si fermò di colpo.

Josie era accoccolata in un angolo del divano, con un libro in una mano e un cracker nell'altra, e c'era una bottiglia d'acqua sul tavolino accanto. Lo guardò a occhi spalancati.

«Tutto bene?» sbottò Blink.

Lei annuì rapidamente.

E a quello i suoi muscoli si rilassarono. «Mi sono svegliato e non c'eri. Ho pensato... accidenti, non so cos'ho *pensato*.»

Lei posò le sue cose, si alzò dal divano e andò da lui. Indossava ancora la maglietta e i pantaloni che le avevano preso sulla nave. Si ripromise di dare la priorità all'acquisto di altri vestiti.

Quando gli si avvicinò posò la guancia sul suo petto. Blink chiuse le braccia intorno a lei e si sentì subito meglio.

Josie lo strinse forte, poi sollevò la testa e la inclinò all'indietro per guardarlo. «Mi era venuta fame.»

«Giusto. Mi sembra ovvio. Che ne dici di permettermi di prepararti qualcosa di meglio di quei vecchi cracker schifosi?» le chiese.

Gli sorrise. «Hai intenzione di vestirti prima?»

Il fatto che gli stesse parlando fu una sensazione meravigliosa, anche se lui non aveva alcun merito. «Oh, già. Forse è il caso di farlo, vero?» domandò, abbassando gli occhi per guardarsi. Aveva addosso solo i boxer. Di solito dormiva nudo, ma la sera prima aveva fatto un'eccezione, visto che c'era lei.

Con sua grande sorpresa, Josie appoggiò di nuovo la testa sul suo petto e lo strinse.

Blink sarebbe rimasto lì per sempre, se fosse stato ciò che voleva, ma alla fine lei lasciò cadere le braccia e fece un passo indietro.

«Ok, vado. Torno subito» disse, indietreggiando lentamente, e avrebbe giurato di aver visto un lampo di desiderio nei suoi occhi. Ma forse stava proiettando ciò che lui voleva vedere, piuttosto che quello che c'era davvero.

Fece la doccia, si lavò i denti e si vestì a tempo di record, tornando in salotto in meno di dieci minuti. Josie si era risistemata sul divano e gli sorrise quando lo vide.

«Ti ho portato una maglietta pulita in bagno e un altro paio di pantaloni della tuta. Ti saranno troppo grandi, ma dopo che avremo mangiato farò in modo di procurarti dei vestiti più adatti.»

Nel momento in cui l'ultima parola uscì dalla sua bocca, bussarono alla porta.

Blink aggrottò la fronte e andò ad aprire.

Si trovò davanti Remi e Wren, che avevano degli enormi sorrisi sul volto. Notò Kevlar e Safe accanto alle loro auto nel parcheggio, sorridenti anche loro. Quei due stronzi sapevano che li avrebbe rimproverati per averli disturbati, ma che non avrebbe detto una sola parola alle donne.

«Ciao!» lo salutò Remi. «Abbiamo saputo di Josie e stamattina siamo andate al supermercato a prenderle delle cose. Perché *ovviamente* tu non hai ciò di cui lei ha bisogno.»

«Bo ha detto che probabilmente non volevi essere disturbato, ma non potevamo proprio stare lontane» aggiunse Wren. «Ho già chiamato Julie, sai, quella del My Sister's Closet. È stata bravissima a trovarmi degli indumenti fantastici e quando arriverà in negozio vedrà cos'ha della taglia di Josie. Bo dice che è piccolina, quindi Julie non è sicura di ciò che ha, ma te lo farà sapere non appena controllerà il suo inventario.»

«È sveglia? Possiamo incontrarla?» chiese Remi.

«Non resteremo a lungo» aggiunse Wren.

Blink guardò di nuovo i suoi amici. Gli fecero un cenno con il mento e non sembravano propensi a raggiungere le loro donne.

Aprì del tutto la porta con un sospiro, e Remi e Wren gli passarono davanti, portando ciascuna diverse borse. Le posarono nell'atrio e si diressero nella zona giorno. Blink lasciò la porta aperta e le seguì.

Josie era in piedi e aveva un'aria incerta. Odiava che si sentisse così a disagio.

«Ciao! Io sono Remi. E lei è Wren. Probabilmente lo avrai sentito, ma ti abbiamo comprato delle cose. Ieri sera i nostri fidanzati ci hanno parlato di te, così abbiamo chiesto loro di portarci al supermercato questa mattina. Abbiamo preso saponi e lozioni di ogni tipo, e uno shampoo e un balsamo che hanno un profumo fantastico. Blink è straordinario, ma è pur sempre un uomo, quindi probabilmente pensa che il docciaschiuma Irish Spring sia perfettamente accettabile per una donna.»

A Blink quasi sfuggì il modo in cui le labbra di Josie ebbero un guizzo, ma fu sufficiente a farlo rilassare un po'.

«E ti abbiamo preso altre cose che a una donna servono sempre. Leggings, maglie, calzini grossi... e cioccolata. Tanta, tanta cioccolata» aggiunse Wren.

Josie sorrise apertamente alle due donne. Fu un sorriso più rilassato, più reale.

«So che questo è il tuo giorno di riposo – Vincent mi aveva detto che non dovevamo disturbarvi – ma volevo assicurarmi che sapessi quanto sia fantastico Blink. È la mia seconda persona preferita al mondo... senza offesa, Wren.»

«Figurati» replicò l'altra donna tranquillamente.

«Comunque, si prenderà molta cura di te» concluse Remi.

«Chi si prende cura di *lui*?» domandò Josie.

Rimase ancora una volta scioccato. Era la prima volta che parlava a qualcuno che non fosse lui.

«Bella domanda» disse Remi. «Credo che tutti noi lo facciamo. Ma ora che sei qui, puoi farlo tu.»

«So badare a me stesso» si sentì in dovere di precisare Blink.

Remi e Wren alzarono gli occhi al cielo, e ciò sembrò divertirla.

«*Comunque*, abbiamo pensato che probabilmente non avevate niente di fresco da mangiare, visto che Blink è stato via per un po', così io e Remi abbiamo fatto un grosso ordine di prodotti alimentari. Dovrebbero consegnarli entro un'ora. Abbiamo preso una tonnellata di frutta e verdura fresche, e anche se abbiamo cercato di trattenerci e di scegliere solo roba sana, non abbiamo potuto fare a meno di inserire alcune cose che ogni medico che si rispetti disapproverebbe, ma che noi consideriamo vitali» sostenne Wren con un sorriso.

«Tipo i Cheetos. Blink ne è dipendente» disse Remi.

Avrebbe voluto protestare, ma non aveva torto.

Remi fece un passo verso il divano, senza invadere lo spazio personale di Josie. «Mi dispiace molto per quello che ti è successo. È stato orribile... ma ora sei qui. Se hai bisogno di qualcosa Blink ti aiuterà, e se lui non può farlo, ci siamo noi.»

«È vero. Bo si è già messo in contatto con Cookie. È un SEAL in pensione a cui è molto legato. Fiona, sua moglie, ha vissuto un'esperienza simile alla tua. È stata tenuta prigioniera per molto tempo. Cookie ha detto che è più che disposta a parlare con te, ma solo se lo desideri. Per un po' ha sofferto di disturbo post-traumatico da stress, ma ora sta bene. È felice.» Wren lanciò un'occhiata accigliata a Remi. «Cavolo, mi sto allargando, vero? Volevo mantenere l'atmosfera allegra e accogliente e invece ho tirato fuori quelli che devono essere brutti ricordi.»

Si voltò verso Josie. «Scusa. Intendevo solo dire che... siamo tutte a disposizione se vuoi parlare, o semplicemente sederti ad ascoltare le nostre chiacchiere. Siamo piuttosto brave a farlo. E ho già l'impressione che tu sia molto simile a Blink. Ti piace ascoltare piuttosto che parlare. È forte.»

«Mi piacerebbe» le disse Josie.

«Oh! Bene. Parlare con Fiona o stare con noi?» chiese Wren.

Lei si limitò ad annuire.

Le due donne sorrisero raggianti. «Grande! Fantastico. Ok. Blink, forse puoi portarla all'Aces. È un bar tranquillo dove vanno tutti i ragazzi. È molto sicuro, e scommetto che Jessyka sarebbe disposta ad aprire prima, in modo che possiamo stare tutti lì senza gli altri clienti. Sai, così che tu possa conoscerci senza preoccuparti che ci sia qualcun altro in giro. Non che dovresti farlo. Preoccuparti di qualcuno, intendo. Perché non c'è nessuno di cui preoccuparsi, ma, sai... farlo senza la pressione.»

«Sa cosa vuoi dire» intervenne Blink, impietosito dall'evidente nervosismo e dai blateramenti di Wren.

Josie annuì di nuovo.

«Ok. Bene. Be'... ora ce ne andiamo» disse Wren.

«Sì. È stato un piacere conoscerti. Grazie per esserti presa cura di Blink. È importante per me... per tutti noi. Ci faremo sentire. E facci sapere se hai bisogno di qualcos'altro. Saremo felici di procurartelo. Lui ha i nostri numeri e può chiamare o mandare un messaggio. Goditi le cose che abbiamo portato e il cibo che sta per arrivare. Non vedo l'ora di conoscerti meglio, Josie.»

Blink accompagnò fuori le donne, salutando Kevlar e Safe con un cenno del mento prima di chiudere la porta.

Buttò fuori un lungo respiro, poi si voltò verso di lei. «Sono delle chiacchierone» disse inutilmente.

Lei ridacchiò, e quel suono lo attraversò come una scarica elettrica. Gli piaceva vederla felice. Voleva che rimanesse così per il resto della vita.

«Vogliamo vedere cos'hanno portato?»

Josie annuì e si avvicinò a lui, che si trovava vicino alle borse. Le presero, le portarono sul tavolo della cucina e iniziarono svuotarle.

Blink scosse la testa una volta esposto tutto davanti a loro. «Hanno esagerato un po'» disse.

Era un eufemismo. C'erano così tanti cioccolatini che

sarebbero durati per dei mesi, tre tipi diversi di shampoo e balsamo, lozioni, trucchi... praticamente mezza corsia di prodotti di bellezza. Avevano anche preso leggings di diversi colori, un sacco di maglie e altri indumenti da relax.

Si voltò a guardare Josie e la trovò a fissare i regali sparsi sul tavolo con le lacrime agli occhi. Andò subito nel panico. «È troppo, vero? Possiamo riportare indietro tutto, o quello che non ti piace o non vuoi. Non piangere, Spirit, ti prego. Non posso sopportarlo!»

Lo guardò e sorrise, anche se due lacrime le scesero sulle guance. «È meraviglioso» disse sommessamente.

Blink cercò di rilassarsi. «Oh... ok.»

Josie prese un flacone di spray districante, poi tornò a guardarlo e si indicò i capelli.

«Sì, possiamo lavorarci. Vuoi fare prima la doccia? E quando dico doccia, intendo che puoi restarci quanto vuoi. Non so quanto durerà l'acqua calda, ma ho un serbatoio decente. Ti porto questa roba in bagno e se vuoi puoi provarla tutta... ma devo dire che il profumo dell'Irish Spring non è niente male.»

Lei fece uno sbuffo ridendo, e si asciugò le guance con le spalle.

Blink amava riuscire a farla sorridere. «Mentre tu fai la doccia e poi valuti cosa metterti, io vedo se riesco a fare un po' di spazio nella dispensa, perché sono sicuro che quelle due hanno comprato tutto il supermercato. Mi aspetto che da un momento all'altro un camion enorme si avvicini alla porta per scaricare tutto.»

Lei gli sorrise di nuovo, e Blink si rese conto di quanto

fosse contento. Non si sentiva così da... be', da una vita. Dopo l'imboscata alla sua precedente squadra, era caduto in depressione. Non era stato facile uscirne, ma con l'aiuto di Remi e del nuovo team ce l'aveva fatta. Però, nonostante l'affiatamento con i suoi compagni... continuava a vivere perché era quello che doveva fare.

Malgrado tutto ciò che aveva passato nell'ultima settimana o giù di lì, si sentiva più felice ora di quanto ricordasse di esserlo stato anche prima di perdere i suoi amici e compagni di squadra.

Aveva una nuova missione nella vita... Josie.

Dovette fare tre viaggi per portare nel piccolo bagno degli ospiti tutto ciò che Remi e Wren avevano comprato, e non rimase più molto spazio sul ripiano. Gli passò per la mente che in quello annesso alla *sua* camera c'era un ripiano molto più spazioso, ma decise di lasciar perdere. Era troppo presto, anche se ciò non cancellò quel pensiero.

Stava per dirle una cosa, ma prima che potesse farlo bussarono di nuovo alla porta. «Sarà meglio che sia la spesa e non il resto dei ragazzi» mormorò.

Josie ridacchiò di nuovo e Blink sorrise. «Goditi la tua doccia. Non preoccuparti troppo dei capelli, me ne occuperò io quando uscirai. Pensa solo a goderti l'acqua calda e il fatto di essere pulita.»

Poi si chinò in avanti e la baciò delicatamente sulle labbra.

Non aveva pianificato di farlo, gli era solo sembrato giusto e normale. Era comunque pronto a scusarsi, ma si rese conto che Josie non sembrava turbata o spiazzata. Al contrario, gli rivolse quel familiare sorriso timido.

Blink si costrinse a uscire dalla stanza prima di fare qualcosa di *veramente* stupido, come prenderla in braccio, sederla sul ripiano e baciarla come il suo cuore esigeva.

«Cibo» mormorò tra sé e sé.

Quando aprì la porta d'ingresso, vide che effettivamente Remi e Wren avevano esagerato anche con gli alimentari. Ma almeno quel giorno non sarebbero dovuti uscire di casa. Avevano sicuramente tutto il necessario per preparare dei pasti sani e sostanziosi.

# CAPITOLO DODICI

A JOSIE FORMICOLAVANO ancora le labbra, anche dopo essere stata sotto l'acqua calda per venti minuti. I doccia-schiuma che Remi e Wren le avevano comprato avevano dei profumi paradisiaci. Li aveva provati tutti e quattro. Le fu estremamente difficile uscire da quella meravigliosa doccia e vestirsi, ma aveva fame. E voleva vedere Nate.

Ripensò al bacio che le aveva dato. L'aveva sorpresa, ma non ne era rimasta turbata. Per niente. Anzi, ora voleva di più. Era stata attratta fisicamente da lui fin dal primo momento, anche se era ricoperto di lividi e insanguinato. Naturalmente, allora non le interessava altro che uscire dall'inferno in cui si trovava. Ma adesso?

Si portò una mano alle labbra e le tracciò con un dito. Era al sicuro. Lontana dai terroristi, dai pestaggi e dalla minaccia di morire per la fame. Ora voleva *vivere*.

Josie aveva pensato che Nate la vedesse come qualcuno

di cui prendersi cura. Più come una sorella che altro. Ma quel bacio aveva cambiato le cose. Almeno per lei.

Forse per lui non era stato niente di serio. Magari era stata una cosa spontanea di cui ora si pentiva. Abbassò gli occhi per guardarsi e arricciò il naso. Non era esattamente una modella. Era troppo magra, troppo bassa, troppo... tranquilla. Quella mattina si era sorpresa di essere riuscita a parlare alle donne. Era vero che non era una chiacchierona, ma ora le parole le uscivano più facilmente.

Fissandosi allo specchio continuò a studiarsi... e si accigliò. Non era il tipo di donna di cui gli uomini si innamoravano. Soprattutto dopo quello che le era successo. Tutto di lei era normale. La sua caratteristica migliore erano i capelli, e anche se Nate aveva detto che l'avrebbe aiutata a pettinarli, la voglia di tagliarli era forte. Non erano proprio rasta, ma ci andavano molto vicino.

Josie abbassò la testa, si appoggiò al ripiano e chiuse gli occhi.

Cosa diavolo stava pensando? Anche se stoico, Nate era sensazionale in confronto a lei. Aveva bisogno di una donna estroversa per bilanciare il suo lato introverso, che fosse brava nelle situazioni sociali e che non sembrava vivesse nella sua auto o qualcosa del genere.

«Josie?»

Sentire il suo nome la spaventò a tal punto che indietreggiò di scatto e quasi inciampò nel piccolo tappeto del bagno.

Ma Nate fu lì, e le evitò di cadere circondandole la vita con un braccio.

«Cazzo! Scusa. Non volevo spaventarti. Pensavo che avessi sentito la porta aprirsi.»

Lei scosse la testa e lo guardò.

«Cosa c'è che non va?»

Come poteva spiegare quello che stava pensando? Che era quasi certa di essersi innamorata di lui, ma che pensava che quel sentimento non sarebbe mai stato ricambiato? Che non era abbastanza per lui. Che temeva di tornare alla sua vita solitaria a Las Vegas.

Ma, come al solito, Nate sembrò capire la sua ansia. La attirò a sé, e Josie si aggrappò a lui e seppellì il naso nel suo petto.

«Hai un buon profumo» mormorò.

Lei avrebbe voluto sbuffare. Ovvio, aveva usato quattro saponi diversi, non portava lo stupido copricostume che aveva indossato per settimane e non era più in mezzo alla sporcizia.

«Vaniglia con note di pesca e qualche tipo di fiore» disse Nate con una risatina.

Lo guardò con un piccolo sorriso sulle labbra.

«E i vestiti sembrano ti calzino piuttosto bene. Molto meglio della mia maglia e dei miei pantaloni enormi.»

A lei piaceva mettere i suoi indumenti. Le dava la sensazione di essere costantemente abbracciata da lui.

«Ma devo ammettere che mi piacevi con la mia roba» continuò, come se le avesse letto nel pensiero. «Forza» mormorò, girandola tra le sue braccia. Si spostò con lei davanti al lavandino, le mise un dito sotto il mento e la costrinse a guardare la loro immagine riflessa nello specchio. «Scommetto che eri qui a catalogare tutto ciò che ritieni un difetto.»

Josie spostò lo sguardo sorpreso sul suo.

«Ci sono passato prima di te, Spirit. Non so dirti quanto tempo ho trascorso a fissarmi allo specchio dopo che i ragazzi della mia squadra sono stati uccisi o feriti, mettendo in dubbio la mia stessa esistenza. Vuoi sapere cosa vedo quando ti guardo?»

Non voleva. Non proprio.

Ma a quanto pareva era stata una domanda retorica, perché lui continuò senza darle nemmeno il tempo di rispondere.

«Vedo forza. Testardaggine. Una capacità di recupero che ho visto raramente di questi tempi. Non molte persone sarebbero state in grado di sopravvivere a quello che hai passato tu. La società è viziata. Se uno non beve il suo doppio Frappuccino decaffeinato, triplo shot, al caramello, mocaccino, di soia, senza schiuma, doppia panna, bollente, rovesciato, irrorato di caramello e sette pompate di sciroppo al cioccolato, deve stare a letto per due giorni perché non si sente bene. E non è una sorpresa, perché tutto quello zucchero ha probabilmente intasato le sue arterie e l'ha reso incapace di pensare a qualsiasi cosa per più di due secondi alla volta.»

Josie non poté fare a meno di ridacchiare.

Lui le sorrise e le passò una delle sue grandi mani sui capelli. Poi si chinò, le appoggiò il mento sulla spalla e la cinse con un braccio. «Ma tu, Spirit. Hai fatto ciò che dovevi per sopravvivere. Non ti sei arresa. Anche quando ne avevi tutto il diritto. Hai lottato per rimanere in vita. Razionando l'acqua, mantenendo la calma. Aspettando che il destino mi portasse al tuo fianco.»

Ok, se non si fosse fermato si sarebbe messa a piangere.

E lui non lo fece.

«Se pensi che mi dia fastidio o mi ripugni qualcosa di te, sei totalmente fuori strada. Mi piaci, Josie England. Molto. Non mi sono mai sentito così a mio agio con qualcuno come con te. Non mi fai avere la sensazione di dover essere diverso da ciò che sono. E non ha senso, perché non abbiamo avuto la possibilità di conoscerci davvero. Ma è così.

Voglio conoscerti meglio. Voglio sapere *tutto* quello che c'è da sapere. Dove sei cresciuta, se hai avuto una bella infanzia, del tuo lavoro, dei tuoi amici, della tua vita. Voglio sapere cosa ti piace mangiare e le cose che preferisci fare per divertirti. Voglio stare seduto in una stanza con te e non parlare affatto, ma alzare lo sguardo e sentirmi contento semplicemente perché sei lì, a occupare il mio stesso spazio.

E sì, sono attratto da te anche fisicamente. Mi sono sempre piaciute le donne minute, ma tu...» Deglutì a fatica. «C'è qualcosa in te che mi attira come nessuna ha mai fatto prima. Non dovrei dire tutte queste cose, soprattutto dopo il trauma che hai subito. Dovrei portarti da uno psicologo in modo che tu possa parlare – o scrivere – di quello che ti è successo. Ma, pur sapendolo, non posso impedirmi di desiderare di abbracciarti, di toccarti, di baciarti. E, naturalmente, di prendermi cura di te. Voglio assicurarmi che tu mangi e beva a sufficienza. Voglio tenerti al sicuro da chiunque o da qualsiasi cosa possa farti del male. Per sempre.»

Il formicolio che Josie aveva sentito quando l'aveva baciata era ricominciato, ma in tutto il corpo. Non riusciva a staccare lo sguardo dall'uomo che stava dietro di lei. Che la stringeva. Vedersi attraverso i suoi occhi fu illuminante e fece aumentare il suo desiderio per lui.

«Cazzo. Sto dicendo di nuovo troppo. Ecco perché di solito tengo la mia stupida bocca chiusa e osservo piuttosto che parlare.»

Ma Josie scosse la testa e si girò nel suo abbraccio. Si sentiva piccola con la maggior parte delle persone, ma tra le braccia di Nate ancora di più. Però si sentiva anche più forte. Più sicura di sé. Gli mise una mano sulla nuca, si alzò in punta di piedi e cercò di fargli abbassare la testa verso la sua. Voleva baciarlo. Aveva *bisogno* di farlo.

Lui resistette per un attimo. «Sei sicura?»

Sicura di volerlo baciare? Sì, sì. Cento volte sì.

«Sì» rispose con fermezza.

Come se il suo consenso fosse stato tutto ciò che stava aspettando, lui abbassò la testa e posò le labbra sulle sue.

Gemettero, mentre la passione divampava tra loro.

Di solito Josie si sentiva in imbarazzo la prima volta che stava in intimità con un uomo, ma baciare Nate sembrava giusto. Naturale. Cingendole il corpo, lui si raddrizzò portandola con sé. I suoi piedi lasciarono il pavimento, ma se ne accorse appena. Sembrava che non ne avesse mai abbastanza di quell'uomo. Le loro lingue duellarono, mentre lottavano per avere il dominio del bacio. Nate sapeva di fragole, e lei voleva di più. Molto di più.

Josie avvolse le gambe intorno alla sua vita, e gli infilò le dita di una mano tra i capelli stringendolo a sé con l'altra. Lo percepì camminare, ma con gli occhi chiusi e le bocche incollate non le importava molto dove la stesse portando.

Li riaprì e si ritrasse un poco quando lo sentì abbassarsi su una superficie morbida. Il divano. Si sistemò mettendosi a cavalcioni sulle sue gambe. Le piaceva quella posizione. Le dava l'impressione che fossero quasi alti uguali. Poteva guardarlo negli occhi senza dover sforzare il collo.

«Ciao» sbottò come una completa idiota.

Lui sorrise. «Ciao.»

Così da vicino, le sue lentiggini erano più evidenti, ed ebbe l'impulso di contarle tutte. Ma ci sarebbe voluto un sacco tempo. Ne aveva troppe.

Nate aveva una mano sulla sua schiena, che praticamente la copriva tutta, e l'altra era sulla nuca, dove le accarezzava la pelle sensibile con il pollice.

«Ho la roba pronta per sistemarti i capelli.»

Non era quello che si aspettava dicesse... e fu come se qualcuno le avesse gettato addosso un secchio di acqua fredda. Josie si sentì improvvisamente in imbarazzo per le sue azioni. Nate le aveva detto di essere stato impressionato dal modo in cui aveva gestito la situazione in cui si era trovata, e lei gli si era gettata addosso.

Si spostò, cercando di allontanarsi, ma lui si acciglio, stringendo la presa sulla sua nuca.

«Che c'è? Che cos'ho detto? Non vuoi che ti tocchi i

capelli? Ok, parlerò con Caroline per vedere se conosce qualcuno che possa venire a casa nostra. O magari con Remi o Wren. Forse possono aiutarci.»

Sembrava in preda al panico, così Josie scosse la testa.

«No? Non vuoi che ti aiutino? Non vuoi fare nulla con i tuoi capelli? No *cosa*, Spirit?»

«Non volevo saltarti addosso» sbottò.

Nate la fissò per un attimo, poi inspirò profondamente e chiuse gli occhi. Ma li riaprì subito. «Nel caso ti fosse sfuggito, ero preso quanto te. Cristo, non ho pensato ad altro che a baciarti dal momento in cui hai rinunciato alla tua acqua per darla a me in quel buco infernale... che di conseguenza mi ha fatto sentire una merda. Eri ferita, traumatizzata, e tutto quello che desideravo era sentire le tue labbra sulle mie.»

Era davvero scioccata. Non per quello che aveva detto, ma per il fatto che entrambi avessero provato la stessa attrazione per l'altro.

«Detto questo, non sono nemmeno così stupido da portarti a letto proprio in questo momento.»

Lei aggrottò la fronte.

«Non che io non lo desideri, ma non voglio che qualsiasi cosa ci sia tra noi sia una tantum. Non mentivo quando ho detto che voglio conoscerti meglio. Prima di portarti a letto voglio sapere cosa ti motiva, ti appassiona, i tuoi interessi. Perché quando succederà, vorrò *tenerti* lì. Accidenti, lo voglio già. Dormire accanto a te dopo che abbiamo lasciato quelle celle è stato... incredibile. Solo che non voglio fare le cose di fretta.» Poi ridacchiò e scosse la testa. «Come se non l'avessi già fatto. Ma sul serio...»

Josie fu imbarazzata di scoprire che lei *voleva* fare le cose di fretta. Voleva sapere cosa si provava a stare con quell'uomo, ad avere tutte le sue attenzioni. Ad avere le sue mani sul corpo, ad averlo *dentro* il corpo. Le si inturgidirono i capezzoli al pensiero, e la posizione in cui si trovava le fece contrarre la fica. Era a cavalcioni su di lui, avrebbe potuto slacciargli i pantaloni e prenderlo in bocca. Mostrargli quanto lo desiderava.

«Cazzo. Sei così bella» disse Nate con riverenza, percorrendola tutta con lo sguardo.

Josie non poté fare a meno di dimenarsi un po'.

«Abbiamo tempo» le disse. «Tempo per conoscerci meglio e per esplorare l'attrazione che proviamo l'uno per l'altra.»

In risposta, lei gli posò una mano sul petto e la fece scorrere fino alla cintura per poi risalire.

Non riusciva a credere che si stesse comportando così. Non era da lei. Lei era quella timida. Quella che si chiedeva sempre se era il caso di portare una relazione al livello successivo. Che valutava tutto con distacco. Ma dopo aver sfiorato la morte, aveva intenzione di inseguire ciò che voleva. E ciò che voleva era *lui*.

Nate le prese la mano e se la portò alla bocca, baciandole il palmo. «Me la renderai dura, vero?»

Josie gli fece un enorme sorriso.

«Giusto. Sei testarda, ma lo sono anch'io. E adesso

voglio mettere le mani sui tuoi capelli.» La sollevò, la girò e la sistemò sul pavimento davanti a lui.

Riusciva a spostarla con così tanta facilità. In passato si sarebbe offesa se qualcuno le avesse fatto una cosa del genere, ma trattandosi di Nate, era più eccitata dalla sua forza che da qualsiasi altra cosa. Non poteva fare a meno di pensare che a letto avrebbe potuto metterla in tutte le posizioni che voleva.

La sua libido si era risvegliata e ciò la fece sentire *davvero* viva per la prima volta dopo settimane, ma fece un respiro profondo. Aveva ragione. Nemmeno lei voleva un'avventura di una notte. Desiderava Nate sessualmente, ma soprattutto lo voleva al suo fianco come compagno, fidanzato o altro.

Forse si sentiva così solo per quello che era successo, perché lui era stato il suo cavaliere dall'armatura scintillante. Perché l'aveva salvata.

Ma scosse la testa tra sé e sé. Non era per quello. Sì, era grata che lui fosse stato lì quando aveva avuto più bisogno di qualcuno, ma era abbastanza matura da sapere che ciò che provava era reale, non il risultato di un complesso del salvatore.

Poi improvvisamente le venne in mente qualcos'altro.

Girò la testa e sbottò: «Ho trent'anni.»

Nate aveva in mano un pettine a denti larghi e un flacone di districante, e la guardò confuso. «Ok?»

«Li ho compiuti mentre ero in quella cella.»

A quello lui comprese. «*Cazzo*.»

Era stupido che si fosse abituata a sentirglielo dire e

che le piacesse? Probabilmente sì. «Me n'ero dimenticata fino a un attimo fa.»

«Be', buon compleanno, Spirit.»

Gli sorrise, poi si girò e piegò le ginocchia. Le strinse contro di sé, mentre sentiva il primo spruzzo di districante sul cuoio capelluto.

Era arrabbiata per aver trascorso il suo trentesimo compleanno in quel buco infernale? Non proprio. Non che avrebbe festeggiato più di tanto se fosse stata a Las Vegas. Anche se viveva a Sin City, non andava spesso sulla Strip. Per lei era disgustosa e sporca. Capiva che fosse un'attrazione per i turisti, ma tutto quello sfarzo e quel glamour non le piacevano.

Quando era una ragazzina, aveva sempre pensato che a trent'anni sarebbe stata sposata e avrebbe avuto un paio di figli. Allora i trentenni le sembravano vecchi. Ma adesso? Aveva l'impressione di aver appena iniziato a capire chi era e cosa voleva dalla vita.

Josie entrò in una sorta di trance, mentre Nate si dava da fare per toglierle i nodi e districarle le ciocche. Non le faceva male quando tirava, e il modo in cui le passava in continuazione la mano sulla testa era meraviglioso. Amava essere toccata, non aveva avuto molte opportunità di sperimentarlo nella sua vita.

E mentre Nate lavorava sui suoi capelli, le raccontò dei suoi compagni SEAL morti o feriti. Parlò anche della sua attuale squadra. Di suo fratello e di alcune delle marachelle che avevano fatto da piccoli. Le parlò di suo padre, che le sembrava fosse un uomo che avrebbe voluto conoscere.

Le raccontò del campo di addestramento militare e di quello per diventare un SEAL. Del fatto che aveva rischiato di mollare un paio di volte, ma ovviamente aveva resistito.

Ascoltare la sua voce profonda era confortante. Calmante. Quando Josie si rese conto che lui continuava a passarle il pettine dal cuoio capelluto fino alle punte, era completamente rilassata e appoggiata al divano, tra le sue cosce che la avvolgevano e la facevano sentire al sicuro e accudita.

«Non credo di aver mai parlato così tanto in vita mia» disse Nate. «Ma c'è qualcosa in te che mi fa sentire a mio agio e spifferare qualsiasi cosa.»

Josie inclinò la testa all'indietro e lo guardò. «Amo il suono della tua voce.»

«E io amo che tu stia ritrovando la tua» replicò. Poi si chinò in avanti e la baciò. L'angolazione era strana e sentire il suo naso sul mento la fece ridacchiare.

Lui si raddrizzò, e le piacque il sorrisetto sul suo volto. «I tuoi capelli sono bellissimi.

Lunghi e setosi. E non avevo idea che fossero così biondi!»

Josie non era sorpresa; erano stati talmente unti e ricoperti di sporcizia, che il loro colore biondo platino era sembrato quasi castano.

Si leccò le labbra, desiderando che Nate la baciasse di nuovo, ma il suo stomaco scelse quel momento per brontolare.

«Devo farti mangiare» le disse con aria preoccupata.

«Forza, alzati. Wren e Remi sono impazzite e hanno fatto portare praticamente l'intero negozio. Ho tagliato delle fragole, puoi mangiarle mentre vedo cosa posso preparare di veloce.»

Prima di rendersene conto, Josie si ritrovò seduta a tavola con una ciotola di fragole davanti a sé, mentre Nate si aggirava per la cucina borbottando sul fatto che ormai erano più vicino all'ora di pranzo che a quella della colazione, e tirando fuori le cose dalla dispensa e dal frigorifero. Essere servita era un'esperienza nuova, quindi decise di godersela. L'indomani avrebbe insistito per dare il suo contributo, ma al momento le sembrava ancora di fluttuare dopo aver avuto le mani di Nate su di sé per così tanto tempo.

Non riuscì a trattenersi dal passarsi le dita tra i capelli ormai districati. Erano così morbidi, e sorrise mentre osservava Nate.

Lui si voltò e si accorse che lo stava guardando. Ricambiò il sorriso, e il desiderio che aleggiava tra loro divampò per un attimo. Pensò che le si sarebbe avvicinato e l'avrebbe baciata con passione, ma aveva sottovalutato il suo autocontrollo.

Nate fece un respiro profondo, poi tornò a concentrarsi sul pranzo che stava preparando.

Venti minuti più tardi, le mise davanti un piatto grande quanto la sua testa, traboccante di cibo. Aveva cotto degli straccetti di pollo in friggitrice ad aria e poi li aveva ricoperti di salsa e panna acida. Aveva aggiunto dei crostini all'aglio, un'insalata e del purè di patate istantaneo.

L'aspetto e il profumo erano deliziosi.

«È troppo» disse Josie.

Ma lui si limitò a scrollare le spalle. «Mangia quello che riesci. Il resto lo metteremo via e potrai consumarlo più tardi o domani.»

Con sua grande sorpresa, riuscì a mangiare quasi tutto quello che le aveva messo nel piatto. Era piena, ma stava magnificamente. Aveva dimenticato cosa si provava a essere così sazi. Non avrebbe mai più dato il cibo per scontato, soprattutto dopo averne fatto a meno per così tanto tempo.

«Vai a sederti sul divano» le ordinò. «Pulisco e ti raggiungo una volta finito.»

Ma Josie era stanca di non fare niente. Lo ignorò, prese il piatto quasi vuoto e lo portò in cucina. «Vuoi lavare i piatti o mettere via gli avanzi?» gli chiese, mostrandosi decisa.

Nate sorrise. «Non riesco a decidere se mi piaceva di più quando non parlavi e facevi quello che ti chiedevo o questa nuova Josie prepotente.»

Lei inarcò un sopracciglio.

«Bene. Metto via gli avanzi.»

Felice di aver ottenuto ciò che voleva e che lui le permettesse di aiutarlo, Josie aprì l'acqua nel lavandino e si mise a sciacquare tutte le cose che avevano utilizzato, per poi metterle nella lavastoviglie.

Lavorando insieme riuscirono a ripulire la cucina in pochissimo tempo. Nate la condusse sul divano e si sedette, facendola accomodare accanto a sé. La sistemò sotto una coperta contro il suo fianco, poi prese il telecomando e accese la TV.

«Vuoi guardare qualcosa?»

Scosse la testa. Non era mai stata un'amante della televisione e non aveva idea di cosa fosse in voga in quel periodo.

Le sue palpebre si fecero pesanti; quella mattinata movimentata si stava facendo sentire. Tra la doccia calda, le mani di Nate tra i capelli e la pancia piena, all'improvviso si sentì esausta.

«Dormi, Spirit. Io sono qui.»

Bastò quello. Si rilassò completamente, certa che l'uomo che stava usando come cuscino l'avrebbe tenuta al sicuro.

# CAPITOLO TREDICI

BLINK FATICAVA A RICORDARE che lui e Josie non si conoscevano da molto. Si era integrata nella sua vita come se ci fosse sempre stata. Con lei si sentiva completamente a suo agio, cosa che non succedeva con molte persone. Era facile vivere con lei, accontentarla, e si ritrovava a desiderare di starle vicino ogni secondo di ogni giorno.

Da quando due sere prima si era addormentata contro di lui sul divano, proprio come quella stessa mattina, non era riuscito a smettere di pensare di voler finire *ogni* giornata in quel modo per il resto della vita.

Il giorno seguente era stato altrettanto di totale relax, anche se lui aveva fatto il bucato e riorganizzato il suo borsone in modo che fosse pronto per la successiva partenza. Poi avevano preparato insieme un banchetto per cena.

Doveva tenersi *un po'* occupato, altrimenti non sarebbe

riuscito a smettere di guardarla. Con i capelli lisci e lucenti, sembrava una donna completamente diversa da quella selvaggia, terrorizzata e rannicchiata in un angolo della cella. Stava sbocciando, e lui si stava affezionando sempre di più a lei.

Poteva interpretare le sue emozioni senza che Josie avesse bisogno di dire una parola. Tipo il sollievo che aveva provato dopo aver mandato una mail al suo padrone di casa a Las Vegas e scoperto che, pur avendo affittato il suo appartamento a qualcun altro, non aveva buttato via le sue cose. Dato che gli era simpatica ed era sempre stata una buona inquilina, aveva impacchettato la sua roba e l'aveva messa in un appartamento vuoto che usava come deposito.

Non era stata altrettanto felice dopo aver ricevuto la mail dalla madre di Ayden. A quanto pareva, Millie Hitson non era stata entusiasta di sapere che Josie era sana e salva in California. Non gli aveva permesso di leggerla, ma non era servito che condividesse nulla, perché lui aveva capito comunque che qualsiasi cosa ci fosse stata scritta l'aveva scossa nel profondo. Era determinato a leggerla prima o poi, in modo da poter smantellare qualsiasi cosa avesse detto la donna.

Dato che da qualche giorno Blink aveva un'idea che gli frullava per la testa e che Josie era depressa da quando aveva ricevuto la mail, quella mattina, mentre si allenava con la squadra, aveva esposto il suo pensiero. I suoi amici avevano detto che era una grande idea e si erano offerti di fare tutto il necessario per aiutarlo a realizzarla.

Ma per il momento aveva fretta di tornare a casa. Quel

pomeriggio Kevlar aveva accompagnato Remi al suo appartamento durante la pausa pranzo, così che facesse compagnia a Josie mentre loro erano al lavoro. Se prima si era preoccupato di come se la sarebbe cavata a stare da sola, ora, naturalmente, la sua preoccupazione era se le due donne avevano simpatizzato.

Blink aveva un debole per Remi. Insieme avevano vissuto un'esperienza terribile che li aveva legati in modo indissolubile. Ma per quanto lei fosse diventata espansiva, poteva ancora essere un po' introversa con le persone che non conosceva bene. E Josie non era di certo una chiacchierona. Quindi, dato che Remi non aveva un mezzo per tornare a casa, e che lui e Kevlar erano stati trattenuti al lavoro più a lungo del previsto, temeva che le due potessero sentirsi a disagio.

Kevlar si fermò dietro di lui quando raggiunse il parcheggio del suo condominio, ed entrambi camminarono velocemente verso la porta.

Il profumo che gli arrivò alle narici quando entrò nell'appartamento gli fece venire l'acquolina in bocca. Cucina italiana. Non aveva idea di cosa avessero preparato, ma il profumo era assolutamente delizioso.

Entrando con il suo amico al seguito, Blink le vide sedute ai lati opposti del tavolo della cucina. Josie aveva il portatile aperto, le cuffie sulle orecchie e stava digitando furiosamente, e Remi aveva un album da disegno davanti a sé e anche lei le cuffie addosso.

Sembrava che fossero in un mondo tutto loro, e ciò lo preoccupò.

Josie li vide per prima. Le sue dita si fermarono sulla tastiera, e sorridendo si tolse le cuffie.

Kevlar si avvicinò a Remi e le toccò le spalle, chinandosi a baciarle la tempia. Lei sobbalzò, ma gli sorrise subito.

«Siete tornati!» esclamò un po' troppo a voce alta, visto che indossava ancora le cuffie.

Lui ridacchiò e gliele tolse. «Siamo tornati» concordò.

«Io e Josie abbiamo passato una giornata *stupenda*! Abbiamo parlato – ok, io più che altro, lei ha ascoltato – mentre riordinavamo la dispensa, abbiamo guardato un paio di episodi del *Grande Fratello*, abbiamo preparato le lasagne per la cena, poi abbiamo deciso che forse era meglio lavorare un po'. Josie ha sentito il suo capo, che era entusiasta che tornasse a lavorare, e le ha assegnato subito un nuovo compito. Così lei si è occupata di quello e io ho disegnato la mia prossima vignetta di Pecky, che viene rapito e sta per essere mangiato, ma viene salvato dal grosso e cattivo Enchilanator... sai, come Terminator.» Remi sorrise ai due uomini.

I muscoli di Blink si rilassarono. «Sembra che abbiate passato una bella giornata» disse.

«*Fantastica!* Non è vero, Josie?»

Lei sorrise, annuendo con entusiasmo.

«Possiamo rifarlo?» le chiese Remi. «Voglio dire, so che probabilmente hai molto da fare, con il fatto che devi organizzarti per andare a prendere le tue cose a Las Vegas, il tuo lavoro e tutto il resto, ma stare con te è davvero *rilassante*. Oggi mi sono venute così tante idee, e anche se non mi dispiace stare da sola tutto il giorno, credo che mi piaccia di più stare con te. Oh! E magari la prossima volta può venire anche Wren. Lei può dedicarsi alle sue attività di PR per l'azienda del padre e noi alle nostre. Magari possiamo anche andare a casa sua e di Safe. Sai, è un po' più grande, e hanno una TV enorme...»

«Respira, Remi» la rimproverò Kevlar.

«Scusa» replicò, arrossendo un po'. «È solo che... oggi è stato divertente.»

Vedere Remi, che di solito era un po' timida, così esuberante, fu un po' sorprendente, ma in fondo Blink non era poi così scioccato che fosse uscita dal suo guscio con Josie. C'era qualcosa nella sua Spirit che faceva emergere un lato diverso nelle persone. Forse perché non parlava molto, ma ti guardava come se in quel momento fossi la cosa più importante del suo mondo.

«Non sapevo che ti sentissi in gabbia» disse Kevlar un po' accigliato.

«Oh! Non è così! Per niente. Mi piace stare a casa nostra. È solo che... a volte è bello avere una compagnia femminile.»

«Sono d'accordo» mormorò Josie, che si era alzata in piedi.

«Visto! È d'accordo.» Girò intorno al tavolo per andare da lei e la abbracciò. «Vorrei metterti in tasca e portarti a casa» le disse con un enorme sorriso.

Lei alzò gli occhi al cielo, ma era evidente che non si fosse offesa per il commento della sua nuova amica.

«E io che avevo paura che non sareste andate d'accordo» borbottò Blink.

«Cosa? E perché mai? Josie è meravigliosa. E intelligentissima. Dovresti vedere quanto è veloce a scrivere con quella tastiera. Giuro che non è umana.»

«Ho visto» replicò.

«Giusto. È impressionante. Mi è venuta l'idea di far frequentare a Pecky un corso di dattilografia in cui lui batte le lettere solo con due dita, ma il suo insegnante è un fantastico e minuscolo burrito, e quando vengono ficcati dentro a un forno dal cattivone di turno, il burrito salva la situazione riuscendo a dire ai pompieri dove si trovano, scrivendo un messaggio con le sue piccole e veloci dita.»

«È un po' un'ossessione la tua, quella di mettere Pecky in situazioni in cui viene rapito o è in pericolo» disse Kevlar, aggrottando la fronte.

Ma Remi minimizzò la sua preoccupazione. «È una fase. Considerando quello che abbiamo passato io e le mie amiche, voglio mostrare Pecky che affronta situazioni difficili, ma riesce a riprendersi con l'assistenza dei coraggiosi personaggi che lo salvano e anche con l'aiuto e il sostegno dei suoi amici. È una sorta di terapia per me.»

«Basta che tu stia bene» replicò, attirandola contro di sé e baciandole ancora una volta la tempia.

«Sto bene» lo rassicurò. «Pensi che potremmo fermarci a *prendere* dei tacos mentre torniamo a casa? Chissà perché, ma mi è venuta voglia.»

«Non vi fermate a cena?» chiese Blink sorpreso. Si trovava all'ingresso della zona giorno, per lasciare a Josie un po' di spazio. In realtà avrebbe voluto andare da lei e abbracciarla, ma stava cercando di non sopraffarla e di non farle troppa pressione. Francamente lo odiava.

«No. Abbiamo preparato le lasagne per voi due. Josie mi ha detto che a te e al tuo gemello piacevano molto quelle di tuo padre, così abbiamo voluto provare a fare qualcosa di simile» rispose Remi.

«Ci vediamo domani» disse Kevlar, mentre lei metteva via il suo materiale da disegno. «Ti farò sapere cosa dicono Benny e Jessyka dopo aver parlato con loro stasera.»

Blink annuì.

«Riguardo a cosa?» domandò Remi dopo aver raccolto le sue cose.

«Te lo dico tornando a casa.»

«Grazie ancora per la bella giornata» disse a Josie. «Ti manderò un messaggio con i dettagli del nostro prossimo incontro. Questa volta con Wren. Va bene?»

Lei annuì sorridendo.

Blink chiuse la porta e così si ritrovarono da soli.

«Accidenti. Di solito Remi non è un... uragano» le disse sorridendo.

Josie ridacchiò.

Non poteva più starle lontano. Era attirato da lei come da una calamita, così attraversò la stanza e le si avvicinò. Senza pensarci, si chinò e le baciò le labbra. Fu un bacio breve, per salutarla, ma a quel contatto fu come se una scossa gli fosse arrivata dritta al cazzo. Per fortuna, i pantaloni della mimetica nascosero un po' la sua reazione.

«Ciao» le disse dopo essersi raddrizzato. «C'è un

profumo meraviglioso qui dentro. Non c'era bisogno di preparare la cena, mi sarei inventato qualcosa una volta rientrato.»

Josie sbuffò spazientita. «Hai lavorato tutto il giorno. Era il minimo che potessi fare.»

«A quanto pare lo hai fatto anche tu. Hai riavuto il tuo lavoro di sottotitolatrice? È fantastico.»

Lei sospirò. «È un sollievo.»

«Ci credo.» Remi aveva accennato qualcosa sul fatto che Josie avrebbe dovuto andare a prendere le sue cose a Las Vegas, ma non era sicuro di volerne parlare, perché non voleva che lei gli dicesse che avrebbe trovato un nuovo appartamento e sarebbe tornata in Nevada.

«E devo andare a prendere la mia roba, il mio ex padrone di casa dice che ha bisogno dello spazio.»

Blink annuì. Era incredibile come fossero sempre sulla stessa lunghezza d'onda. «Non c'è problema. Il fine settimana si sta avvicinando, possiamo andare lì e decidere cosa fare di tutto.»

Josie si morse il labbro e distolse lo sguardo dal suo, portandolo ovunque tranne che su di lui. Odiava che fosse a disagio a causa di qualsiasi cosa stesse pensando. Le mise un dito sotto il mento e la costrinse a guardarlo. «Che problema c'è?»

Lei scrollò le spalle. Poi sbuffò e avvicinò il suo portatile. Blink la lasciò andare, lei si sedette e iniziò a digitare qualcosa in modo frenetico. Quando finì, girò il computer verso di lui.

*Ha detto che ha messo la maggior parte delle mie cose in alcune scatole, ma non aveva un posto dove riporre i miei mobili. Quindi li ha lasciati nell'appartamento per il tizio che si è trasferito. Ha detto che me li avrebbe pagati, e mi va bene. Ma devo capire cosa fare con le cose nelle scatole. Potrei trovare un altro appartamento, ma non so se voglio vivere ancora a Las Vegas. Non mi è mai piaciuta molto, e dato che Millie e Gen vivono lì e non mi sopportano, non so se rimanere in Nevada. Mi piace qui, ma non voglio che tu ti senta obbligato in alcun modo. Sono sicura di poter trovare un appartamento qui a Riverton. Ora che ho di nuovo il mio lavoro e riceverò un po' di soldi anche per i mobili, probabilmente potrei permettermi il deposito cauzionale e il primo mese di affitto.*

Blink comprese perché aveva voluto scrivere quei pensieri. Josie aveva ripreso a parlare, ma per brevi periodi. «No» le disse scuotendo la testa. «Non hai bisogno di un appartamento, puoi stare qui.»

Lo fissò con un'espressione preoccupata. «Non posso restare qui per sempre.»

La prima cosa che pensò fu: "Perché no?". Invece disse: «Forse, ma non devi preoccuparti di trovare subito un posto dove vivere. Datti un po' di tempo, sei appena tornata dopo aver sperimentato qualcosa di traumatico. Lascia che ti aiuti, Josie. Andremo a Las Vegas a prendere le tue cose e, se sarà necessario, potremo trovare un magazzino qui. Ma sono sicuro che Safe ha spazio sufficiente nel suo garage. Di quanta roba stiamo parlando?»

Lei scrollò le spalle. «Dipende da come l'ha imballata. Una ventina di scatole o giù di lì?»

«Ok. Allora noleggerò un piccolo rimorchio, per ogni evenienza. Esaminiamo tutto e puoi prendere quello che vuoi e che ti può servire nell'immediato e portarlo qui. Poi penseremo se affittare un magazzino o se chiedere a Safe. Ora... cos'è questa storia di Millie e Gen? Ti stanno ancora rendendo la vita difficile? C'è altro oltre a quella mail che hai ricevuto?»

Lei distolse ancora una volta lo sguardo, facendogli capire ciò che aveva bisogno di sapere.

«Ne hai ricevuta un'altra?» le chiese.

Annuì.

«Fammi vedere.»

Josie scosse la testa.

«Perché?»

«Perché no. Sono sconvolte. Millie ha perso suo figlio. Non intendeva dire davvero quelle cose.»

«Che cos'ha detto?»

Si limitò a fissarlo.

Blink sospirò. «Ti prego, Josie. So che stai male per quello che è successo, ma non è stata colpa tua. Avete solo preso entrambi delle brutte decisioni. Fa parte dell'essere umani. Ma se ti stanno perseguitando, quello è *sbagliato*. Eri prigioniera. Il fatto che una di loro pensi sia giusto molestarti per la morte di Ayden è totalmente assurdo. Dobbiamo chiedere un'ordinanza restrittiva?»

Josie scosse freneticamente la testa.

«Per favore, fammi leggere la mail» disse, mettendole la mano sulla coscia. Le sembrò fragile sotto il suo tocco, ma sapeva che non lo era. Quella donna era fatta di acciaio. Chiunque altro sarebbe stato l'ombra di sé stesso se avesse vissuto un'esperienza del genere, invece lei non solo sembrava gestirla bene, ma ora che era al sicuro stava sbocciando.

Con un sospiro, cliccò su qualcosa, poi girò il portatile verso di lui.

Non impiegò molto per leggerla. Era breve e diretta... e assolutamente ignobile.

*Hai ucciso mio figlio. Ho capito che eri il diavolo dal momento in cui ti ho incontrata. E hai portato il mio Ayden alla morte! Se non fosse stato per te, sarebbe ancora qui. Non voleva nemmeno che tu andassi in Kuwait, te l'ha chiesto solo per pietà. Usciva con quella donna del suo plotone. Era la sua anima gemella, ma tu non volevi staccare i tuoi artigli da lui. Spero che tu abbia sofferto, anche se non sarebbe comunque abbastanza. Avresti dovuto essere tu, stronza. Avresti dovuto morire tu!*

La mail non era firmata, ma l'indirizzo conteneva il nome e il cognome della donna, quindi non era difficile capire da chi provenisse.

Le parole sullo schermo erano cattive e piene di odio, e provò una stretta al cuore a leggerle. Come poteva un essere umano augurare cose così orribili a un altro? Senza pensarci, chiuse il portatile e si tirò Josie sulle ginocchia.

Lei non si oppose, si girò semplicemente verso di lui con le gambe di lato, e si lasciò stringere.

«Si sbaglia» le mormorò tra i capelli. Quel giorno profumava di lillà. Non sapeva se fosse la lozione, lo shampoo o un profumo, ma solo che avrebbe voluto strusciarsi contro di lei per poterne sentire l'odore sulla pelle anche dopo averla lasciata scendere dalle sue ginocchia. «Non hai ucciso Ayden. E se si vedeva con un'altra, avrebbe dovuto avere le palle di dirtelo, di interrompere la vostra relazione. Per me era uno stronzo» non riuscì a trattenersi dal dire. Non gli piaceva parlare male di qualcuno che non era lì per difendersi, che non avrebbe dovuto morire in quel modo, ma più cose scopriva sul suo ex, più ne era disgustato.

«*Lui* ha preso la stupida decisione di noleggiare una barca e di pavoneggiarsi portandoti troppo lontano. Sì, sei andata in Kuwait quando probabilmente non avresti dovuto, ma questo errore non giustifica quello che ti è successo.»

Rimasero così, accoccolati su una sedia della sala da pranzo per diversi minuti. Josie non stava piangendo, cosa di cui Blink era grato, ma ovviamente stava facendo i conti con molte emozioni.

Alla fine sollevò la testa per incontrare il suo sguardo. «Le ho scritto perché pensavo volesse sapere cos'era accaduto. Non avevo idea di cosa le avesse detto l'esercito. Sapevo che non era la mia più grande fan, ma non avevo capito che mi odiasse così tanto.»

«Alcune persone sono proprio così, Spirit. Nel loro cuore c'è più odio che gentilezza.»

«Volevo sistemare le cose dopo la sua prima mail. Le ho detto che ero in California e che volevo parlarle di persona, per spiegarle meglio i fatti. Le ho detto che sarei andata a Las Vegas a prendere le mie cose. È stato allora che ha mandato quest'ultima mail.»

«Be', di certo ora non ti incontrerai con lei» disse Blink. Il solo pensiero gli dava il mal di testa. «Non le permetterò di parlarti in quel modo. Possiamo bloccare la sua mail, così non dovrai più leggere le sue stronzate. Se sarà necessario, chiederemo un'ordinanza restrittiva in modo che non possa avvicinarsi a meno di cento metri da te.»

Josie annuì.

Doveva cambiare argomento per la loro tranquillità, così disse: «Allora, tu e Remi avete passato una bella giornata, eh?»

Lei sorrise e annuì di nuovo.

«Non lo dici solo perché sai che siamo legati, vero?»

«No. È divertente. E Pecky è favoloso.»

«Pecky il taco viaggiatore è *davvero* favoloso» concordò. «E immagino che lo siano anche quelle lasagne che mi stanno facendo brontolare lo stomaco. Posso preparare un'insalata per accompagnarle.»

«Già fatta.»

«Pane?»

«Fatto» ripeté con un piccolo sorriso. «Be', è pronto per andare in forno.»

«Perfetto. Allora, se mi lasci alzare me ne occupo subito, perché se non mi metto in pancia quella delizia italiana nei prossimi dieci minuti, non sarò responsabile delle mie azioni.»

Josie ridacchiò. «Sei stato tu a trascinarmi sulle tue ginocchia.»

«Volevi opporti?»

Invece della risposta scherzosa che si aspettava, gli offrì il suo sorriso timido. «Mi piace quando mi metti dove vuoi tu.»

E a quello Blink ebbe la visione di sollevarla e spingerla sul suo cazzo duro come la roccia, tenendola sopra di sé mentre la scopava con intensità. Al suo uccello piacque quel pensiero e diventò duro sotto il sedere di Josie.

Stava per scusarsi, quando lei si spostò come se volesse sentirlo di più.

«Cazzo» borbottò, guadagnandosi una piccola risatina. «Cena» mormorò, sollevandola per metterla in piedi accanto alla sedia. Si alzò, senza riuscire a trattenersi dal sistemare l'erezione in una posizione più comoda, poi andò in cucina. Trovò il pane sul bancone, già affettato e su cui era stato spalmato il burro e l'aglio. Accese il forno, mise dentro la teglia e si girò senza dire una parola per andare in camera sua.

«Mi faccio una doccia veloce. Torno subito» le disse.

Gli sembrò di sentire un'altra risatina dietro di sé, ma era troppo concentrato a raggiungere la camera. I suoi vestiti furono sul pavimento del bagno in pochi secondi, e poi Blink si mise sotto il getto caldo della doccia, con l'uccello in mano a pompare furiosamente, mentre visioni di Josie che lo cavalcava con forza gli passavano per la mente.

Non impiegò molto a raggiungere l'orgasmo, e si accasciò contro la parete della doccia, mentre schizzi di sperma colavano lungo le piastrelle. Anche se era appena venuto con un'intensità che non provava da tempo, il suo cazzo era ancora mezzo duro. Ciò lasciava presagire che non sarebbe stato in grado di controllarsi con la sua ospite. Desiderava Josie con ogni fibra del suo essere. Lei era sua, lo sapeva bene come conosceva il suo nome.

Ma l'ultima cosa che voleva fare era spaventarla a morte con il suo bisogno di lei. Doveva rimanere calmo. Così si insaponò velocemente, si sciacquò e uscì dalla doccia. Si infilò un paio di boxer puliti, un paio di jeans e una maglietta.

Quando tornò nella zona giorno, vide che Josie aveva preparato a entrambi il piatto con le lasagne, messo l'insalata nelle ciotole e il pane al centro del tavolo. Gli sorrise, aspettandolo accanto a una sedia.

«Ha tutto un aspetto meraviglioso. Non vedo l'ora di dire a papà che ora ha concorrenza in cucina. Ne sarà entusiasta. Sono anni che mi dice di trovare qualcuno che sappia cucinare bene come lui. Siediti.»

Si accomodarono entrambi, e fin dalla prima forchettata che mise in bocca, Blink fu più che mai sicuro che Josie fosse la donna giusta per lui. Cucinava *davvero* meglio di suo padre. Inoltre, lo eccitava più di quanto avesse mai fatto qualsiasi altra donna, e lo tranquillizzava in un modo che pensava non avrebbe mai sperimentato. Dopo tutto ciò che aveva visto e fatto, quella era una cosa importante. In passato, pensava sempre a cosa avrebbe potuto fare di diverso durante le missioni, a come avrebbe potuto evitare che qualcuno dei suoi compagni di squadra venisse ferito in futuro. Ma con Josie aveva scoperto di non essere bloccato nella sua mente. Poteva semplicemente... esistere. E sperava fosse così anche per lei.

Mangiarono senza parlare, ma non fu un silenzio imbarazzante. Dopo aver cenato, pulirono insieme come ogni sera e poi si sistemarono sul divano.

Stringerla a sé era sempre come tornare a casa.

«Stasera... dopo che mi sarò addormentata... posso...» Si interruppe.

«Cosa, Spirit? Puoi cosa?» Blink le avrebbe permesso di fare tutto ciò che voleva. Qualsiasi cosa.

«Posso dormire con te?» le chiese. «Mi porti sempre nella stanza degli ospiti, e lì è carino, ma...» Alzò lo sguardo su di lui. «Voglio stare con te.»

Il cuore di Blink perse un battito. Deglutì a fatica, non desiderando altro che prenderla in braccio in quell'istante e portarla nel suo letto.

«Scusa. È strano, vero? Io...»

«No! Non è strano.» Aveva esitato troppo a lungo facendola sentire a disagio. Era inaccettabile. «Desidero averti lì. Sempre. Solo che non voglio fare nulla che ti faccia pensare che mi stia approfittando della tua situazione.»

«Non è così. Mi... mi piaci, Nate. Molto.»

Ed ecco che gli faceva di nuovo perdere un battito. «Bene. Perché anche tu mi piaci.»

«Ti va di baciarmi ancora?»

«Con piacere.»

Gli ci volle ogni grammo di forza di volontà per non toglierle tutti i vestiti e prenderla proprio lì sul divano. Ma amava troppo quei baci non proprio innocenti, per rischiare di fare qualcosa che avrebbe potuto farle cambiare idea sul fatto di piacerle. Amava avere le sue mani su di lui, la sensazione del suo corpo contro il proprio. Amava ancora di più vedere l'effetto che le facevano i loro baci: il battito accelerato del cuore, i respiri veloci, gli occhi annebbiati dal desiderio e i capezzoli inturgiditi sotto la maglia.

Quando alla fine si sistemarono per guardare un film, Josie, come al solito, si addormentò subito tra le sue braccia. Blink viveva per quel momento; per tenerla contro di sé, guardarla dormire, sapere che si fidava di lui al punto da abbassare completamente la guardia.

Più tardi, quella sera, quando si alzò per andare a letto, provò una profonda soddisfazione quando aprì la porta della camera e posò Josie delicatamente sul *suo* materasso invece di portarla come sempre nella stanza degli ospiti. Aveva già dormito lì, quella volta in cui l'aveva trovata sul pavimento, ma quella notte era un nuovo inizio. Non era andata da lui perché si sentiva a disagio e aveva bisogno della rassicurazione di averlo vicino, era lì perché desiderava stare con lui. E perché anche lui la voleva sul suo letto.

Blink si spogliò rimanendo in boxer, e si infilò sotto le coperte. Josie gli si accoccolò contro usando la sua spalla come cuscino. Gli sembrò una cosa naturale, come se lo avessero fatto ogni notte negli ultimi dieci anni o più. I suoi splendidi capelli biondi gli ricadevano sul petto e

Blink inspirò profondamente, adorando il suo profumo femminile.

Ma non gli sarebbe importato se fosse stata ancora ricoperta dalla sporcizia di quella dannata cella. Il solo fatto di averla tra le braccia era la perfezione.

# CAPITOLO QUATTORDICI

L'ULTIMA SETTIMANA era stata un sogno diventato realtà per Josie. Non si era mai sentita così in pace. Certo, c'erano ancora molte cose che la stressavano: i suoi averi, Millie e Gen, la ripresa del lavoro... ma le cose positive superavano di gran lunga quelle negative.

Nate era in cima alla lista di quelle positive. Era tutto ciò che lei aveva sempre desiderato in un uomo. Non era perfetto, ma d'altra parte nemmeno lei lo era. Le cose tra loro erano divertenti... ed eccitanti, intime, confortanti e promettenti. Si era sentita più a suo agio con lui in quel breve periodo da quando lo conosceva, che con Ayden o con chiunque altro avesse mai frequentato.

E più tempo passava con Remi e Wren, più si sentiva a casa, a Riverton. Con amiche come loro e un uomo come Nate con cui passare il tempo quando rientrava dal lavoro, Josie si stava abituando a quella routine.

Ecco perché non era entusiasta dei loro progetti. Sarebbero andati a Las Vegas a prendere le cose che il suo padrone di casa le aveva tenuto da parte. In un certo senso, aveva l'impressione che andarci avrebbe fatto scoppiare la piccola bolla di felicità in cui si trovava da quando era stata salvata. Era stupido, ma lo temeva comunque.

Millie e Gen non avevano smesso di mandare mail. Le aveva bloccate entrambe, ma loro non facevano altro che creare nuovi account di posta elettronica per molestarla. Bloccava anche quelli, ma la mattina dopo riceveva *un'altra* mail da una o da entrambe, in cui le dicevano che era una persona orribile e che si sarebbe pentita di aver ucciso Ayden.

Non aveva detto a Nate delle loro molestie perché la cosa lo turbava molto. E comunque lui non avrebbe potuto fare nulla. Doveva solo ignorarle finché non si fossero stancate dei loro giochetti infantili e l'avessero lasciata in pace.

Tuttavia, anche il solo fatto di dover essere nella stessa città in cui si trovavano loro, la metteva a disagio. Non che sapessero che ci stava andando quel fine settimana, ma tornare nel luogo in cui aveva conosciuto Ayden, dove aveva vissuto prima di prendere la fatidica decisione di andare in Kuwait, le dava la sensazione che sarebbe stato come entrare nella tana del leone. Che in qualche modo sarebbe stata risucchiata senza essere più in grado di uscirne.

«Respira, Josie. Andrà tutto bene.»

Gli sorrise. Voleva credergli, ma non riusciva a liberarsi di quel senso di terrore.

«Hai visto l'ultima striscia di fumetti di Remi?» le chiese, mentre metteva la borsa da viaggio nel retro del suo pick-up. Quel giorno sarebbero andati a Las Vegas, avrebbero passato la notte in un hotel di lusso sulla Strip, poi il mattino seguente sarebbero andati al suo vecchio condominio, avrebbero caricato la roba sul rimorchio che aveva noleggiato e sarebbero tornati a Riverton. Lei avrebbe preferito fare tutto in un giorno, ma dato che la maggior parte del lavoro pesante sarebbe toccato a lui, letteralmente, e che si trattava di un viaggio di almeno cinque ore, non aveva voluto che si affaticasse eccessivamente.

Josie annuì. L'ultimo fumetto di Remi mostrava Pecky in un night club. Era così esuberante sulla pista da ballo che aveva perso gran parte del ripieno, e ovviamente si era sentito nudo con solo la carne dentro al guscio. Ma poi interveniva Latrice la foglia di lattuga e lo avvolgeva in un grande abbraccio, coprendolo.

Era un riferimento a Wren e a quello che le era successo all'Aces Bar and Grill. Josie era rimasta sconvolta nell'apprendere che era stata drogata da un tizio con cui aveva avuto un appuntamento al buio, e ciò che ne era conseguito, ma era felice che tutto si fosse risolto, soprattutto tra lei e Safe.

«Sei preoccupata per il viaggio?» le chiese Nate, voltandosi verso di lei.

Desiderando di essere più brava a nascondere la sua ansia, scosse la testa.

«Per la tua roba? Non abbiamo idea di cos'abbia tenuto il tuo padrone di casa o di come l'abbia inscatolata.»

Scosse di nuovo la testa.

«Non te lo chiedo spesso, ma... parlami, Josie. Dimmi cosa posso fare per farti sentire più tranquilla. Vuoi che chiami Preacher per vedere se può venire con me? Tu puoi restare qui. Sono sicura che Remi o Wren sarebbero felici di venire a farti compagnia.»

«È solo che non mi piace quella città. Non mi piace la persona che ero lì.» Non era la spiegazione migliore, ma era tutto ciò che aveva da dire al momento.

«Posso capirlo. Ma non sei più la stessa persona di prima. Quello che hai passato ti ha cambiata. Sei più forte, forse più cauta e molto più in sintonia con ciò che vuoi dalla vita. Sei straordinaria, Josie. E sono orgoglioso di conoscerti.»

Le sue parole le diedero una bella sensazione. Davvero bella.

Si avvicinò a lui, e gli mise una mano sul petto per stabilizzarsi e alzarsi in punta di piedi. Per fortuna Nate capì cosa voleva fare e la accontentò, chinandosi in modo da poter raggiungere le sue labbra.

«Grazie per esserti offerto di guidare fino a lì. Ho portato via dei Cheetos in più, per ogni evenienza.»

Lui ridacchiò. «Una donna che sa cosa mi piace. Il sogno di ogni uomo» la stuzzicò.

Josie arrossì. Non era sicura che fosse così, ma sì, sapeva cosa gli piaceva. Le docce veloci, la sua lozione al profumo di lillà, gli snack al formaggio che facevano malissimo, le fragole fresche, i libri e i film thriller, e aveva un debole per la cucina italiana.

Sapeva anche che non gli piaceva dormire con molti vestiti addosso e che metteva sempre una gamba fuori dalle coperte nel cuore della notte. E quando lei si girava allontanandosi da lui, le si accoccolava sempre contro la schiena. Odiava il suono della sveglia al mattino e di solito si svegliava prima che suonasse. Odiava essere in ritardo ed era un amico eccezionalmente leale. Non parlava molto, lasciando che fossero gli altri a portare avanti la conversazione, ma a casa con lei era un chiacchierone.

Sì, poteva dire di sapere cosa piaceva a Nate. Tranne riguardo all'intimità. Avrebbe voluto sapere anche quelle cose, così tanto da stare quasi male. Ma aveva paura di fare la prima mossa; l'avrebbe distrutta se lui l'avesse respinta.

Anche se era abbastanza sicura che non lo avrebbe fatto. Non se il modo in cui si baciavano e toccavano ogni notte era un'indicazione. Ma lui si stava ancora trattenendo e ciò la confondeva. Le faceva pensare che dovesse esserci una buona ragione per cui non stava facendo progredire la loro relazione fisica, al di là della sua insistenza sul fatto di non volerle mettere fretta. Quello era sufficiente a farle riconsiderare il ruolo che aveva nella sua vita.

«A cosa stai pensando così intensamente?» le chiese.

Josie si sentì arrossire. Se solo avesse saputo. «A niente di che. Al viaggio» mentì.

«Andrà tutto bene. Safe ha detto che conserverà tutto ciò che non vogliamo tenere qui. Ed è stato meglio che il padrone di casa abbia dato via i mobili, perché altrimenti avremmo dovuto affittare davvero un magazzino o occuparci noi stessi della vendita.»

Parlava come se fosse una cosa definitiva il fatto che avrebbe vissuto con lui. Josie lo desiderava con tutto il cuore.

Dopo averla aiutata a salire sul pick-up – non le aveva ancora preso uno sgabello, non che lei ne volesse uno; non era una bambina, anche se era altrettanto piccola – si mise al volante e uscirono dal parcheggio, dirigendosi verso l'interstatale.

Segretamente, le piaceva che Nate la sollevasse per sederla sul suo veicolo. Era contenta che riuscisse ancora a farlo. Nelle poche settimane da quando era in California, aveva già recuperato gran parte del peso perso. Era bello potersi guardare allo specchio e non vedere le costole o le ossa dei fianchi sporgere. Non era mai stata grossa e non aveva intenzione di diventarlo ora, ma aveva bisogno di mettere ancora un po' di peso, e si sentiva in forma. Forte.

Stavano viaggiando da trenta minuti e avevano superato il tratto con il traffico più intenso quando Nate le chiese: «Mi racconteresti qualcosa di più su di te, su tua madre e sulla tua vita prima che ci incontrassimo?»

Josie guardò il paesaggio che passava fuori dal finestrino e sospirò. Non che non volesse raccontargli della sua famiglia, ma era troppo doloroso.

Meglio togliersi il pensiero in fretta. Come strappare via un cerotto. Per fortuna ogni giorno che passava le era sempre più facile parlare. Almeno con Nate. Con gli altri si bloccava ancora, ma con lui non aveva più problemi a farlo.

«La mia era una madre single ed era meravigliosa. Lavorava sodo per darmi tutto ciò di cui avevo bisogno. Si è ammalata mentre frequentavo l'ultimo anno del liceo. Un cancro alla tiroide. Ha lottato duramente, ma si è diffuso troppo in fretta. È morta un mese prima che prendessi il diploma. Non c'erano soldi per andare al college, così ho iniziato a fare ciò che sapevo fare bene: scrivere al computer. Ho fatto un po' di lavori a caso, oltre alla cameriera in vari locali, e sono riuscita a trovare un appartamento. Lavoravo spesso da casa, quindi mi era difficile fare amicizia. Ogni tanto uscivo con un'altra cameriera, e ho incontrato degli uomini qua e là con i quali ho avuto una relazione. Ma non durava mai.

Poi ho conosciuto Ayden. Era con alcuni amici sulla Strip quando l'ho incontrato. Era di stanza a Fort Irwin, appena oltre il confine della California, ma la sua famiglia viveva a Las Vegas. Mi piaceva molto e pensavo di piacergli anch'io. Le cose si sono fatte subito serie. Mi scriveva spesso mail, mi diceva cose a cui volevo credere... forse perché mi sentivo sola. Veniva a trovarmi il più possibile.

Alla fine, però, mi è sembrato che mi usasse solo per avere un posto dove stare quando veniva in città per divertirsi con i suoi amici, perché non voleva stare con sua madre o con sua sorella. Ho iniziato a chiedermi se gli piacessi davvero o se gli facessi solo comodo. L'ultima volta che è stato dislocato, mi ha detto che gli sarei mancata tanto e ha continuato a scrivermi, dicendo tutte le cose giuste. Ma a quel punto io avevo praticamente chiuso. Soprattutto dopo aver ricevuto una mail da qualcuno del suo plotone che mi avvertiva che si scopava una donna con cui lavoravano. Il resto lo sai.»

Nate era accigliato e le porse la mano con il palmo in su. Josie la prese.

«Era un idiota» le disse con fermezza. «E mi dispiace per tua madre.»

Per qualche motivo, quelle semplici parole significarono più di tutte le altre condoglianze che aveva ricevuto negli anni successivi alla sua morte.

Rimasero mano nella mano mentre attraversavano lo Stato sulla I-15 verso nord-est. A poco a poco il paesaggio diventò brullo e marrone, ma aveva comunque la sua bellezza. Passarono Barstow, poi Baker, che vantava quello che proclamavano essere il termometro più grande del mondo. Trovarono traffico intenso vicino al confine con il Nevada, ma poco dopo tornò a essere scorrevole.

Le cinque ore di viaggio passarono piuttosto in fretta, e anche se non avevano parlato di nulla di importante dopo la storia di sua madre e Ayden, Josie aveva comunque la sensazione di averlo conosciuto un po' meglio.

Forse era stato guardarlo mentre ingurgitava Cheetos come un bambino, o mentre minacciava di pulirsi le dita sporche di formaggio su di lei, o mentre sorrideva a una bambina che li aveva salutati da un'auto che avevano incrociato. Era così facile stare con lui, cosa che la faceva rilassare. Aveva anche piena fiducia nella sua capacità di portarli a destinazione sani e salvi. Accidenti, li aveva fatti uscire dalla cella della prigione, si erano issati sull'elicottero, avevano attraverso le montagne dell'Iraq e alla fine erano arrivati in California. Perché non avrebbe dovuto fidarsi di lui al volante di un veicolo?

Nate entrò nel parcheggio dell'hotel in cui avrebbero alloggiato, e si voltò verso di lei con uno sguardo di scuse. «Ti avrei lasciata all'entrata, ma con il rimorchio credo non fosse la scelta migliore.»

«Va bene così» replicò.

«Non ti muovere, vengo di là» le disse, come faceva sempre quando andavano da qualche parte insieme. Josie aveva smesso di cercare di convincerlo che poteva uscire dal pick-up senza il suo aiuto, dato che amava avere le sue mani su di lei, così aspettò che girasse intorno al veicolo e aprisse la portiera. Come al solito, gli afferrò gli avambracci mentre la sollevava per posarla a terra. Ma non la lasciò subito, rimase a fissarla.

«Non mi approfitterei mai della tua natura generosa» le disse serio. «Adoro come ti prendi cura di me. Tornare a casa da te alla fine della giornata è qualcosa che non avrei mai pensato di sperimentare, ma non ti ho invitata a restare perché voglio qualcuno che cucini o pulisca. È perché ti voglio lì. E mi sto innamorando di te, Josie England. Se questo ti spaventa, o se è qualcosa che non vuoi, devi dirmelo subito... e mi costringerò a farmi da parte.»

Lei scosse subito la testa. «No.»

«No, nel senso che non è quello che vuoi?» le chiese.

«No. Non mi spaventa, perché io sono già innamorata di te, Nate Davis.» Per una frazione di secondo si chiese se confessarglielo fosse stata la cosa giusta. Per un attimo si preoccupò di ciò che avrebbe detto o pensato la gente, al fatto che si stavano muovendo troppo in fretta... ma quando vide il sorriso sulle sue labbra, scacciò via quei pensieri. Non stavano correndo troppo. Conosceva quell'uomo, così come lui conosceva lei.

«Bene.»

Bene? Solo quello?

Lo guardò allungarsi verso il pianale del pick-up e prendere la borsa che vi aveva gettato prima che partissero. Aveva insistito per mettere le loro cose insieme, sostenendo che dato che si sarebbero fermati solo una notte, era stupido portarne due. Poi le circondò le spalle con un braccio, la attirò contro il suo fianco e iniziò a percorrere il parcheggio.

Josie aveva un sacco di domande, ma per il momento si limitò a cingergli la vita. Quelle potevano aspettare. Avere Nate al suo fianco le dava la sensazione di poter affrontare qualsiasi problema avrebbe potuto presentarsi lì, nella città in cui aveva temuto di tornare.

———

Blink avrebbe voluto prendere Josie, buttarsela in spalla, portarla in camera, chiudere la porta a chiave e non uscire per giorni, ma si costrinse a comportarsi nel modo più normale possibile.

Era innamorata di lui. Non aveva bisogno di sentire altro.

Josie sarebbe stata sua quella sera. La sentiva già sua, ma voleva dimostrarle con il corpo quanto la rispettava. Quanto fosse stupito che lo avesse scelto. C'erano uomini migliori in giro, non aveva dubbi, ma non l'avrebbero amata come poteva fare lui.

Amore.

Quella parola avrebbe dovuto spaventarlo, ma dopo aver osservato Kevlar e Safe con le loro donne, non aveva paura di quel sentimento. Non più. Soprattutto dopo che erano sopravvissuti insieme a un'esperienza orribile.

Blink voleva dimostrarle senza parole quanto significasse per lui. Che ora era la persona più importante della sua vita. Più del suo team SEAL. Più di suo padre. Più del suo gemello. Tate avrebbe capito. Probabilmente sarebbe stato geloso, ma comunque entusiasta per entrambi.

Si misero in coda per fare il check-in e Blink abbracciò Josie da dietro, invitandola ad appoggiarsi a lui mentre aspettavano. Quando fu il loro turno, si registrarono rapidamente e prese la chiave dall'impiegata della reception. Raggiungere la loro stanza fu un po' complicato, e Blink fece una smorfia mentre attraversavano il rumoroso e fumoso casinò per arrivare all'ascensore che li avrebbe portati in camera.

Mentre passavano davanti a un gruppo di uomini evidentemente ubriachi e che ridevano un po' troppo forte, percepì Josie avvicinarsi un po' di più a lui.

«Ci siamo quasi» la rassicurò, guidandola verso un ascensore.

«Sembra tutto troppo... frenetico» borbottò, mentre salivano al ventiduesimo piano.

«Perché è così» concordò Blink. «Almeno qui a Las Vegas.»

Quando uscirono dall'ascensore il corridoio era vuoto, ed entrarono nella loro camera senza problemi; era una stanza normalissima, niente di troppo appariscente. Due letti da una piazza e mezza, una TV, un tavolino nell'angolo.

Blink si avvicinò alla finestra e aprì la tenda, facendo entrare la luce del sole di Las Vegas. Si affacciava sulla Strip e fu contento di vedere che c'erano delle tende oscuranti, dato che le luci che rimanevano accese per tutta la notte avrebbero sicuramente impedito loro di dormire bene.

Si girò per fare una battuta sull'illuminazione esterna, quando vide Josie ferma vicino alla porta, con un'aria incerta.

«Cosa c'è che non va?» le chiese, tornando verso di lei.

Per fortuna non ci girò intorno. «Due letti?»

Lui si rilassò un po'. «Non volevo dare nulla per scontato.»

«Ma... a casa tua dormiamo nello stesso letto. Non ti piace?»

«No!» Blink lo disse con così tanta veemenza da farla sobbalzare. Le prese il viso tra le mani e le inclinò la testa per poterla guardare negli occhi. «Cioè, *sì*, mi piace dormire con te. Non ho mai dormito meglio. È solo che non volevo metterti pressione per qualcosa che magari non vuoi fare. Ultimamente le cose sono sfuggite un po' al tuo controllo e volevo assicurarmi che tu sapessi che qui ce l'hai. Per quanto riguarda noi.»

«Voglio dormire con te» disse con fermezza.

«Allora un letto solo sia» la rassicurò.

Ma lei scosse la testa come meglio poté nella sua presa. «No, intendo che voglio *stare* con te.»

Il cuore di Blink cominciò a battere a un ritmo forsennato. Non le mancò di rispetto chiedendole se ne fosse sicura e facendole notare che aveva vissuto un'esperienza traumatica, né dicendole che avrebbero dovuto aspettare ancora un po'. Josie sapeva ciò che voleva. E la verità era che lui aveva già deciso di farla sua quella sera; le sue parole lo resero solo più desideroso di dimostrarle quanto tenesse a lei.

«Hai fame?» le chiese.

Sembrò confusa, ma scosse la testa.

«Vuoi fare un giro? Dare un'occhiata all'albergo?»

«No.»

«Giocare d'azzardo?»

Gli si avvicinò, e fu costretta a inclinare di più la testa all'indietro per mantenere il contatto visivo. Blink le posò le mani sui fianchi.

«No. Voglio *te*, Nate. C'è qualcosa in te che mi ha attirato fin dalla prima volta che ti ho visto, quando ti hanno trascinato nella cella accanto alla mia. Con te mi sento al sicuro. Appagata. Felice.»

Blink non riusciva nemmeno a esprimere a parole come lei lo stava facendo sentire. Come se fosse stato in cima al mondo. Aveva scelto lui. *Lui*. Se avesse visto l'uomo che era stato anche solo pochi mesi prima, probabilmente gli sarebbe rimasta il più lontano possibile; era così devastato che aveva pensato non si sarebbe mai ripreso.

Ma, d'altra parte, Remi non si era lasciata scoraggiare

dalle barriere che aveva alzato, e aveva la sensazione che anche Josie vedesse dentro di lui.

«Una volta fatto, non si torna indietro» la avvertì.

«Bene» replicò lei con fermezza.

Tante cose gli passarono per la mente. Come voleva prenderla la prima volta. Di strapparle tutti i vestiti e buttarla sul letto. Ma non voleva spaventarla. Non voleva fare nulla che potesse ricordarle la violenza e l'orrore che aveva subito.

Le prese la mano e la condusse ai piedi del letto più vicino, poi si mise di fronte a lei... e lentamente cominciò a spogliarsi. Voleva rassicurarla. Usare parole affettuose. Ma era come se avesse il corpo in fiamme e tutte le sue parole fossero diventate cenere.

Senza dire niente, lei imitò le sue azioni, sfilandosi la maglia dalla testa e spingendo giù i jeans.

Blink finì di spogliarsi per primo, e non provò il minimo disagio a starle di fronte nudo. Il suo desiderio si impennò mentre lei gli rivelava sempre di più il suo corpo. L'aveva già vista in bikini e con un copricostume trasparente, ma ora era molto diverso.

Nel breve periodo trascorso in California aveva messo un po' di carne sulle ossa. Blink aveva fatto del suo meglio per fornirle molte proteine e cibo nutriente, per cercare di aiutarla a recuperare un po' del peso che aveva perso durante la prigionia.

Ora si trovava davanti a lui in reggiseno e mutandine, e lo guardava incerta.

Era inaccettabile. Quando era vicina a lui la sua donna doveva sentirsi solo sexy e desiderabile.

Le mise le mani sui fianchi e la fissò negli occhi. «Sei letteralmente la donna più bella che abbia mai visto in vita mia.»

Lei sbuffò.

«Non sto mentendo.»

«Le ossa dei fianchi sporgono ancora un po'. E sono ancora piatta come una tavola.»

Ma Blink scosse la testa. «Il tuo corpo è la personificazione della forza. Se avessi avuto un fisico diverso, non saresti sopravvissuta a ciò che hai subito.»

Mentre Josie metabolizzava le sue parole, lui infilò le dita sotto l'elastico delle mutandine. «Posso?» chiese sommessamente.

Lei annuì, e Blink trattenne il respiro mentre gliele faceva scivolare lungo le gambe. Poi portò le mani dietro di lei e le slacciò il reggiseno. Quando furono entrambi nudi, la percorse con lo sguardo. I suoi capezzoli si inturgidirono mentre lui li guardava, e fu una cosa così erotica che dovette metterci tutto sé stesso per non venire proprio in quel momento.

Per quanto fosse eccitato, all'improvviso vederla nuda lo fece preoccupare. Era minuta, e lui... no. Il suo cazzo sporgeva tra le gambe, desideroso e pronto a seppellirsi nel suo corpo, ma si rese conto che avrebbe dovuto assicurarsi *bene* che lei potesse prenderlo senza sentire male. Il che non sarebbe stato difficile.

La afferrò per la vita e la sollevò. Poi, senza pensarci,

fece ciò che aveva desiderato fare da quando erano entrati nella stanza: la gettò sul materasso.

Per un attimo si arrabbiò con sé stesso, ma Josie ridacchiò. Quel piccolo suono gli arrivò dritto al cazzo, facendo fuoriuscire dalla punta del liquido preseminale.

Mise un ginocchio sul letto e iniziò a muoversi verso di lei, che però iniziò a tirare il piumone.

«Cosa stai facendo?» le chiese, temendo che stesse cercando di coprirsi.

«Questi affari sono disgustosi. Non ho idea di chi abbia fatto cosa qui sopra. Almeno sappiamo che le lenzuola sono pulite.»

Blink ridacchiò. Non poteva che essere d'accordo con lei. La aiutò a gettare il piumone sul pavimento, poi la raggiunse sul materasso.

Senza perdere tempo, le aprì le gambe e si abbassò tra di loro. Poteva sentire l'odore della sua eccitazione, e ciò decuplicò la sua brama. Vedere le sue pieghe bagnate, la prova che lo desiderava altrettanto intensamente, contribuì a calmare il suo nervosismo. Non poteva rovinare tutto. Era troppo importante. *Lei* era troppo importante.

La leccò. E poi ancora e ancora. La prima esplosione del suo sapore pungente sulla lingua non gli bastò. Proprio per niente. Si avventò su di lei come un uomo affamato davanti all'unico nutrimento che avrebbe potuto sostenerlo.

Sentì Josie strillare e le sue mani tra i capelli, ma non alzò gli occhi. Non distolse lo sguardo dalla fica rosea che aveva davanti. Blink era così preso a leccare tutti i suoi umori, che a malapena sentiva i grugniti e i gemiti che lui stesso emetteva. Era in paradiso e voleva di più. Aveva bisogno di qualcosa di più.

Le afferrò i fianchi con forza e la sollevò, girandosi nel frattempo sulla schiena con le gambe che penzolavano dal letto, e se la mise a cavalcioni proprio sopra il viso.

Nessuno dei due parlò mentre lui banchettava tra le sue gambe. Succhiò, leccò... e ancora non era abbastanza. Non sarebbe *mai* stato abbastanza. Aveva bisogno dell'essenza di quella donna come dell'aria per respirare. La voleva impressa a fuoco nella sua anima.

La divorò tenendola con forza per i fianchi. Era sporco, selvaggio, e ne amò ogni secondo. Non era mai stato così... irrefrenabile prima. Aveva leccato altre donne in passato, ma non si era mai sentito così, come se sarebbe esploso se non avesse sentito il suo orgasmo sulla lingua.

Non appena ebbe quel pensiero, percepì le cosce di Josie tremare. «Sì» mormorò contro di lei. «Vieni su tutto il mio viso. Voglio sentire il tuo odore su di me per ore.»

Erano parole oscene e non esattamente amorevoli, ma non era riuscito a trattenersi.

Josie cominciò a ondeggiare contro di lui, facendogli venire voglia di battersi il petto come un cavernicolo. Le stava procurando piacere. Le sue labbra, la sua lingua. *Lui.*

Si attaccò al clitoride e lo succhiò. Con forza. E fu ricompensato da uno schizzo dei suoi umori. Scese più in basso e la leccò quanto più veloce riuscì.

«Nate!» gridò lei.

Temendo di averla spaventata a morte, sollevò gli occhi oltre la sua piccola pancia e i seni, e la trovò a guardarlo.

Ma non era spaventata o disgustata dalla sua mancanza di ritegno, perché si leccò le labbra e gli disse: «Di più.»

Voleva di più?

Le avrebbe dato *tutto*.

Blink ricominciò a stuzzicarle il clitoride. Josie sussultò nella sua presa, ma lui strinse le dita intorno alla sua vita. La tenne ferma mentre la portava all'orgasmo una seconda volta. Aveva le guance bagnate dei suoi umori e si leccò avidamente le labbra, adorando il suo sapore.

Non fu difficile sollevarla e spostarla di nuovo, e mentre la faceva scendere lungo il suo corpo, lei gli bagnò il petto con la sua eccitazione. Fu qualcosa di primitivo, come se stesse lasciando il suo marchio su di lui. All'ultimo momento, proprio prima di calarla sul suo uccello, si fermò.

«Cazzo» borbottò.

Percepì la risatina di Josie attraverso il suo corpo.

«Preservativo» disse in tono soffocato. Tutto dentro di lui urlava di prenderla, di abbassarla sul suo uccello e scoparla con forza. Ma non le avrebbe fatto una cosa del genere, non lo aveva mai fatto con nessuna donna. Voleva proteggerla a tutti i costi.

«Dov'è?» gli chiese.

«Nella tasca dietro dei miei jeans» rispose a denti stretti.

Avrebbe dovuto alzarsi e prendere il preservativo che aveva messo lì prima di partire. Ma non ci riusciva. Gli faceva così male il cazzo che se si fosse mosso anche solo di un centimetro avrebbe perso il controllo. Sarebbe esploso. Era al limite.

Blink si costrinse a lasciarla andare e la osservò mettersi carponi per andare ai piedi del letto. Quella vista gli fece fuoriuscire altro liquido preseminale. Si afferrò la base del cazzo per impedirsi di venire. Il culo di Josie era perfetto. Piccolo, rotondo, e lui non desiderava altro che prenderla da dietro. Allungarsi sopra la sua schiena, avvolgerla con il suo corpo molto più grande, mostrarle il suo lato dominante.

Dovette chiudere gli occhi, concentrarsi su tutto tranne che sulla donna nel suo letto. Il suo sapore sulla lingua glielo rese impossibile.

Il materasso si abbassò mentre Josie tornava verso di lui, ma Blink non aprì gli occhi. Non poteva.

Quando gli avvolse la sua piccola mano intorno al cazzo, i suoi occhi si aprirono come se avessero avuto una mente propria. La vide inginocchiata tra le sue gambe, con lo sguardo fisso sul suo uccello. La fissò stupito, mentre lei si leccava le labbra e abbassava la testa.

—————

Josie si era goduta il sesso che aveva fatto con gli uomini con cui era stata in passato, ma niente era *mai* stato come con Nate. L'entusiasmo con cui l'aveva leccata era stata la cosa più eccitante che avesse mai sperimentato. Si era comportato come se non ne avesse mai abbastanza di lei. L'aveva tenuta ferma con le mani, senza permetterle di allontanarsi. E quando si era girato portandola sopra di sé, non si era mai sentita così femminile.

Con qualsiasi altro uomo le sarebbe sembrato un sopruso; con Nate, si sentiva semplicemente... amata.

Dopo aver tirato fuori il preservativo dalla tasca dei jeans, si girò e deglutì a fatica alla visione che si trovò davanti: Nate nudo in tutta la sua splendida gloria con la mano intorno al cazzo. Amava che avesse lentiggini su tutto il corpo e non solo sul viso. Aveva gli occhi chiusi e sembrava che stesse soffrendo.

Mentre lo guardava, una goccia di liquido preseminale colò dalla punta, scendendo lentamente lungo la grossa erezione e sulle sue dita. Ebbe l'improvviso bisogno di assaggiarlo.

Avvolse la mano sopra la sua, ma il pollice e l'indice non si toccarono. Era davvero grosso. Il suo sguardo si fissò su un'altra goccia e si chinò, desiderosa di assaggiarlo come lui aveva fatto con lei. Tirò fuori la lingua e leccò la sua essenza. Un'altra goccia sostituì quella che aveva appena assaporato.

Così lo leccò di nuovo.

Nate gemette, e Josie lo guardò mentre gli lambiva la fessura per la terza volta.

«Cazzo.»

Sentire Nate imprecare in quel modo era come tornare a casa. Era un po' stupido, ma la prima parola che gli aveva sentito dire era stata proprio quella, quindi era appropriato.

Josie amò il senso di potere che stava provando in quel momento. Per tanto tempo le era stato tolto, ma avere Nate sdraiato sulla schiena, mentre lei stava tra le sue gambe, le dava la sensazione di poter fare qualsiasi cosa; aveva domato quell'incredibile Navy SEAL, avrebbe potuto conquistare il mondo.

Proprio mentre si abbassava per prendere in bocca tutta la punta, lui si sollevò un po' per afferrarla intorno alla vita e mettersela a cavalcioni sulla pancia.

«Preservativo» le ordinò, tendendole la mano. Parlava a denti stretti e sembrava davvero che stesse soffrendo.

Senza protestare, gli porse la piccola bustina di carta stagnola. Lui si sollevò un po' con il busto, facendole percepire sotto il sedere gli addominali che si contraevano, portò le mani dietro la sua schiena e lo sentì infilarsi il preservativo, impressionata dalla facilità con cui riuscì a farlo con lei in mezzo.

Poi si sdraiò di nuovo e la sollevò sulle ginocchia. Con una mano si tenne il cazzo in posizione verticale e lo fece scorrere tra le sue pieghe, assicurandosi che fosse ben lubrificata, ma invece di tirarla subito giù, usò la punta per stuzzicarle il clitoride.

Poco dopo Josie iniziò a ondeggiare, cercando di portarlo dove lo voleva di più... dentro di lei.

«Lo vuoi?» le chiese, suonando un po' compiaciuto.

«Sì.»

«Di chi è il cazzo che sta per entrare in te?»

Lei riuscì solo a gemere.

«Dimmelo, Spirit. Di chi è il cazzo che stai per cavalcare?»

«Tuo» riuscì a mormorare.

«Nome. Di' il mio nome» le ordinò.

«*Nate*. Ti prego. Ho bisogno di te.»

Le sue parole fecero a malapena in tempo a uscirle di bocca, che lui la tirò giù con forza, spingendosi allo stesso tempo verso l'alto.

Avrebbe dovuto sentire male. Nate non era un uomo piccolo, da nessuna parte, ma Josie provò solo appagamento mentre la riempiva. Dimenò i fianchi, facendolo scivolare un po' più in profondità.

«Guardami» le disse.

Incontrò i suoi occhi.

«Sei mia» ringhiò con arroganza. «E io sono tuo. Scopa il tuo uomo, Spirit. Mostrami quanto lo vuoi.»

Non servì che glielo ripetesse. Cominciò subito a muoversi su e giù. Fu una sensazione incredibile. Era grosso e lungo, e toccò punti che nessun uomo aveva mai toccato prima. Ma lui non si accontentò di stare semplicemente sotto di lei, fece vagare le mani su tutto il suo corpo, accarezzando, pizzicando, stuzzicando. Josie si sentiva sexy, e un po' della paura e del dolore che si portava dietro da quando era stata catturata svanì.

«Così» la esortò. «Scopami.»

Anche il suo parlare sporco la eccitava. Lei non si era mai sentita a suo agio con quel genere di cose in camera da letto, ma stare con Nate le faceva cadere tutte le inibizioni. Con lui nulla sembrava imbarazzante o strano.

Alla fine Josie si rese conto che le aveva afferrato la vita e la stava muovendo su e giù con le sue forti braccia. Si rilassò nella sua presa, dandogli tutto il peso del corpo e lasciandosi muovere come voleva.

Fu evidente che lui amò la sua sottomissione, perché fece un sorriso soddisfatto e sexy che le toccò l'anima.

Poi la spostò ancora una volta senza sforzo, fino a metterla sdraiata sotto di lui, e si spinse avanti e indietro nel suo corpo a un ritmo lento.

«È bellissimo sentirti in questo modo. Così minuta, così fragile. Ma non lo sei, vero?» le chiese. «Fragile, intendo. Sei forte come l'acciaio. Rifiuti di piegarti anche sotto la pressione più forte. È sexy da morire. Voglio darti di più. Dimmi che puoi sopportarlo. Che puoi *prendermi*.»

Josie stava praticamente ansimando. «Dammi tutto di te» replicò, facendo scorrere le unghie sul suo petto.

Sentì Nate fare un respiro profondo, poi le sollevò una gamba e se la drappeggiò nell'incavo del gomito. Lo fece anche con l'altra, così che fosse spalancata sotto di lui. Quando la penetrò le fece quasi male per quanto arrivò in profondità.

Ma Josie si limitò a gemere. Le piaceva che lui la prendesse in quel modo. Non la trattava come se fosse un delicato pezzo di vetro. Magari era piccola, ma poteva sopportare tutto quello che lui le avrebbe dato. Ora e per sempre.

«Sì» sibilò.

«Ho sognato tutto questo» disse Nate, mentre il suo cazzo si muoveva dentro di lei. «Prima di conoscerti, sognavo di trovare una donna che mi accettasse così come sono. Con tutti i miei difetti. E poi eri lì. In una maledetta e puzzolente cella di una prigione iraniana. Con un aspetto selvaggio, ma bella da morire. *Mia*. Lo sapevo allora e lo so adesso. Ti sto rivendicando, Josie. Tutto di te. Questa fica è mia. Questo corpo è mio. Il tuo cuore è mio.»

Ora la stava scopando con forza, al ritmo di ogni parola espressa.

«E tu sei mio. Il tuo cazzo, ogni lentiggine, il tuo cuore. Se qualcuno oserà mai provare a portarti via da me, mi batterò come la donna selvaggia che ero in quella cella!» Josie non sapeva da dove fossero arrivate quelle parole, ma sentiva che era giusto dirle. Si fissarono negli occhi, mentre lui continuava a scoparla con forza e profondamente.

«Un giorno, presto, voglio riempirti con il mio sperma. Voglio riempire questa fica così tanto che traboccherà.»

I suoi muscoli interni si contrassero a quelle parole.

Lui fece un sorrisetto. «L'ho sentito. Ti piace l'idea, eh? Vuoi che venga dentro di te?».

«Sì» sussurrò.

«*Cazzo*.»

Josie sorrise. Ma il suo sorriso svanì quando lui la fissò. Nessuno dei due parlò più. Guardarlo negli occhi era più intimo del sesso che stavano facendo. Poi Nate smise di muoversi e lei emise un gemito di protesta e gli piantò le unghie nella schiena.

Lui sorrise, ma non parlò. Sollevò il bacino, lasciando solo la punta del cazzo dentro di lei, che cercò di spingere i fianchi verso l'alto per riprenderlo dentro, ma lui si rifiutò di darle ciò che voleva.

Poi andò con le dita sul suo clitoride, e come aveva fatto con la lingua, non lo stuzzicò, ma iniziò subito ad accarezzarla con intensità. Lei ansimò per il dolore misto a piacere che le stava procurando, ma lui non rallentò né si fermò. Continuò semplicemente a fissarla negli occhi, mentre la spingeva verso il culmine.

«Ancora» le ordinò.

Josie avrebbe voluto protestare, ma non riusciva a far uscire alcuna parola dalla sua gola improvvisamente chiusa. Quella era... l'esperienza sessuale più straordinaria della sua vita. Ormai nessun altro uomo avrebbe potuto reggere il confronto.

Quando cominciò ancora una volta a tremare, Nate si spinse dentro di lei con forza e in profondità.

Le sfuggì un piccolo grido. Se aveva pensato che gli orgasmi precedenti fossero stati intensi, non erano paragonabili alla sensazione che dava venire con lui che si spingeva tra i suoi muscoli che si contraevano.

Nate la penetrò più profondamente che poté e rimase immobile mentre si lasciava andare all'orgasmo.

Josie all'improvviso rimpianse che avesse messo il preservativo. Era stupido, avrebbe dovuto essere felice che l'avesse protetta, invece provava risentimento verso quel pezzo di lattice che la separava dal prendere tutto ciò che aveva da darle.

Le crollò sopra, ma non la schiacciò. Invece, rotolò ancora una volta, facendoli quasi cadere dal letto. Lei rise, affondò il naso nell'incavo del suo collo e inspirò. Sapeva di sudore e di sesso. Ed era meraviglioso.

Sorrise. Aveva avuto qualche dubbio sulla sua capacità di soddisfare quell'uomo incredibile in camera da letto, ma tutti i suoi timori erano stati fugati.

La sua grande mano le accarezzò su e giù la spina dorsale, tenendola contro di sé. Sentì il suo cazzo ammorbidirsi dentro di lei, ma dato che gli era sdraiata sopra, non scivolò fuori. Aveva l'interno delle cosce tutto bagnato e le sembrava di essere di gelatina.

«Tutto bene?» le chiese, con un tono completamente diverso da quello che aveva usato poco prima. Era titubante, insicuro.

«Perfetto» lo rassicurò con un lungo sospiro, e avvertì i sui muscoli rilassarsi sotto di lei.

«Bene. Perché sono stato un po' irruente.»

Era un eufemismo. Rispose con un mormorio, troppo stremata per fare altro, e percepì, più che sentire, una risatina rimbombare nel suo petto.

«Devi sapere...» iniziò lui, ma poi si interruppe.

Josie si costrinse a sollevare la testa per guardarlo.

Nel momento in cui incontrò i suoi occhi, continuò: «È stato qualcosa che mi ha cambiato la vita.»

Era pienamente d'accordo con lui, e annuì.

«Sei stanca?»

Annuì di nuovo.

«Vuoi fare un bagno? La doccia? Rimanere sdraiata qui?»

«Voglio stare qui» rispose senza esitare. «Poi farò un bagno... più tardi.»

«Ok.»

Abbassò di nuovo la testa. Alcuni istanti dopo, borbottò contro la sua pelle: «Hai freddo?»

Lui rise. «Cosa?»

«Non siamo sotto le coperte. Ho pensato che magari potevi avere freddo.»

«Sto bene» la rassicurò.

«Non dovresti... non so... togliere il preservativo?»

«Probabilmente sì.»

Ma, ancora una volta, non si mosse per alzarsi. Josie scrollò le spalle tra sé e sé. Sapeva che se un uomo teneva il preservativo addosso quando si sgonfiava l'erezione, c'era il rischio che gli si sfilasse o che lo sperma fuoriuscisse, ma non era preoccupata di rimanere incinta. Aveva un impianto sottocutaneo per proteggersi. Non ne aveva parlato con Nate perché lui era sembrato troppo deciso a usare il preservativo.

Si assopì, sdraiata sopra di lui come se fosse stato un cuscino per il corpo. Si svegliò solo quando si sentì scuotere. Nate l'aveva presa in braccio e la stava portando in bagno, come se fosse una principessa o qualcosa del genere.

«Riesci a stare in piedi?» le chiese.

Annuì, ma lui la tenne per la vita finché non fu sicuro che fosse stabile. Poi, con disinvoltura e senza mostrare il minimo imbarazzo, si tolse il preservativo e lo gettò via, si chinò e aprì l'acqua della vasca. «Resta lì» le ordinò, e prima che lei potesse dire qualcosa, uscì dal bagno.

Tornò meno di dieci secondi dopo con un flacone in mano, e lo sollevò dicendo: «Ho comprato il bagnoschiuma.»

Josie era confusa. «Davvero? Perché?»

«Perché volevo coccolarti se si fosse presentata l'occasione.»

Sul serio. Quell'uomo era troppo bello per essere vero. Se fosse successo a chiunque altro, Josie avrebbe alzato gli occhi al cielo dicendo che era una cosa assolutamente sdolcinata, ma dato che si trattava di Nate e che stava accadendo proprio a lei, si sentì sciogliere dentro.

Per qualche motivo, non provava imbarazzo a stare nuda davanti a lui. Forse perché lui stesso sembrava completamente indifferente di essere svestito. Certo, era un bellissimo esemplare di uomo. I suoi lividi erano spariti quasi del tutto e immaginava che le costole non gli facessero più male, soprattutto dopo il modo in cui l'aveva spostata di qua e di là a letto e fuori.

Josie gli si avvicinò sorridendo, mentre la vasca si riempiva. Fece scorrere un dito sul suo petto, sull'abbondante quantità di lentiggini. «Le adoro» gli disse, e ne baciò una. Poi un'altra. Avrebbe voluto farlo su ognuna, ma Nate le mise un dito sotto il mento e le inclinò il viso verso il suo. Si chinò e le diede un bacio lungo, lento e profondo, poi le prese la mano e indicò la vasca.

«Il bagno è pronto.»

Josie abbassò lo sguardo e vide che la vasca era piena di soffice schiuma. Non le sfuggì nemmeno il fatto che il suo cazzo fosse di nuovo duro.

«Vuoi unirti a me?» gli chiese.

Lui ridacchiò. «No. Non ci stiamo.»

«Ma...» Indicò il suo inguine con il mento.

Lui le sorrise e disse: «Con te sarà sempre così. Ti ho presa con forza e probabilmente sei indolenzita. Posso aspettare.»

Accidenti, che uomo.

Josie entrò nella vasca e si immerse nell'acqua calda con un sospiro. Dopo essere stata tanto tempo senza lavarsi, fare il bagno era diventata la sua nuova cosa preferita. E a Nate evidentemente non era sfuggito il numero di bagni che aveva fatto da quando era a casa sua.

Lui si aggrappò al bordo della vasca e si chinò a baciarle la fronte. «Fai con calma. Io sarò di là a guardare la televisione.»

Le dispiaceva che lui non si fosse preso il tempo di lavarsi prima di prepararle il bagno, e arrossendo glielo disse.

Ma lui si limitò a scrollare le spalle. «Adoro avere il tuo profumo su di me» rispose, poi si raddrizzò e la lasciò sola nella stanza.

Josie chiuse gli occhi e si immerse nella schiuma al profumo di frutta. Nate le aveva letteralmente cambiato la vita, e non riusciva a immaginare che lui non ne facesse parte. Sperava di non fare nulla che avrebbe potuto rovinare le cose tra loro.

# CAPITOLO QUINDICI

Blink dormì molto quella notte. Probabilmente grazie all'aver tenuto tra le braccia Josie e alla stanchezza per il sesso fantastico che avevano fatto. Non era mai stato con qualcuno che fosse così compatibile con lui. Si era sorpreso di aver detto e fatto certe cose.

Ma dato che Josie non si era tirata indietro né era sembrata disgustata dalla sua improvvisa vena dominante, aveva cercato di non preoccuparsene troppo, facendo semplicemente ciò che aveva sentito giusto in quel momento ed esprimendo quello che pensava nel profondo della sua anima.

Quella mattina erano rimasti accoccolati a letto fino a tardi. Certo, Blink avrebbe voluto fare di nuovo l'amore con lei, ma il giorno precedente l'aveva presa con forza, e non era un uomo piccolo. E anche se gli si adattava perfettamente, era pur sempre minuta. Non avrebbe mai fatto nulla che potesse farle male, per cui aveva ignorato i suoi bisogni e si era limitato a tenerla stretta.

Ed era stato fantastico avere la sua donna sdraiata contro il petto, mentre parlavano della madre di lei, dell'infanzia di lui e di alcune delle sue missioni, senza ovviamente svelare dettagli. Blink si era sentito più a casa di quanto non lo fosse stato da quando se n'era andato da quella di suo padre.

Ora erano nel pick-up diretti al vecchio appartamento di Josie; il giorno precedente lei aveva chiamato il suo padrone di casa, e si erano accordati per incontrarsi in modo che potesse prendere le sue cose.

Blink era allo stesso tempo grato e arrabbiato con quel tizio. Era sollevato che non avesse semplicemente buttato via tutto, ma non era entusiasta della rapidità con cui aveva riaffittato l'appartamento dopo che lei non era tornata dalle vacanze.

Si fermò nel parcheggio e notò che il complesso residenziale non dava l'impressione di essere troppo costoso, ma nemmeno fatiscente. Si trovava in un quartiere piuttosto borghese. Nella media.

Bussarono alla porta dell'ufficio e furono accolti da un uomo alto più o meno come lui. Aveva un aspetto professionale, e dopo aver salutato Josie li condusse nell'edificio accanto, dove aprì la porta di un appartamento. «Mi dispiace, ma dovrà capire quali scatoloni le appartengono. Butto tutto qui dentro quando la gente se ne va. Alla fine, quando è troppo pieno, porto tutto da Goodwill o in altri negozi di seconda mano.»

Blink aggrottò le sopracciglia, infastidito. Ma la sua Josie fu gentile come sempre.

«Non c'è problema. Apprezzo che abbia tenuto le mie cose così a lungo.»

L'uomo annuì, poi tirò fuori dalla tasca un assegno e glielo porse. «Per i suoi mobili.»

Lei lo prese e lo mise via senza guardare l'importo.

Dopo una pausa imbarazzante, il tizio disse: «Sono contento che stia bene. Mi chiedevo cosa fosse successo. Faccia pure con calma. Una volta finito chiuda la porta.»

Quando se ne andò, Josie si voltò verso Blink. «È tutto a posto, Nate.»

«No, per niente» replicò lui scuotendo la testa. «Ha venduto i tuoi mobili, probabilmente ci ha guadagnato sopra, e poi ha buttato qui tutte le tue cose insieme alla robaccia inutile che la gente abbandona quando se ne va.»

Josie gli mise una mano sul braccio. «Ma sono qui. È l'unica cosa che mi interessa.»

Blink annuì, ma non era comunque contento. «Non posso aiutarti a cercare tra le scatole, perché non so cosa sia tuo e cosa no, ma posso portare tutto al rimorchio.»

E iniziarono così quell'arduo compito. Nell'appartamento c'erano molti scatoloni; a quanto pareva il tizio era pigro e portava la roba ai negozi dell'usato una volta ogni morte di papa.

Dopo essersi fatta largo in quella moltitudine di cartoni, Josie trovò le scatole che sembravano contenere i sui averi, sotto ad altre, contro la parete più in fondo. Le aprì a una a una, controllando che gli oggetti all'interno fossero i suoi, e Blink cominciò a trasportarle dall'appartamento al rimorchio che aveva noleggiato.

Stava camminando verso il pick-up, più o meno per la decima volta, quando sentì confusione alle sue spalle. Si voltò e vide due donne davanti all'appartamento in cui si trovava Josie, e stavano urlando a squarciagola.

Posò la scatola sul marciapiede e corse rapidamente verso di loro. Alcune persone stavano iniziando ad avvicinarsi per osservare la scena. Quando sentì quello che stavano dicendo, fu travolto dalla rabbia.

«... Non sarebbe morto se non fosse stato per te, stronza! L'hai circuito, l'hai trattato di merda! Tutto ciò che voleva era essere amato, e tu ci hai sputato sopra.»

«Avresti dovuto prendere tu quella pallottola in testa! La pagherai per ciò che hai fatto ad Ayden!»

Blink di solito non era una persona violenta, e non era il tipo da mettere le mani addosso a una donna, ma senza pensarci due volte, spinse di lato quella giovane, allontanandola dalla porta, in modo da potersi mettere tra Josie e l'odio che le due donne le stavano vomitando addosso.

«Ma che *cazzo*!» esclamò, non appena fu dentro l'appartamento. Josie si trovava in un angolo, circondata da scatoloni, mentre le due la apostrofavano dall'ingresso impedendole di andare da qualsiasi parte, di allontanarsi dai loro insulti. Aveva un'aria un po' scioccata e molto spaventata.

«Chi diavolo sei?» gli chiese la più vecchia.

«Vi chiederei chi cazzo siete, ma lo so già. Millie e Genevieve Hitson, direi» disse lui.

«Esatto. Ma *tu* chi diavolo sei?» ripete Gen, la più giovane.

«Sono Nate Davis, l'uomo di Josie. Dovete andarvene. Subito.»

«No» replicò Millie, incrociando le braccia sul petto. «Questo è un Paese libero e mi è permesso di andare dove voglio e dire ciò che voglio a *chi* voglio.»

«No, non a Josie. Come diavolo facevate a sapere che era qui?»

«A differenza *sua*, noi qui abbiamo degli amici» rispose Gen.

«Quindi avete messo gente a spiare per voi. Fantastico» sogghignò Blink.

«Ha ucciso mio figlio!» disse Millie con rabbia. «Deve rispondere di questo.»

«Josie non ha niente a che fare con la morte di suo figlio. È stato lui l'idiota che ha noleggiato una barca e l'ha portata in acque notoriamente pericolose. In quanto soldato, avrebbe dovuto sapere che non era una cosa da fare. Ha attraversato l'Iran illegalmente e di conseguenza è stato ucciso. Quello che voglio sapere è, perché non avete detto alle autorità di Josie. Sapevate entrambe che era andata in Kuwait a trovarlo.»

«Abbiamo pensato che fosse morta anche lei» rispose Gen, un po' troppo sulla difensiva.

«Avrebbero dovuto sparare a *lei*!» gridò Millie, chiaramente non vergognandosi dell'odio che stava sputando.

«Quindi avrebbe preferito che suo figlio venisse gettato in una cella iraniana e torturato?» le chiese. Non avrebbe dovuto cercare di ragionare con quelle donne, ma aveva bisogno che capissero esattamente cos'aveva passato Josie.

«Il governo lo avrebbe tirato fuori!» urlò la madre. «Lei doveva marcire in quella cella. Pagare per i suoi peccati. Per aver ucciso mio figlio!»

Basta. Era chiaro che non si poteva parlare con lei. «Andatevene» disse, facendo un passo verso di loro.

«No» ribatté Gen, raddrizzando le spalle. «Cosa vuoi fare? Costringerci? Ci sono testimoni. Se ci tocchi andrai in prigione per aggressione. Fallo. Ti sfido!»

La frustrazione lo divorava. Non desiderava altro che spingere le due donne fuori dalla porta e sbatterla loro in faccia. Ma probabilmente si sarebbero appostate lì finché non fossero usciti. E non potevano certo restare in quell'appartamento per sempre. Voleva andare a casa. Allontanare Josie da quel posto e far sì che non dovesse più tornare.

«Andiamocene e basta» disse lei sommessamente dietro alle sue spalle. Ma per niente al mondo se ne sarebbe andato senza la sua roba. E non aveva intenzione di tollerare che venissero importunati mentre erano impegnanti a portare fuori le scatole.

Senza dire altro, tirò fuori il telefono e compose il 911.

«Chi stai chiamando?» chiese Millie.

Blink la ignorò. «Sì, vorrei segnalare una lite nel complesso residenziale Bayview.»

«Hai chiamato la polizia? Inutile sfigato!» disse Gen.

«Due donne, Millie e Genevieve Hitson, stanno molestando la mia ragazza. La stanno minacciando. Sì... abbiamo bisogno di assistenza immediata. Va bene.»

«Bastardo!» gridò Gen.

«Immaginavo che una stronza come lei si sarebbe trovata uno come te. Ti pentirai di ciò che mi hai fatto!» disse Millie a Josie, fissandola negli occhi.

«Millie» mormorò lei con un'espressione preoccupata, ovviamente sperando ancora di appianare le cose con la famiglia del suo ex.

Ma Blink aveva chiuso. Quella era stata una chiara minaccia. «Nessuno vi ha fatto niente» affermò lui con la massima calma possibile, consapevole che la centralinista del 911 stava ascoltando. «Siete state voi a venire qui a urlare contro Josie. Noi stiamo solo cercando di raccogliere tutta la sua roba per poi andarcene.»

«Scappi come la piccola nullità spaventata che sei» sogghignò Millie. «Non hai spina dorsale. Non sei mai stata abbastanza in gamba per il mio Ayden. Gli facevi *pena*; una patetica orfana senza amici e senza una carriera.»

Blink si avvicinò alle donne e non si fermò finché non torreggiò su entrambe. «Fatevi indietro» ringhiò.

«Costringimi» ribatté Millie, sollevando le mani e spingendolo con forza.

Lui non si mosse di un millimetro, cosa che sembrò frustrarla. Lo spinse di nuovo, ma lui si limitò a spostare il peso del corpo per assorbire l'impatto.

«Esaltato» mormorò Gen sottovoce.

Per fortuna sentirono il suono delle sirene.

«Non avvicinatevi più a lei. Smettetela di mandarle

mail. Suo figlio non c'è più. Mi dispiace, ma non è stata colpa di Josie. Dovete andare avanti con la vostra vita e lasciare che lei faccia lo stesso.»

«Per nulla al mondo» sibilò Millie. «Ha distrutto mio figlio, e io farò di tutto per distruggere *lei*!»

Un'auto della polizia si fermò nel parcheggio e due agenti scesero rapidamente e salirono sul marciapiede, dove Blink stava bloccando l'ingresso dell'appartamento.

«State indietro, signore» disse uno di loro.

Blink si sentì sollevato quando le due obbedirono.

«Non stavamo facendo niente» piagnucolò Gen. «Hanno cominciato *loro*. Quel tipo grosso ci stava minacciando!»

«Non è quello che dice l'operatore» ribatté un agente.

«Questa è una proprietà pubblica» disse Millie con aria di sfida. «Non stiamo infrangendo nessuna legge.»

«Gli ha messo le mani addosso» gridò qualcuno dalla folla che continuava ad aumentare.

«Sì, ho filmato tutto» aggiunse un altro.

«Vuole sporgere denuncia?» chiese uno degli agenti a Blink.

Stava per dire di sì, ma Josie lo fermò mettendogli una mano sulla schiena e appoggiandosi a lui.

«No. Vogliamo solo finire di caricare la mia roba e andarcene» rispose.

Blink sospirò. Avrebbe fatto tutto quello che voleva lei, ma ciò non significava che l'avrebbe lasciata vulnerabile. «Però vogliamo richiedere un ordine restrittivo contro di loro.»

«Raccoglieremo i vostri dati, così potremo inviarvi una copia del rapporto sull'episodio di oggi, che dovrete archiviare. Potete scaricare l'ordine restrittivo online.»

Blink annuì.

«Le manderò il video che ho fatto se mi dà il suo numero» gli disse un uomo.

«Lo apprezzo molto.»

Millie si voltò per andarsene, ma l'agente che non stava parlando con Blink allungò la mano e le afferrò il braccio. «Signora, abbiamo bisogno di alcune informazioni.»

A quello, la donna iniziò a lottare con foga. Lo sorprese vedere che servirono entrambi gli agenti per sottometterla. Nel frattempo, Gen stava gridando loro di fermarsi e che stavano facendo del male a sua madre. Era una baraonda, e Blink non poté far altro avvolgere il braccio intorno a Josie e tenerla contro di sé, mentre guardavano ciò che accadeva davanti a loro. Ci volle un po' di tempo, ma alla fine Millie fu portata via nel retro dell'auto della polizia, e Gen la seguì con il suo veicolo.

Le persone che si erano raccolte intorno si allontanarono... ma Blink non poté fare a meno di chiedersi chi avesse chiamato i parenti di Ayden per informarli che Josie era lì.

Cercando di scacciare quel pensiero inquietante, le chiese: «Hai trovato tutto?»

«Non lo so. Devo ancora controllare altre scatole.»

«Bene, fallo così ce ne andiamo da questo cazzo di posto.»

Con suo grande stupore, lei ridacchiò sommessamente.

Lo sbalordiva sempre. Le mise una mano sulla nuca e si chinò per appoggiare la fronte sulla sua. «Sei straordinaria, Spirit. Avresti tutte le ragioni per essere spaventata in questo momento, eppure affronti tutto a testa alta.»

«Sono sconvolte. Lo capisco. Una ha perso il fratello e l'altra il figlio. Stavo per rompere con Ayden, ma non volevo che morisse.»

«So che non lo volevi, tesoro. *Sai* che non è stata colpa tua, vero?» le chiese, temendo che avesse preso a cuore le parole di quelle stronze.

«Sì. Gli avevo detto che non volevo andare su quella barca» ammise in un sussurro. «All'inizio mi aveva detto solo di avere una sorpresa per me e di indossare il costume da bagno e un copricostume. Quando siamo arrivati al molo e ho visto la barca, non volevo salire. Avevo pensato che saremmo andati in piscina, in spiaggia o altro. Lui ha insistito che sarebbe andato tutto bene, che sarebbe stato divertente. Gli ho detto che era troppo pericoloso, e a quel punto ha iniziato a sminuirmi, come al solito. Quindi non ho voluto irritarlo ulteriormente. Avrei dovuto rifiutarmi, ma il fatto che non mi sia opposta non significa che quello che è successo sia colpa mia. Non è stata nemmeno colpa sua, in realtà. È stato solo troppo presuntuoso.»

Blink chiuse brevemente gli occhi. Era stata molto più gentile di quanto lo sarebbe stato lui nella stessa situazione. «Voglio comunque che presenti l'ordine restrittivo.»

Con suo sollievo, annuì. «Ok.»

«Ok.» Si raddrizzò. «Trova il resto delle tue cose, così possiamo andare a casa.»

«A casa» sussurrò. «Com'è possibile che viva nel tuo appartamento da così poco tempo e già mi sembri il mio posto sicuro?»

Blink era senza parole. Il suo appartamento non era niente di speciale. Era piuttosto nella media. Ma il fatto che lei si sentisse al sicuro lì, lo rese ancora più determinato a fare in modo che lei continuasse a sentirsi in quel modo.

«Grazie per essere venuto qui con me. Per avermi aiutata.»

«Sempre» replicò, poi la baciò brevemente e si diresse verso la porta. Doveva mettere un po' di spazio tra loro, altrimenti avrebbe finito per prenderla proprio in quel momento.

Dopo aver controllato che la via fosse libera, corse verso la scatola che aveva posato sul marciapiede quando aveva sentito le terribili parole di Millie e Gen. La caricò nel rimorchio e poi tornò all'appartamento.

Da Josie.

# CAPITOLO SEDICI

JOSIE SI SVEGLIÒ ACCANTO a Nate e sorrise. Anche adesso, che erano trascorsi tre giorni dal loro viaggio a Las Vegas, pensare a come lui non aveva esitato a mettersi tra lei e le parenti di Ayden la faceva fremere dentro.

O forse si sentiva così per il modo in cui avevano fatto l'amore la sera precedente. La loro prima volta era stata veloce, dura e un po' disperata. Ma la notte scorsa, Nate era stato amorevole e gentile. Era stato meraviglioso... e alla fine anche un po' frustrante. Aveva amato l'uomo dominante e autoritario che era stato in hotel a Las Vegas, e quando glielo aveva detto, aveva percepito in lui un cambiamento.

Era ovvio che avesse pensato di essere stato troppo violento. Troppo duro con lei. Ma la realtà era che quando lui la metteva dove voleva, quando prendeva il suo piacere da lei con forza, ma senza farle male, si sentiva femminile e bella.

Quella mattina era indolenzita tra le gambe, ma in modo positivo.

«Buongiorno» la salutò. «Come ti senti?»

Il sorriso di Josie si allargò. «Benissimo.»

«Non sei indolenzita?»

Il suo sorriso non si spense minimamente. «Un po'.»

«Bene.»

La sua risposta la sorprese.

«Perché voglio che tu mi senta tra le tue gambe per tutto il giorno. Che mi pensi mentre io sono al lavoro e tu sei seduta al nostro tavolo a digitare veloce come il vento.»

Anche a Josie piaceva quell'idea.

«E tu penserai a me?» gli chiese.

In risposta, le portò la mano sul suo cazzo, che era già mezzo duro. «Sembra che questa sia la mia condizione permanente, ormai. Penso sempre a te e questo è il risultato.»

Era una buona risposta. La sensazione di possessività che provò fu insolita, ma la amò.

«Ti piace» disse Nate. Non fu una domanda.

Josie annuì.

«Sono tuo» affermò semplicemente. «In tutto e per tutto. Che programmi hai per oggi?»

Avrebbe dovuto sembrare uno strano cambio di argomento, ma in realtà le diede un senso... di familiarità. «Devo scrivere i sottotitoli per due film, poi alle due ho una conferenza stampa in diretta, sul caso di quella persona scomparsa a Modesto. Hanno altri dettagli da condividere.»

«Non dimenticare che stasera ti porto a cena all'Aces.»

Josie annuì. Non se n'era dimenticata. Era nervosa, ma anche un po' eccitata all'idea di incontrare le donne di cui Remi e Wren continuavano a parlare. Aveva l'impressione che Caroline, Alabama, Fiona, Summer, Cheyenne, Jesskya e Julie fossero delle amiche fantastiche, e a lei non sarebbe dispiaciuto averne altre.

Non aveva avuto molti veri amici nella sua vita, e più legava con Remi e Wren, più voleva vicino persone come loro.

«Vuoi fare la doccia mentre ti preparo un bagel?» le chiese.

«Mi sento troppo pigra per farla adesso. La farò più tardi, dopo la conferenza stampa. Che ne dici se mi alzo e preparo io la colazione mentre tu ti lavi?»

«D'accordo.»

Nate rotolò fino a imprigionarla sotto di sé. «Adoro averti qui. Svegliarmi con te al mattino, mangiare insieme, guardare la TV la sera, stare dentro di te e addormentarmi tenendoti tra le braccia. Quando ho aperto gli occhi in quella cella, non avevo idea che saresti stata la donna che avevo sempre desiderato, ma sapevo che avresti cambiato la mia vita in qualche modo.»

Gli occhi di Josie si riempirono di lacrime.

«No! Non piangere» le ordinò. «Non era questa la mia intenzione.»

«Allora non dovresti essere così dolce.»

«Vuoi che faccia lo stronzo?» le chiese con un sorriso.

Scosse la testa.

«Posso esserlo, sai» ammise, facendosi improvvisamente serio.

Lei gli mise una mano sulla guancia, e si assicurò di guardarlo negli occhi mentre diceva: «Ma non con me.»

«Mai» giurò. Poi la baciò con forza e gettò indietro le coperte; era nudo, proprio come lei. Mentre andava verso il bagno, Josie gli guardò il sedere. Aveva anche lì le lentiggini, e ciò era adorabile e allo stesso tempo sexy.

Nate si voltò sulla soglia. «Mi stai guardando il culo?» chiese ridendo.

Lei sorrise. «Sì» rispose, senza sentirsi minimamente imbarazzata.

«Bene. Sono contento che alla mia donna piaccia il sedere del suo uomo.»

«Chi ha detto che mi piace?» ribatté con insolenza.

Lui fece una risatina mentre spariva in bagno.

Josie si stiracchiò, sentendosi come un gatto soddisfatto. L'indolenzimento tra le gambe le ricordò di nuovo quello che avevano fatto la sera prima, e il suo sorriso si fece più ampio. Avrebbe sicuramente pensato a Nate per tutto il giorno.

«Sembri nervoso, va tutto bene?» Josie chiese a Nate più tardi, quel pomeriggio.

Le aveva scritto un paio di volte nel corso della giornata, com'era sua abitudine. I suoi messaggi, insieme a quelli di Remi e Wren, la facevano sentire amata.

Aveva trascorso così tanto tempo da sola nel suo appartamento, a lavorare senza mai parlare con nessuno, che all'inizio le era sembrato strano avere così tante persone che le mandavano messaggi per assicurarsi che stesse bene o semplicemente per dirle qualcosa che avevano in mente. Non le chiedevano di fare nulla, volevano solo stare in contatto.

Ed era fantastico.

Ma quando Nate era tornato a casa, era sembrato... strano. Distratto. Continuava a ricevere e a inviare messaggi.

«Se non ti va di andare a mangiare fuori, va bene lo stesso. Posso preparare qualcosa.»

«No!» replicò con un po' troppa foga. Fece un respiro profondo. «Scusa. No, voglio andare all'Aces. Inoltre, tu non vedi l'ora di conoscere tutti. È che abbiamo discusso di cose piuttosto complicate al lavoro.»

Ciò non la fece sentire molto meglio, ma cercò di allontanare la preoccupazione. Nate e i suoi compagni di squadra erano bravi in quello che facevano. Lo aveva sperimentato di persona. Confidava che se fossero stati mandati in missione, sarebbe andato tutto bene.

Aveva parlato anche con Remi e Wren di quell'argomento, di ciò che provavano quando la squadra veniva dislocata, e avevano confermato i suoi sentimenti, rassicurandola sul fatto che quando i ragazzi partivano, sapevano bene cosa stavano facendo.

«Ok» disse dopo un po'.

Il viaggio verso l'Aces si svolse in silenzio, ma non fu spiacevole. Il parcheggio era pieno quando arrivarono, ma sorprendentemente trovarono un posto libero vicino alla porta d'ingresso.

«È carino» disse Josie, studiando l'edificio. Il bar non si trovava in una zona degradata della città e il logo, una fiche da poker con sopra la parola Aces in corsivo, era accattivante e suggestivo. Il parcheggio era pulito e ben illuminato.

«Ci sono telecamere che coprono ogni centimetro del parcheggio» le spiegò Nate, osservando ovviamente l'ambiente circostante. «Jessyka prende molto sul serio la sicurezza delle persone che vengono qui. Soprattutto dopo quello che è successo a Wren. Ha anche installato delle telecamere che guardano lungo la strada, nel caso qualcuno parcheggi da un'altra parte, come ha fatto lo stronzo che ha cercato di aggredire Wren.»

Josie annuì. Aveva sentito tutta la storia ed era rimasta colpita dal modo in cui Jessyka, la proprietaria del bar, era intervenuta per cercare di assicurarsi che non accadesse mai più una cosa simile nel suo locale.

«Pronta?» le chiese Nate dopo averla fatta scendere dal pick-up.

«Pronta» rispose con decisione. E lo era. A quel punto l'eccitazione stava vincendo sul nervosismo. Voleva conoscere le persone che erano state così gentili con Nate, che lo avevano aiutato a superare la morte dei suoi compagni SEAL. I suoi amici.

Lui aprì la porta e le fece cenno di precederlo all'interno. La sensazione della sua mano sulla schiena era calda e confortante.

«Sorpresa!»

Josie sussultò sentendo gridare quella parola da un sacco di persone. Il bar era illuminato da luci brillanti che qualcuno aveva acceso nel momento in cui lei era entrata. Dietro al bancone c'era un enorme striscione con scritto "Buon compleanno" e decine di persone fissavano lei e Nate con dei sorrisi enormi.

Si voltò a guardarlo. «È il tuo compleanno?» gli chiese scioccata. Di certo glielo avrebbe detto se fosse stato così.

«No» rispose lui con un sorriso dolce. «Festeggiamo il tuo. Mi hai detto che ti eri persa il trentesimo compleanno e non volevo che una pietra miliare così importante venisse trascurata.»

Josie deglutì a fatica. Poteva sentire tutte le persone parlare e ridere dietro di lei... ma aveva occhi solo per l'uomo di cui si era profondamente e follemente innamorata.

«Più tardi ti aspetta una notte di *fuoco*» sbottò.

Nate gettò indietro la testa e rise, e Josie non aveva mai desiderato così tanto un uomo come in quel momento.

«Vedremo come ti sentirai» replicò, quando riprese il controllo.

«Come mi sentirò?»

«Penso che le ragazze vogliano festeggiare con te in grande stile» le disse, indicando con la testa qualcosa o qualcuno dietro di lei.

Si voltò e vide Remi e Wren insieme ad altre donne, tutte sorridenti. Remi le porse un bicchiere gigante pieno di una bevanda ghiacciata simile a una granita.

«A Josie!» esclamò Wren.

«A Josie!» ripeterono tutti gli altri.

«Bevi, donna! Abbiamo molto da festeggiare!» le disse Remi.

Josie le sorrise da dietro il bicchiere e bevve un sorso. L'alcol le bruciò la gola.

«Divertiti» le sussurrò Nate all'orecchio, mettendole una mano sul fianco. «Sarò laggiù con i ragazzi. Qui sei al sicuro, Spirit. Lasciati andare. Goditela.»

Si voltò a guardarlo, sentendosi sopraffatta dall'amore per quell'uomo. Le stava permettendo di divertirsi, assicurandosi che fosse protetta.

«Più tardi» aggiunse, come se potesse leggerle nel pensiero e capire quanto aveva bisogno di lui. «Trenta sculacciate per la festeggiata.»

La sua fica si contrasse a quelle parole.

Nate fece un sorrisetto, sapendo esattamente quanto le piaceva essere sculacciata durante il sesso, e si diresse verso un gruppo di uomini dall'aspetto sexy e letale che non potevano che essere i Navy SEAL in pensione di cui le aveva tanto parlato.

«Ragazza! La tua espressione dice tutto» sostenne una delle donne con un sorriso.

«Riconosco quello sguardo!» esclamò un'altra.

«Penso che Josie sarà fortunata stasera» aggiunse un'altra ancora.

«No, *Blink* lo sarà» ribatté Wren.

Tutte risero.

«Forza, abbiamo una torta da mangiare, dei regali da aprire e dei drink da bere» dichiarò Remi in tono autoritario, tirandole il braccio.

«Regali?» chiese frastornata.

«Non è una festa di compleanno senza regali! Io sono Caroline, comunque, e tu sei adorabile. Piccola. Minuta. Perfetta per Blink.»

Josie non poteva contraddirla; era esattamente come l'aveva descritta. Ma, soprattutto, sentì di appartenere finalmente a un posto. Aveva trovato la sua tribù, e la sensazione era incredibile.

———

Blink non riusciva a staccare lo sguardo da Josie. Era meravigliosa. Nel suo elemento. Aveva sorriso per tutta la sera e lui amava esserne stato testimone. Era completamente diversa dalla donna quasi selvaggia e traumatizzata della prima volta che l'aveva vista nella cella buia accanto alla sua.

Ed era sbronza.

Ubriaca fradicia.

Non gli importava. Si meritava di avere quell'esperienza. Di rilassarsi completamente, di abbassare la guardia. Trent'anni si compivano solo una volta, e lui odiava che fosse successo mentre era prigioniera. Era felice di averle fatto quel regalo. Blink aveva lavorato duramente per mantenere il segreto e riunire tutti, e il suo piano aveva avuto successo.

Ormai si era fatto tardi, e alcuni se n'erano già andati per tornare dalle loro famiglie. Wren e Remi, ubriache come Josie, avevano trascinato Safe e Kevlar a casa pochi minuti prima.

Sorprendentemente, Preacher, MacGyver, Flash e Smiley erano rimasti. Preacher era attualmente seduto a un tavolo con Josie, Wolf e Dude. Blink aveva pensato che lei potesse sentirsi intimidita circondata da uomini così massicci, ma dal suo linguaggio del corpo sembrava essere perfettamente a suo agio.

Caroline e Cheyenne stavano chiacchierando a un tavolo vicino, mentre aspettavano i loro uomini.

Blink si avvicinò a Josie, che si girò verso di lui. Aveva le guance arrossate e un gran sorriso.

«Nate! Loro sono Wolf e Dude! Non sono nomi fichi? Dude è un bombardiere. Sai, uno di quelli che impediscono alle bombe di esplodere! Ed è così che ha conosciuto Cheyenne! Aveva una bomba legata al petto! Al *petto*!» esclamò, con la fronte aggrottata. «E Wolf... ogni volta che sento il suo nome vorrei iniziare a cantare quella canzone dei Duran Duran. E Preacher non vuole dirmi perché gli hanno dato *quel* nome.»

«Non guardarmi con quel broncio» le disse Preacher con una risata, rilassandosi sulla sedia. «Con me non funziona.»

«Lo sai che un *bombardiere* non fa quello che hai detto, vero?» le chiese Blink con un sorriso.

Lei agitò la mano in aria come per scacciare le sue parole. «Ci si avvicina.»

«Dovremmo dirle cosa significa veramente?» domandò Preacher

«No.»

«Sì!»

Josie e Blink risposero contemporaneamente, e lei si chinò verso il suo amico. «Dimmelo!»

«Be', è un po' difficile da spiegare. È un termine che viene usato come una sorta di avviso tra un ragazzo e un altro per fargli sapere che è successo qualcosa che gli ha causato un'erezione spontanea. Una specie di allarme preventivo.»

Josie gettò la testa all'indietro e rise. Blink poté solo guardarla con ammirazione. Era così bella senza inibizioni. Anche se, a essere sinceri, era bella in qualsiasi momento.

«Sei serio? Stai scherzando, vero?»

«No» rispose Preacher con un sorrisetto. «Vero, ragazzi?»

«Non ne ho idea. Non ho mai sentito utilizzare questa parola con quel senso, e di certo non la userei mai per parlare del mio cazzo» disse Dude, completamente serio.

«Dev'essere una parola dei giovani d'oggi» concordò Wolf.

Ciò la fece scoppiare di nuovo a ridere, come se i due avessero detto la cosa più divertente del mondo. Agitò di nuovo la mano, ma per indicare gli uomini intorno a lei, mentre alzava lo sguardo verso Blink. «Li *amo*. Sono fantastici! Cioè, non quanto amo te, ma quasi!»

Blink si irrigidì. Era ubriaca, non sapeva cosa stava dicendo, ma dannazione... sentire quelle parole uscire dalle sue labbra gli provocò una sensazione incredibile.

«Sei pronta per andare a casa?» sbottò, desiderando di essere da solo con lei.

«Sì!» rispose senza esitare. «Devo solo salutare Caroline e Cheyenne. Sono fantastiche. Stasera mi hanno raccontato un sacco di cose su cosa significa stare insieme a un SEAL.

«Oh! E voglio ringraziare Bert... mi ha preparato dei drink buonissimi. E vedo che Smiley, Flash e MacGyver sono ancora qui. Voglio salutare anche loro...» Josie si alzò e abbracciò Dude da dietro, arrivando a malapena a circondargli le spalle. «Ciao, Dude!» Poi fece la stessa cosa con Wolf. «Ciao, Wolf. È stato un piacere conoscervi!»

Si avvicinò alla sedia di Preacher, ma lui si girò e la abbracciò per bene. Era così piccola che le loro teste si trovavano allo stesso livello, anche se lui era seduto. Poi lei si allontanò per salutare tutti gli altri.

«Mi piace» disse Dude con un sorriso.

«Hai trovato quella giusta» concordò Wolf con un cenno del capo.

Era vero. Blink era sollevato che Josie piacesse ai suoi amici, ma onestamente non avrebbe avuto importanza se non fosse successo subito, non aveva dubbi che alla fine li avrebbe conquistati.

Tutti gli uomini si alzarono, poi Wolf e Dude andarono a prendere le loro donne e uscirono.

Josie stava parlando con gli altri compagni di squadra di

Blink quando Preacher si alzò e gli disse: «Ne aveva bisogno.»

Lanciò un'occhiata all'amico. «Cosa intendi?»

«Aveva bisogno di questo. Di rilassarsi, di fare amicizia. Ci ha detto che non ha mai avuto nessuno che potesse fare una cosa del genere per lei, che le organizzasse una festa a sorpresa. Si è anche commossa. È difficile credere che una persona così non avesse una decina di migliori amici che si sarebbero fatti in quattro per lei. Sapere che era in quella cella e che nemmeno *una* persona si sia chiesta dove fosse, che nessuno abbia avvertito le autorità della sua scomparsa... è un maledetto crimine. Perché è la donna più dolce, generosa e gentile che abbia mai conosciuto.»

Anche se quello era stato complimento a Josie, Blink si sentì toccato fin nel profondo. Il suo amico non aveva torto.

Era onorato di essere stato lui a organizzarle la festa. Non tanto per la torta che Jessyka aveva portato dalla cucina e il farle spegnere trenta candeline. Né per i regali che le avevano fatto le sue nuove amiche, oggetti poco costosi, carini e divertenti che poteva dire significassero molto per lei.

Ma perché aveva fatto sì che si sentisse vista, parte di un gruppo. Che sapesse che se fosse successo di nuovo qualcosa, non sarebbe stata dimenticata.

«Prima di andare via Kevlar mi ha detto di dirti di non venire all'allenamento domani mattina e che ci vediamo alla prima riunione alle dieci. Josie probabilmente soffrirà dei postumi della sbornia, e ha pensato che avresti voluto restare a prenderti cura di lei.»

Kevlar non aveva torto e fu grato per la generosità del suo leader.

«Grazie. Vedo se riesco a portarla a casa. Grazie anche per aver portato tutti i suoi regali nel pick-up.»

«Figurati.» Preacher gli diede una pacca sulla spalla. «È bello vederti felice, Blink. Per un po' non eravamo sicuri che saresti stato in grado di uscire da quel baratro mentale in cui ti trovavi.»

Guardò l'amico negli occhi e disse: «Nemmeno io. Ma Remi mi ha aiutato. Come avete fatto tutti voi. Nessuno mi ha trattato con disprezzo perché mi sentivo così. Lo apprezzerò per sempre.»

Preacher sbuffò. «Se perdessi qualcuno di voi, come ti è successo con la tua prima squadra, non so se riuscirei mai a superarlo. Stasera hai detto a Safe che sei impressionato dalla forza di Josie, ma tu sei la persona perfetta per lei. *Entrambi* avete una forza d'animo incredibile. Portala a casa. Ci vediamo domani.»

Blink non aveva mai pensato a sé stesso in quel modo. Faceva semplicemente ciò che andava fatto, quando andava fatto. E di certo non si era sentito forte quando era perso nei suoi pensieri dopo che i suoi amici erano stati uccisi e feriti. Ma a volte essere forti significava mettere un piede davanti all'altro giorno dopo giorno, quando invece avresti solo voluto raggomitolarti e svanire nel nulla.

Josie stava parlando animatamente con Smiley e Flash quando Blink le si avvicinò da dietro e le drappeggiò un braccio in diagonale lungo il busto. «Pronta ad andare?» le chiese, interrompendo la storia che stava raccontando ai suoi amici su un opossum di nome Pete. Non sapeva proprio cosa diavolo stesse dicendo, ma era sorprendente la rapidità con cui riusciva a parlare quando si sentiva sicura e felice. Quando lei inclinò la testa indietro e gli sorrise, Blink pensò che sarebbe rimasto lì a lasciarla blaterare per ore, se era ciò che voleva fare.

«Pronta» gli rispose invece.

Si spostò e le prese la mano, salutò con un cenno del mento i suoi amici e si diresse verso la porta, prima che lei potesse distrarsi di nuovo.

Josie si fermò sulla soglia, salutò con la mano il bar, non qualcuno in particolare, e disse: «Ciao Aces! Me ne vado!»

La gente ridacchiò e rispose al saluto, e Blink la trascinò fuori e fino al parcheggio con un sorriso sulle labbra.

«Ehi, aspetta... ci avevano riservato il posto auto?» gli chiese, mentre lui la conduceva al pick-up.

«Sì.»

«È fantastico!» esclamò.

Quella sera c'erano state molte cose "fantastiche" per lei, e Blink pensava che fosse adorabile.

Le aprì la portiera e la sollevò con facilità sul sedile del passeggero. Lo lasciò allacciarle la cintura di sicurezza, ma lo fermò prima che lui potesse indietreggiare. «Nate?»

Suonò seria per la prima volta da ore. «Sì, tesoro?»

«Nessuno ha mai fatto niente di simile per me. La festa, intendo. Grazie.»

«Avresti dovuto avere questo genere di cose da tutta la vita, e d'ora in poi farò del mio meglio per viziarti e per assicurarmi che tu sappia quanto sei amata.»

Un sorriso si formò sulle sue labbra. «Ribadisco, avrai decisamente una notte di fuoco quando torneremo a casa.»

Blink ridacchiò. Non credeva che sarebbe riuscita a rimanere sveglia durante il viaggio di ritorno, per non parlare di quando sarebbero arrivati a casa.

«Ok, Spirit.»

«Ho deciso che questo soprannome mi piace» lo informò.

«Bene. Attenta al braccio che chiudo la portiera.»

Lei si inclinò verso sinistra e Blink la chiuse, poi corse dall'altro lato e salì in auto. Un attimo dopo si avviò verso casa. Continuò a lanciarle occhiate, e ogni volta vedeva il suo sguardo incollato su di lui.

«Che c'è?» chiese infine quando erano a metà strada.

«Adoro le tue lentiggini. E i tuoi capelli. Ho sempre voluto dei bambini con i capelli rossi.»

Blink rimase senza parole. Ma lei continuò come se non avesse appena sconvolto il suo mondo.

«E dei gemelli. So che sono più impegnativi, ma dato che tu sei un gemello, probabilmente è una caratteristica che ricorre nella tua famiglia. Da piccola volevo tanto un fratello o una sorella, ma naturalmente mamma era single e quindi non era possibile, o almeno così mi diceva. Pensavo a tre.»

«Tre cosa?» le chiese, quando lei non continuò.

«Bambini.»

«Vuoi tre figli?»

«Mm-mm. L'ho appena detto.»

Blink avrebbe voluto fermare il pick-up e darsi da fare per darle esattamente ciò che voleva. Ma si controllò. A malapena.

«Nate?»

«Sono qui, Josie» disse con un piccolo sorriso. Era davvero adorabile da ubriaca.

«I tuoi amici sono fantastici.»

«Ora sono anche tuoi.»

Quando lei non rispose la guardò, e non riuscì a interpretare l'espressione sul suo viso. «Che c'è?»

«Ho degli amici» sussurrò con aria stupita. «Non ho mai avuto amici prima d'ora. Li volevo, ma ho pensato che ci fosse qualcosa di sbagliato in me.»

«Non c'è niente che non vada in te, Josie» le disse, in modo un po' più brusco di quanto avesse inteso.

Lei sbuffò. «Ci sono molte cose che non vanno in me. Ma quando sono con te, le dimentico tutte. Hai visto stasera?»

A Blink sembrò che il cuore gli stesse per uscire dal petto. Che donna. Lo faceva sentire fiero di sé. Voleva essere per sempre il suo posto sicuro. «Ho visto cosa?»

«La mia voce. Non è sparita» rispose in tono piatto. «Era sparita mentre ero in quella cella e tu l'hai fatta tornare. A volte è ancora arrugginita, ma stasera è tornata completamente.»

Aveva notato che non aveva avuto problemi a parlare con gli altri. «Ho visto.»

«Nate?»

Dio, era così maledettamente adorabile. «Sono sempre qui, Josie.»

«Quando sei arrivato credo che mi fosse rimasta una settimana o poco più di vita.»

Qualsiasi sensazione di calore dentro di lui si dissipò come un'esplosione di stelle. Fu il suo turno di non trovare la voce. Non aveva idea di cosa rispondere.

«Ero messa davvero male. Avevo tanta fame, ero magrissima. Ma poi sei arrivato tu... e non ho potuto arrendermi.»

Per fortuna, Blink svoltò nel parcheggio del suo complesso residenziale. Si fermò, spense il motore e la guardò. Le slacciò la cintura di sicurezza e le disse: «Vieni qui.»

Lei non esitò, si spostò e si mise a cavalcioni sulle sue gambe. Non stavano nemmeno stretti. La sensazione del suo corpo minuto contro di sé lo fece sentire grande come una montagna. Si accoccolò a lui come se lo avesse fatto ogni giorno della sua vita... si adattava perfettamente.

Lui le mise una mano sulla nuca e l'altra intorno alla vita, e la strinse a sé. «Eri destinata a essere mia» le disse con dolcezza. «Dal momento in cui ti ho vista in quella cella, ho capito che avresti cambiato la mia vita. E così è stato. In meglio.»

«Mmm» mormorò lei contro il suo collo.

Blink si spostò, volendo portarla dentro. Aprì la portiera e, senza fare alcun sforzo, uscì con Josie ancora aggrappata a lui. Lei ridacchiò, ma non abbassò le gambe. Anzi, le strinse intorno alla sua vita.

«E i miei regali?» gli chiese, mentre lui chiudeva la portiera e si avviava verso il suo appartamento.

«Li prenderò domani.»

«D'accordo.»

La trasportò dentro, andò in camera da letto e poi dritto in bagno. Alla fine lei lasciò cadere le gambe e si mise in piedi, guardandolo.

«Fai le tue cose qui, poi vieni a letto.»

Gli fece un sorriso soddisfatto. «Ok.»

Uscì finché aveva la forza di farlo. Stava rientrando in camera dopo aver usato il bagno nel corridoio e si fermò di botto.

Josie era in piedi accanto al letto, completamente nuda, aveva lasciato una scia di indumenti lungo il percorso dal bagno.

«Ciao» gli disse, con un sorriso sbilenco.

Non ricordava nemmeno di essersi tolto i vestiti, ma in un attimo si trovò a stringere Josie contro il proprio corpo nudo.

Lei ridacchiò, e il cazzo gli diventò ancora più duro, cosa che non aveva creduto possibile.

La prese in braccio e la fece cadere, non tanto delicatamente, sul materasso, poi si mise sopra di lei, intrappolandola. «Come ti senti?»

«Benissimo!» rispose allegra.

«Non ti gira la testa? Non hai la nausea?»

«No.»

«Bene. Come vuoi che vada?»

«Cosa?»

«Il sesso. Lo vuoi fare in modo lento o intenso?»

«Ehm... in entrambi i modi?» chiese con un sorrisetto.

«Posso farlo» replicò, non proprio sicuro di poterlo fare con calma in quel momento, soprattutto quando le sue parole sui bambini dai capelli rossi gli risuonavano nella testa.

«Aspetta!»

Blink si bloccò e la fissò.

«Voglio stare sopra. E voglio le trenta sculacciate che mi hai promesso.»

*Maledizione*, quella donna sarebbe stata la sua morte.

Rotolò via da lei, si sdraiò sulla schiena e mise le mani dietro la testa. «Sono tutto tuo» le disse.

«Tutto mio» sussurrò Josie con riverenza. «Ho sempre desiderato avere un uomo tutto mio. Che mi amasse per quella che sono. Che vedesse la persona che c'è dietro le mie stranezze.»

«Ti vedo, Spirit. Ti ho sempre vista» le assicurò.

Poi lei si mosse, più velocemente di quanto lui aveva pensato potesse fare da ubriaca. Si sistemò a cavalcioni sulla sua pancia e gli sorrise. «Grazie per la festa di compleanno, Nate.»

«Prego.»

Scese lungo il suo corpo, mantenendo il contatto visivo. Poi lo sorprese abbassando la testa e prendendogli il cazzo in bocca. Niente preliminari, nessun tocco, glielo strinse con la mano e iniziò subito a fargli il miglior pompino che avesse mai ricevuto in vita sua.

Dovette metterci tutto sé stesso per non esplodere subito. Ma per evitare che succedesse, Blink si sollevò un po', la afferrò per la vita e la trascinò sul suo corpo fino a mettersela a cavalcioni sul viso.

«Nate! Non avevo finito!» si lamentò, anche se cominciò a dondolarsi sulla sua bocca, mentre lui la divorava con la stessa foga con cui lei lo aveva preso in gola.

In risposta, le diede una sculacciata. Lei strillò, poi ridacchiò, e Blink sentì uno schizzo di umori sulla lingua. A quanto pareva le era piaciuto.

Sorrise. Sarebbe stato divertente.

Quando Josie arrivò a prendere la trentesima sculacciata, aveva raggiunto l'orgasmo tre volte, e lui le aveva riempito la fica con il suo piacere fino a farlo traboccare.

Ora era accasciata senza forze sopra di lui, con il suo cazzo ancora dentro al corpo; era uno dei posti preferiti di Blink.

«Buon compleanno, Spirit.»

«Il miglior compleanno di sempre» borbottò contro di lui.

# CAPITOLO DICIASSETTE

OGNI VOLTA che Josie ripensava al suo compleanno, al sesso che lei e Nate avevano fatto quando erano tornati a casa, e alla dolcezza con cui si era preso cura di lei quando si era svegliata con un mostruoso malessere post sbornia, non poteva fare a meno di sorridere.

Di solito non era una che beveva molto, ma quella serata era stata incredibile. Si era sentita davvero amata e parte di qualcosa, non un'estranea com'era successo per gran parte della sua vita.

Remi e Wren erano le migliori. Divertenti, amichevoli, e le sembrava di conoscerle da anni non da poche settimane. Ma anche le donne dei SEAL più vecchi, Caroline, Cheyenne e le altre, erano state altrettanto amichevoli.

Josie aveva ricevuto più messaggi nel nuovo cellulare che Nate l'aveva aiutata a comprare, di quanti ne avesse mai ricevuti in vita sua. Il suo telefono era costantemente tempestato di notifiche delle sue nuove amiche, tanto che aveva dovuto silenziarlo mentre lavorava, altrimenti si sarebbe distratta troppo.

E non lo facevano soltanto le donne, anche Wolf, Dude, Benny e gli altri ex SEAL le scrivevano di tanto in tanto, per controllare come stava quando era a casa da sola. All'inizio si era chiesta se Nate avesse detto loro qualcosa di lei che li preoccupava, ma lui l'aveva rassicurata che no, quegli uomini erano fatti così.

Le cose stavano andando così bene che non poteva fare a meno di temere che sarebbe successo qualcosa che avrebbe distrutto la sua ritrovata felicità. Era un pensiero pessimistico, ma in base alle sue esperienze, proprio quando le cose andavano bene di solito le capitava qualcosa che rovinava tutto.

Ma era determinata a cercare di vivere il momento più spesso, a *non* lasciare che delle supposizioni distruggessero la sua attuale felicità. E aveva molto di cui essere felice. Aveva ancora il suo lavoro, dei nuovi amici e Nate.

Lui era il compagno che aveva sempre desiderato. Comprensivo, gentile, coraggioso. Uomini come lui esistevano nei romance che a volte leggeva, ma quella era finzione. Sapeva meglio della maggior parte delle persone che la realtà di solito era ben lontana da come veniva rappresentata nei film e nei libri.

Ma in qualche modo, eccola lì, protagonista di un romance tutto suo. Con un eroe che era innamorato pazzo di lei, che era gentile, duro quando doveva esserlo e, soprattutto, eccezionale a letto.

Sorridendo, lo guardò. Si trovava in cucina, indossava la mimetica blu e stava preparando delle uova al tegamino per entrambi, prima di dover uscire per andare alla base navale.

Come se avesse percepito il suo sguardo, si girò. «Che c'è?» le chiese con un piccolo sorriso.

«Niente. È solo che... sono felice. Dopo quello che è successo, non ero sicura di potermi sentire di nuovo così.»

Con sua grande sorpresa, Nate posò la spatola, spense il fornello e andò verso di lei. Quando arrivò al tavolo dov'era seduta, Josie alzò la testa per guardarlo. Aveva un'espressione seria e le girò la sedia con facilità, poi si chinò e la imprigionò mettendo le mani sui braccioli.

«Ti amo.»

Sbatté le palpebre sorpresa.

«Volevo solo assicurarmi che lo sapessi. Per me non si tratta di una frequentazione occasionale. Amo tutto di te. Il tuo cuore, la tua resilienza, la tua forza, il tuo corpo, il modo in cui mi guardi con quegli occhioni come stai facendo adesso, come se non ti ritenessi degna di essere amata.»

Josie si morse il labbro, e si sforzò di non scoppiare a piangere.

Nate ridacchiò e le accarezzò la guancia con il dorso delle dita. «Non piangere» le ordinò. «Sai che non lo sopporto.»

«Anch'io ti amo» si lasciò sfuggire, aggrappandosi al suo polso con la mano.

Lui le sorrise con tenerezza. «Lo so.»

Aggrottò la fronte. «Come fai a saperlo?»

«Perché lo vedo nei tuoi occhi ogni mattina quando mi sveglio. E quando torno a casa dal lavoro. E quando sono così in profondità nel tuo corpo che non so dove finisci tu e inizio io. Sei la prima persona a cui penso quando sento una battuta divertente, perché voglio condividerla con te. Sei quella che voglio chiamare quando ricevo una notizia buona o cattiva. Sei il centro del mio mondo, Josie England, e non riesco a immaginare che tu *non* sia nella mia vita ad amarmi a tua volta.»

«Nate» sussurrò, sopraffatta dall'emozione.

Lui si chinò e la baciò con tenerezza. Un bacio dolce che sentì fino alle dita dei piedi. Quel momento le sembrò l'inizio del resto della sua vita. Come se si stesse scrollando di dosso la vecchia Josie, quella che si era sentita sola in quella cella, la donna impacciata che preferiva stare a casa perché non aveva nessuno con cui uscire a pranzo o a cena.

«A che ora tornerai a casa stasera?» gli chiese.

Nate sembrò un po' perplesso, ma rispose lo stesso. «Come al solito, verso le cinque e mezza o giù di lì.»

«Bene. Perché Wren mi ha convinta a ordinare un négligé che dovrebbe arrivare oggi. Pensavo che forse potresti aiutarmi a capire se mi sta bene o no» lo stuzzicò con un timido sorriso.

«Accidenti, donna. Parlo con Kevlar per vedere se mi lascia andare via presto, così posso venire prima.»

«*Quello* si può fare» sbottò Josie.

Nate impiegò un attimo per recepire la sua battuta, poi rise gettando la testa all'indietro.

«Sul serio, ti amo» disse quando tornò serio.

«Ti amo anch'io» replicò lei.

«Vorrei avere il tempo di buttarti sulla mia spalla e portarti a letto» sospirò. «Ma tra un'ora dovrai essere pronta per la conferenza stampa in diretta e io devo buttare via le uova che stavo facendo e cucinarne di nuove, e poi andare al lavoro. Ma stasera, quando tornerò a casa...»

Si interruppe, e l'immaginazione di Josie partì in quarta.

Nate la baciò di nuovo profondamente, poi si alzò, si sistemò l'uccello nei pantaloni e tornò ai fornelli.

Lo fissò con uno sguardo sognante lavarsi le mani, gettare le uova rovinate nella spazzatura e romperne due di nuove nella padella.

Quella mattina indugiarono con i saluti. Dopo essersi confessati a vicenda i loro sentimenti, era come se si stessero imbarcando in una nuova parte del loro viaggio di coppia. E Josie pensava che fosse proprio così.

Con Nate non si sentiva inferiore alle altre donne, cosa che invece succedeva prima. Era sempre stata l'intrusa, per così dire. Quella che non aveva amiche intime, senza una grande esperienza in fatto di uomini, che non aveva viaggiato molto o fatto qualcosa di interessante.

E ora era un membro del club "Sono parte di una coppia", ed era una sensazione meravigliosa. Soprattutto perché era Nate l'uomo con cui stava. Non era preoccupata che la tradisse o che parlasse male di lei ai suoi amici. Lui era quello che era: un compagno premuroso, serio e pratico, che diceva le cose come stavano.

Qualche ora più tardi, dopo aver sottotitolato la conferenza stampa ed essersi preparata un panino per pranzo,

Josie era seduta a tavola a rispondere ai messaggi di Remi e Wren riguardo al pacco speciale che era andata a ritirare nella stanza della posta del condominio, e a quello di Caroline per consigliarle il miglior hotel sulla Strip di Las Vegas dove portare Wolf per una mini-vacanza improvvisata, quando sentì bussare alla porta.

Sorpresa, perché non aspettava nessuno, posò il telefono sul tavolo accanto al computer e al négligé bianco, molto succinto e molto trasparente che a malapena si poteva definire un capo d'abbigliamento, e si avvicinò alla porta.

Guardò dallo spioncino e vide qualcuno a una distanza rispettabile; le dava sempre fastidio quando le persone stavano talmente vicine da toccare la porta. Era una donna con i capelli corti e biondi che non riconobbe, ed era voltata di spalle.

Lasciando su la catena, socchiuse la porta. «Sì?»

Con un movimento velocissimo che Josie non fu in grado di bloccare, la tipa si girò e diede un fortissimo calcio al pannello.

La catena si ruppe e la porta si spalancò, colpendola in faccia. Josie fece un verso sorpreso e inciampò all'indietro, cadendo per terra.

Quando sollevò lo sguardo si ritrovò a fissare la canna di una pistola.

Si irrigidì. Ogni muscolo del suo corpo si rifiutò di funzionare. Avrebbe dovuto correre, urlare, fare *qualcosa*. Ma il terrore la fece rimanere immobile.

«Alzati» ordinò la donna.

Ora che poteva vedere il suo viso, la riconobbe subito.

Era Genevieve, la sorella di Ayden. Indossava una parrucca bionda e dei pantaloni così larghi che davano l'impressione che pesasse venti chili più del normale. E le stava puntando una pistola proprio in mezzo agli occhi.

«Ti ho detto di *alzarti*» ringhiò Gen. «A meno che tu non voglia che ti pianti subito una pallottola nel cervello. Perché lo farò. Non me ne frega un cazzo se muori qui. Ma mia madre ha dei progetti per te e ti vuole viva. Quindi alzati, cazzo. Ora!»

Tutte le parole tornate dopo il salvataggio le si bloccarono nuovamente in gola, e si infuriò, perché quando era spaventata la sua capacità di parlare la abbandonava.

Si mise rapidamente in piedi, e Gen le afferrò il braccio scuotendola con forza. Il tutto continuando a puntarle la pistola sul viso. «Non provare a fare qualcosa» la avvertì. «Ora andremo fino alla mia macchina con molta tranquillità. Se urli o fai altro che possa attirare l'attenzione su di te, ti sparo. Capito?»

Josie annuì. L'ultima cosa che avrebbe dovuto fare era salire in macchina con Gen, ma credeva a ciò che aveva detto sul fatto di farle saltare la testa. Inoltre, *non* voleva che Nate tornasse a casa e vedesse il suo cervello nel parcheggio o spiaccicato nell'ingresso del suo appartamento.

Lei, più di chiunque altro, sapeva che finché respirava aveva una possibilità di salvarsi. Nate e i suoi amici sarebbero andati a prenderla. Fu quel pensiero a darle la forza di camminare accanto a Gen senza lottare.

Si lasciò condurre a una berlina a quattro porte che non aveva mai visto prima. Poi la fece salire dal lato del guidatore e spostare sul sedile del passeggero. Josie fissò davanti a sé, mentre la sorella del suo ex fidanzato accendeva il motore e usciva dal parcheggio.

La bile le risalì in gola, ma la deglutì.

Nate sarebbe andato a cercarla. Ne era certa. Si amavano, e lui avrebbe fatto di tutto per trovarla. Non era più come in passato, non sarebbe stata dimenticata. Aveva delle persone che l'avrebbero cercata, che avrebbero denunciato la sua scomparsa. Non sarebbe stata lasciata a marcire in una cella come l'ultima volta. Lo credeva fin nel profondo della sua anima.

Quella fu l'unica cosa che le impedì di farsi prendere dal panico, mentre Gen la portava lontano da Riverton.

———

Blink era accigliato mentre guidava verso il suo appartamento. Erano le quattro, e non vedeva l'ora di essere a casa. Non solo perché voleva vedere che cosa aveva comprato Josie; il pensiero di lei con addosso della lingerie sexy lo aveva fatto stare con il cazzo mezzo duro per tutto il giorno.

Ma era soprattutto preoccupato.

Le aveva mandato diversi messaggi, senza ricevere alcuna risposta. Quando aveva provato a chiamarla, il telefono aveva squillato e poi era partita la segreteria telefonica. Era insolito, e nel suo lavoro "insolito" non era una cosa positiva.

Quando aveva espresso la sua preoccupazione a Kevlar, il suo leader non aveva esitato a dirgli di andare a casa a controllare. Tutti i suoi compagni di squadra avevano un debole per Josie. Non solo per quello che aveva passato, ma anche perché era minuta, soprattutto rispetto a loro, e tutti la consideravano quasi una sorella minore.

Blink si fermò al solito posto nel parcheggio, proprio di fronte al suo appartamento, e scese dal pick-up. Si avviò verso l'ingresso, e mentre si avvicinava gli si gelò il sangue.

La porta era chiusa, ma grazie al suo occhio allenato capì che era stata manomessa. C'era un'impronta di scarpa al centro del pannello, chiaramente delineata nel lieve strato di polvere che ricopriva la superficie.

La spinse usando il gomito, per non contaminare le impronte digitali o altre eventuali prove.

La porta si aprì senza opporre resistenza.

«Cazzo» mormorò, vedendo la catena di sicurezza rotta sul pavimento. Chiunque aveva sfondato la porta doveva essersene andato di fretta, fregandosene che non si potesse chiudere.

«Josie?» chiamò, un po' più forte di quanto intendesse.

Lo accolse il silenzio e fu preso dal panico. Corse per tutto l'appartamento e trovò quello che si aspettava: niente. Josie non c'era. Il suo portatile era sul tavolo della cucina, insieme al telefono e a un mucchietto di tessuto di pizzo sopra a una busta imbottita.

Per un attimo non seppe cosa fare, aveva mille pensieri sparsi.

Josie era sparita. Com'era potuto accadere?

Non credeva proprio che fosse andata a trovare un'amica, o che avesse deciso di non voler più stare con lui. Quella mattina si erano detti che si amavano. Inoltre, lei non sarebbe mai uscita senza il telefono. Oltre al fatto che non aveva nemmeno la macchina.

No, la sua Josie non lo aveva lasciato. Il capo di lingerie ne era la prova. Così come i suoi piani per quando sarebbe tornato a casa dal lavoro. E poi c'era la catena di sicurezza rotta e l'impronta delle scarpa sulla porta. Non ci voleva un genio per capire cos'era successo: qualcuno era entrato con la forza nel suo appartamento e l'aveva rapita.

Strinse i denti e tirò fuori il cellulare. C'era solo una persona da chiamare in quel momento.

Tex.

Avrebbe contattato anche Kevlar e il resto della squadra, Wolf, il suo comandante e i poliziotti, ma doveva mettere al lavoro Tex *subito*. Josie non aveva un localizzatore, ma se qualcuno poteva trovarla, quello era l'ex-SEAL.

Il telefono squillò una volta. «Blink, che c'è?» chiese l'uomo invece di salutarlo.

«Si tratta di Josie. Se n'è andata.»

«In che senso se n'è andata?» domandò con un tono deciso.

«È scomparsa. Sono tornato a casa dal lavoro e ho trovato una cazzo di impronta di scarpa in mezzo alla mia porta e la catena di sicurezza rotta, il suo telefono e il pacco che ha ricevuto sono sul tavolo, ma lei non c'è.»

«C'è del sangue?»

Blink deglutì a fatica mentre si guardava intorno. L'appartamento era pulito come sempre. Non c'erano piatti sporchi nel lavello, né snack lasciati sul tavolo. Solo il computer, il telefono, quella cosina di stoffa che aveva sperato di vederle addosso e una sedia tirata indietro. «No.»

«Va bene. Quindi non è ferita. È positivo. Puoi fare una foto dell'impronta e mandarmela?»

«Sì.»

«Hai già chiamato Kevlar?»

«No» rispose. Si rese conto che stava parlando a monosillabi, ma riusciva a malapena a trovare la voce a causa del panico e dell'adrenalina che gli scorreva in corpo.

«Fallo. E digli di chiamare Cookie e gli altri. Tu e il tuo team potrete occuparvi della ricerca non appena avrò delle informazioni da darvi, mentre la squadra di Wolf potrà tenere d'occhio l'appartamento e le donne.»

Annuì.

«Blink? Mi hai sentito?» domandò Tex in tono duro.

«Sì» riuscì a dire.

«Mi farò sentire. Chiama Kevlar. Chiudo.»

Blink rimase immobile, sentendosi completamente perso. Era come se tutta l'aria fosse stata risucchiata dalla stanza. Anche la vita. Senza Josie, quella casa sembrava... vuota. Avrebbe voluto sprofondare nel baratro dentro di sé, come aveva fatto dopo quella terribile missione con la sua precedente squadra. Andare in quel posto dove la vita non faceva così male.

Ma non poteva. Non in quel momento, quando Josie aveva bisogno di lui.

Fece un respiro profondo. Poi un altro. Non poteva succederle nulla, non quando si erano appena trovati, quando avevano una vita bellissima davanti a loro dopo tante sofferenze. Il destino non poteva essere così crudele da mostrargli tutto ciò che aveva sempre desiderato nella vita, per poi strapparglielo via senza pietà.

Toccò il nome del suo leader e riportò il telefono all'orecchio.

«Kevlar.»

«È sparita» disse Blink conciso. «Ho bisogno di te e della squadra.»

«Sei nel tuo appartamento?» gli chiese.

«Sì.»

«Sto arrivando. Avviso gli altri. Hai chiamato la polizia?»

Scosse la testa, gli sembrava di trovarsi in un lungo tunnel buio.

«Blink?»

«No» sussurrò.

«Ok. Tieni duro, amico. Stiamo arrivando.»

Annuì e chiuse la chiamata senza salutare.

Era *terrorizzato*. Non sapeva cosa fare. Sapeva solo che Josie era scomparsa, che probabilmente era spaventata a morte e che contava su di lui perché la trovasse. Ma non aveva la minima idea da dove cominciare. Dove cercare.

Quella sensazione di impotenza gli era fin troppo familiare. Si era sentito allo stesso modo in Iran, quando aveva visto i suoi compagni di squadra morire e gemere per la sofferenza, senza poter fare nulla se non cercare di proteggerli dal fuoco nemico.

Ma questo era molto peggio. Perché lei non lo aveva fatto volontariamente. E aveva già passato l'inferno. Non era giusto!

Chiuse gli occhi e fece un altro respiro profondo. Doveva calmarsi. Non sarebbe stato utile a Josie in quelle condizioni. Il suo profumo gli riempì le narici. Il sapone che usava. La lozione che le piaceva. Il leggero odore delle uova di quella mattina che persisteva ancora nell'aria.

Quando li riaprì, si sentì più padrone della situazione. Più determinato che mai a trovarla e a darle la bella vita che aveva immaginato per entrambi.

Abbassò lo sguardo sul telefono e premette per la terza volta su alcuni tasti.

«Nove-uno-uno, qual è l'emergenza?»

«La mia ragazza è stata rapita. Ho bisogno di un detective. Immediatamente.»

———————

Il viaggio verso Las Vegas fu surreale. Gen alternava il silenzio assoluto all'inveire contro di lei per aver "ucciso" il suo fratellino. Aveva tenuto la pistola in mano per tutto il tempo, usandola di tanto in tanto per scandire le parole. Josie non osava fare nulla per distrarla o farle perdere il controllo del veicolo. Anche se Gen non andava veloce e non faceva niente per attirare l'attenzione sulla loro auto.

Ad un certo punto, si spostò di lato sull'interstatale e imboccò una piccola strada sterrata che costeggiava il deserto. Guidò per circa un chilometro, lontano dalla vista di eventuali auto, poi la costrinse a scendere.

Pensò che fosse arrivata la sua fine. Che Gen le avrebbe sparato in testa e lasciato il suo corpo a marcire lì nel deserto.

Invece, le disse di aprire il bagagliaio. Dentro c'era una tanica di benzina. Tenendola sotto tiro, le ordinò di versarla nel serbatoio. Una volta fatto, le disse di gettare la tanica vuota a terra e di salire in macchina. Tornarono sulla I-15 e continuarono il viaggio verso est, in direzione di Las Vegas.

Josie avrebbe voluto pregarla di fermarsi per poter andare in bagno. Ma dato che sembrava non riuscire a parlare a causa del groppo in gola e che la deviazione nel deserto aveva reso piuttosto chiaro che Gen non aveva intenzione di fermarsi a fare benzina, non provò nemmeno a cercare di far presente le proprie esigenze. Dato che le stazioni di servizio erano ovviamente fuori dai piani, sperava comunque che Gen stessa potesse aver bisogno di fare una sosta a breve.

Finché, a un certo punto, lei la guardò con un sorriso inquietante e disse: «Ho il pannolone.»

Josie aggrottò la fronte, confusa.

«Uno di quelli per adulti, così non devo fermarmi. Non voglio essere ripresa da nessuna telecamera, da nessuna parte. È per quello ho portato con me la benzina. E posso pisciare nel pannolone. Abbiamo pensato a tutto. Guardiamo i programmi polizieschi, sappiamo cosa cercano. Siamo più intelligenti di tutti, anche di quello stupido stronzo con cui stai. Possono indagare su di noi quanto vogliono, ma abbiamo un alibi. Probabilmente mamma sta usando il mio telefono in questo momento, sta mandando un messaggio per dimostrare che sono ancora a Las Vegas.» Sorrise trionfante. «Nessuno saprà mai che sono stata io a rapirti. Sei fottuta, Josie. Proprio come hai fottuto Ayden. Proprio come hai fottuto me e la mamma.»

Poi rise. Una risata maniacale che le fece venire i brividi. Sembrava che lei e quella pazza di sua madre avessero pianificato con cura quel rapimento. E ciò fece sì che la disperazione minacciasse di sopraffarla. Ma la scacciò via.

Non erano più intelligenti di Nate. Lui e i suoi amici avrebbero scoperto dove si trovava. Dovevano riuscirci.

Incominciò a intravedere lo skyline di Las Vegas, e a ogni chilometro che percorrevano le sue speranze sprofondavano sempre di più. Riconobbe il quartiere in cui Gen svoltò; era quello in cui si trovava la casa di Millie. C'era stata una volta con Ayden, poco dopo che avevano iniziato a frequentarsi. Era stata la cena più imbarazzante di sempre, ed era riuscita a evitare di farlo una seconda volta.

Gen si avvicinò alla casa e il portone del garage si sollevò, e si riabbassò una volta entrata con l'auto. Poi Josie si ritrovò Millie davanti alla portiera, che venne aperta con uno strattone.

«Fuori, stronza» le disse.

Josie non avrebbe voluto scendere, voleva rimanere dov'era, ma con la donna che le puntava anche lei una pistola alla testa, non ebbe scelta. Scese lentamente e si mise in piedi, inciampando quando venne spinta verso la porta che conduceva in casa.

Le due la seguirono forzandola a entrare. C'erano mucchi di roba dappertutto, più di quelli che c'erano stati quando lei e Ayden erano andati a cena lì. Allora si era resa conto che Millie era un'accumulatrice e aveva capito subito perché lui voleva sempre stare nel suo appartamento, ma la situazione sembrava essere peggiorata in modo esponenziale dall'ultima volta. C'erano scatoloni ovunque, oltre a mucchi di vestiti, sacchi dell'immondizia pieni e cose che sembrava non venissero toccate da anni. La casa era un assalto agli occhi e al naso. Puzzava di... vecchio e di qualcosa di strano e disgustoso.

Non ebbe il tempo di capire esattamente che *odore* stesse sentendo perché Gen la oltrepassò, aprì una porta appena fuori dalla cucina e le fece cenno di scendere delle scale.

Rimase sorpresa. La maggior parte delle case di Las Vegas non aveva un seminterrato, per via di qualcosa che aveva a che fare con la composizione rocciosa del deserto che era difficile da scavare. Quel posto era piccolo e la faceva sentire claustrofobica. Anche quello era pieno di scatole e altre cianfrusaglie da un angolo all'altro.

«Vai laggiù» disse Millie, conficcandole la canna della pistola al centro della schiena.

Inciampò di nuovo, faticando ad adattarsi alla scarsa luminosità. Tra gli scatoloni era stato creato una sorta di percorso che conduceva a una piccola porta.

Per la prima volta, Josie esitò. Quella stanza le ricordava troppo la cella in cui era stata gettata. Non poteva farlo di nuovo. Non poteva essere rinchiusa come un rifiuto dimenticato.

Ma com'era successo dall'altra parte del mondo, anche lì non aveva scelta. Gen la spinse con forza, facendola cadere in ginocchio. Poi sentì la canna di una pistola premuta sulla nuca.

«Non sparare!» esclamò Millie, e Josie iniziò a sudare freddo. Chiuse gli occhi, sicura di stare per morire. Il suo unico rimpianto era che Nate non avrebbe mai saputo cosa le era successo. Quelle donne avrebbero portato il suo corpo nel deserto, dove non l'avrebbero mai trovato. Sarebbe stato come se non fosse mai esistita.

Le afferrarono il braccio e glielo piegarono dietro la schiena, sollevandola. «Alzati, stronza! E vai lì dentro. Presto te ne andrai, ma non possiamo averti tra i piedi mentre definiamo i preparativi per il tuo *futuro*. Quindi entra» le ordinò Millie, aprendo la porticina con un gesto teatrale.

Gen la spinse di nuovo in avanti e Josie atterrò sulle mani e sulle ginocchia. Non ebbe altra scelta se non quella di strisciare nel piccolo spazio simile a uno sgabuzzino, mentre la donna le dava un calcio nel sedere per farla andare più dentro. La minuscola stanza le permetteva solo di stare seduta e di girarsi a malapena. Incredibilmente, le mancò la sua vecchia cella, che ora in confronto le sembrava spaziosa.

Aprì la bocca per supplicarle, per implorarle di lasciarla andare, per dire che si sarebbe assunta qualsiasi colpa avessero voluto addossarle per la morte di Ayden, ma la sua voce non funzionò. E non ne ebbe comunque la possibilità, perché la porta venne chiusa con un colpo secco. In quello spazio buio, il clic di un lucchetto risuonò come l'esplosione di una bomba.

Poi non ci fu più nulla. Solo il silenzio. Era come essere entrata in una dimensione alternativa.

Era intrappolata. *Di nuovo*! Solo che questa volta non c'era il gocciolio dell'acqua nell'angolo. Nessuna piccola tazza di metallo per raccogliere il liquido che avrebbe potuto salvarle la vita.

Qualunque cosa Millie e Gen avessero in serbo per lei non poteva che essere terribile.

Josie doveva solo sperare che Nate la trovasse prima che le due mettessero in atto qualsiasi piano avessero escogitato. Perché aveva la sensazione che, se fossero riuscite a farlo, lei sarebbe *davvero* scomparsa com'era successo a tante altre persone nel mondo. Senza lasciare traccia. Come una nuvola di fumo.

# CAPITOLO DICIOTTO

«Non hanno lasciato Las Vegas» disse Tex. «Capisco quello che vuoi dire, Blink, ma non ci sono prove a sostegno del fatto che siano state loro.»

Blink si mise a camminare nel suo salotto. Avanti e indietro. Avanti e indietro. Non riusciva a stare fermo. Non riusciva a mangiare. Non riusciva a pensare ad altro che a trovare Josie.

Il suo piccolo appartamento era affollato. C'erano tutti i suoi compagni di squadra, Wolf e Cookie. I poliziotti se n'erano già andati con la denuncia della scomparsa. Avevano detto che si sarebbero fatti vivi, ma che siccome non erano passate ancora ventiquattro ore e Josie era una persona adulta, non potevano fare molto, che probabilmente sarebbe tornata presto di sua iniziativa, eccetera, eccetera. Non era illegale per un adulto andarsene.

Per qualche motivo, non erano sembrati troppo preoccupati della catena rotta e dell'impronta della scarpa sulla porta.

Era una stronzata, ma niente di inaspettato. La polizia era inondata di quel genere di denunce, e nove volte su dieci le persone non erano realmente scomparse; il loro telefono si era scaricato, avevano avuto bisogno di una pausa dalla loro vita, o semplicemente avevano dimenticato di dire a qualcuno dove stavano andando.

Ma Blink sapeva con certezza che Josie non rientrava in nessuno di quei casi. Aveva fatto dei progetti per loro per quella sera e si erano appena confessati i loro sentimenti. Non aveva alcun motivo di andarsene, ma aveva le ragioni per restare.

Quindi, anche se la polizia non la stava cercando, Blink e i suoi amici sì.

«Sono state *loro*» disse a Tex, agitato. «Non potrebbe essere stato nessun altro. Josie non ha nemici. Non ha mai incontrato nessuno qui a Riverton, a parte la nostra famiglia SEAL.»

«Ti capisco. Se si tratta di loro, hanno coperto bene le tracce, perché ho fatto un controllo sui telefoni di Gen e Millie e sono entrambi a Las Vegas, a casa della madre. Lo sono stati per tutto il giorno. E anche ieri. In effetti, fin da questa mattina si sono mandate messaggi. I GPS dei loro veicoli indicano che non sono uscite di casa per tutto il giorno» disse Tex con una voce calma che gli diede sui nervi. In qualsiasi altro momento sarebbe stato contento della compostezza che stava mostrando, ma ora? Avrebbe voluto potersi infilare nel telefono per scuotere quell'uomo.

«Inoltre, le loro carte di credito e di debito non sono state utilizzate, né sui distributori di benzina, né per del cibo. Non abbiamo niente» aggiunse.

«Potrebbero aver assunto qualcuno per fare il lavoro sporco, giusto?» chiese Preacher.

«Sì, ma l'impronta della scarpa sulla foto che mi ha mandato Blink è onestamente troppo piccola per poter essere di un uomo.»

«Non ci vorrebbe molto per sopraffarla» sostenne Smiley. «È minuscola.»

«Non sei d'aiuto» disse Safe all'amico in tono basso.

«Se non è stata la madre o un uomo, chi è stato?» chiese MacGyver a nessuno in particolare. «Potrebbero aver ingaggiato una donna per venire a prenderla?»

«È stata lei. O loro. Non c'è letteralmente nessun'altra persona che odia Josie. La incolpano della morte del suo ex» insistette Blink.

«Aspettate, perché si mandano messaggi se sono nella stessa casa?» domandò Kevlar.

«Già. Non ha senso» disse MacGyver.

«Lo ha, se hanno cercato di far credere di essere entrambe a Las Vegas, mentre in realtà una di loro era qui a Riverton» ringhiò Preacher.

«E le telecamere del traffico?» chiese Flash a Tex.

«Ci sto lavorando. Ma se non hanno usato i loro veicoli, e immagino che non lo abbiano fatto visto che ho già controllato i dati del GPS, seguire tutte le auto che sono passate per le strade intorno al complesso residenziale di Blink è come cercare un ago in un pagliaio.»

«E se controllassimo le compagnie di noleggio auto a Las Vegas?» domandò Cookie.

«L'ho già fatto. Non ho avuto riscontri per nessuna delle due donne» rispose Tex.

Ogni parola che usciva dalla bocca del genio del computer indicava che la persona che si era introdotta nel suo appartamento e aveva preso Josie non era né Millie né Genevieve Hitson, eppure Blink non aveva alcun dubbio che dietro la sua scomparsa ci fosse una di loro, o entrambe. Kevlar aveva ragione, non aveva senso che le donne si mandassero messaggi per tutto il giorno se si trovavano nella stessa casa. A dire il vero, di tanto in tanto lui scriveva a Josie mentre erano entrambi seduti sul divano, solo per divertimento... ma non ripetutamente.

«È stata lei» insistette con fermezza, costringendosi a concentrarsi sul presente.

«Ok. Quindi devo solo trovare le prove» disse Tex. «Vedo cosa posso fare. Mi farò sentire.» La linea diventò muta.

«Vado a Las Vegas» annunciò Blink. «A prescindere da quello che Tex ha o non ha trovato, o che potrebbe trovare nelle prossime ore, sono convinto al cento per cento che lei è lì.»

«Non vorrei dirlo... ma potrebbero averle già fatto qualcosa. Potrebbe non essere lì» disse Kevlar, con evidente dolore e disagio nel suo tono.

Blink avrebbe voluto scagliarsi contro il suo leader, gridargli che non sapeva niente. Ma in realtà non aveva detto nulla a cui lui non avesse già pensato. Immaginare il corpo ferito e sanguinante di Josie, abbandonato da qualche parte nel vasto deserto tra Riverton e Las Vegas, gli faceva venire voglia di vomitare.

«Lo so. E non credere che non ci abbia già pensato. Ma non hai sentito la madre del suo ex, l'odio ossessivo nella sua voce. Non credo che voglia semplicemente sparare a Josie. Sarebbe troppo facile. No, credo abbia in mente qualcosa di più malvagio. Vuole che lei soffra.» Blink si sentì sporco solo a pronunciare quelle parole.

«Quindi, mentre Tex fa le sue cose e la polizia aspetta che passi un periodo di tempo discrezionale prima di decidere che Josie è davvero scomparsa, chi andrà a Las Vegas con Blink?» chiese Wolf.

«Kevlar e Safe devono restare qui con Remi e Wren, altrimenti si preoccuperebbero per loro. Inoltre, nella remota possibilità che non si tratti delle Hitson e che invece abbia a che fare con il nostro lavoro, voglio che siano protette» sostenne Blink con fermezza.

Kevlar aprì la bocca per protestare, ma Preacher lo anticipò. «Ci andrò io, e verrà anche Smiley. MacGyver, Flash, voi restate qui e vedete cos'altro riuscite a scoprire. Parlate con i vicini, siate gli occhi e le orecchie di Tex se ha bisogno di qualcosa, e fate da tramite con la polizia.»

Tutti annuirono.

«Non sono sicuro che sia una buona idea che ci andiate solo voi tre a Las Vegas» disse Cookie con la fronte aggrottata.

«Per quanto odi quelle stronze, non posso presentarmi lì come una furia» disse Blink. «Farò tutto il necessario per assicurarmi che Josie stia bene, ma se ci presentiamo tutti e sette, si metteranno sulla difensiva. Forse se siamo solo io e un paio di amici, magari faranno un passo falso e si vanteranno di quello che hanno fatto. Se c'è una minima possibilità che sia ancora viva, che non l'abbiano uccisa, la sfrutterò. Farò tutto il necessario per trovarla, anche vendere la mia anima.»

«Va bene» disse Cookie annuendo. «Raduneremo le ragazze. Josie avrà bisogno del sostegno delle sue amiche quando tornerà a casa.»

La sua fiducia gli fece venire voglia di piangere. Wolf, Cookie e il resto del loro team erano delle leggende nei circoli SEAL. Avevano visto e fatto molte più cose di altre squadre messe insieme. Sentirlo parlare del ritorno a casa di Josie con tanta sicurezza, alimentò la sua speranza.

«Bene. Chi guida?» chiese Preacher.

«Io» rispose Smiley con decisione. «Prenderemo il pick-up di Blink, nel caso dovessimo percorrere terreni sterrati. Possiamo partire subito.»

Blink dovette trattenersi dal correre verso la porta di casa. «Devo preparare una borsa per Josie. Potrebbe aver bisogno di un cambio di vestiti. E ci servirà un kit di pronto soccorso... per ogni evenienza.»

Wolf gli mise una mano sul braccio, mentre Kevlar gliela posò pesantemente sulla spalla.

«La troverete» disse il suo leader.

«Sarà anche minuscola, ma è forte e determinata» aggiunse Wolf. «Sono sicuro che non ha dubbi sul fatto che stiate andando a prenderla. Proprio come ha fatto la mia

Caroline quando quegli stronzi che l'hanno rapita l'hanno gettata nell'oceano. Le donne come lei e Josie sono delle sopravvissute. Chiamaci quando sarete sulla strada di casa.»

Blink deglutì a fatica e annuì.

Poi si diresse verso la camera da letto per preparare una borsa. Per un attimo rimase lì, cercando di ritrovare l'equilibrio mentale. La scomparsa di Josie lo aveva scosso nel profondo. Non l'avrebbe delusa. L'alternativa era impensabile. Si amavano. Non l'avrebbe persa adesso. Nel modo più assoluto.

———

Il tempo non aveva senso nel buio pesto del piccolo ripostiglio in cui Josie era stata rinchiusa. Si sforzò di percepire qualcosa, qualsiasi rumore, ma tutto ciò che sentì fu il battito del suo cuore.

Andò con la mente a Nate.

Cosa stava facendo in quel momento? Sicuramente aveva scoperto che era scomparsa e aveva chiamato Kevlar e gli altri. Di certo si erano scambiati idee su dove lei avrebbe potuto essere. Probabilmente aveva avvisato la polizia e ora tutti la stavano cercando.

Ma ripensare alle cose che Gen aveva fatto per passare inosservata, la faceva preoccupare. Indossare un pannolone per adulti per non doversi fermare a usare il bagno era stato qualcosa di folle... e intelligente. E la benzina, lasciare il telefono a Las Vegas. L'auto, che lei non aveva riconosciuto. Inoltre, non poteva dimenticarsi che l'ordine restrittivo lo aveva richiesto per Millie, perché era lei che l'aveva minacciata.

Se Gen fosse stata interrogata, avrebbe affermato di essere rimasta a Las Vegas per tutto il tempo, che non poteva essere stata lei a rapirla, e tutte le prove avrebbero sostenuto la sua tesi. Ma Nate e gli altri ragazzi non avrebbero dato per scontato che lei non fosse andata in California solo perché il suo telefono non dimostrava che era stata lì.

Però, per la prima volta, cominciò a farsi prendere davvero dall'ansia. Avrebbero capito tutto in tempo? Qualunque cosa Millie e Gen avessero intenzione di fare con lei, aveva la sensazione che fosse più elaborata del semplice ucciderla e gettare il suo corpo da qualche parte; per le due donne non sarebbe stata una vendetta sufficiente.

Millie aveva viziato il suo unico figlio e Gen era sempre stata eccessivamente protettiva nei confronti del fratello. La sua morte le aveva chiaramente distrutte, spingendole a fare cose che altrimenti non avrebbero fatto. Josie non aveva dubbi su quello.

Avrebbero davvero avuto il coraggio di ucciderla? Forse, o forse no.

Ma far fare qualcosa di orribile a *qualcun altro* per avere la loro vendetta senza doversi sporcare le mani? Sì, quello credeva proprio potessero farlo.

Josie rabbrividì. Non faceva freddo nel ripostiglio, ma sentiva che il tempo scorreva... molto più velocemente di quando era oltreoceano. L'istinto le diceva che molto presto Millie e Gen avrebbero messo in atto il piano che avevano in mente.

*Sbrigati, Nate. Ho bisogno che mi trovi!*

———

Qualche ora più tardi, nel buio della notte, Smiley svoltò nella strada dove abitava Millie Hitson. Tex aveva inviato loro l'indirizzo mentre erano in viaggio verso Las Vegas. Li aveva informati che stava ancora cercando sui video delle telecamere tutte le auto che erano passate vicino all'appartamento di Blink e sulla strada che portava fuori Riverton, ma era un compito talmente colossale che non aveva fatto molti progressi. Li aveva rassicurati che avrebbe continuato a farlo, e aveva persino chiesto l'aiuto di un'amica, una donna di nome Ryleigh che viveva nel New Mexico. Ma anche lavorando febbrilmente in due per entrare nelle telecamere, tutti sapevano benissimo che sarebbe stato un compito lento.

Ma Blink non aveva bisogno di verifiche per ciò che sentiva nel cuore. Le Hitson avevano la sua Josie, e lui se la sarebbe ripresa, fosse stata l'ultima cosa che avrebbe fatto.

«Non fare nulla di avventato» disse Preacher, come se potesse leggergli nella mente.

Lui non replicò. A quel punto non riusciva a dire niente. Nelle ultime ore non aveva fatto che pensare a tutte le cose orribili che potevano essere accadute a Josie... e non era in grado di parlare in modo coerente.

«Ricorda, lascia parlare me» disse Smiley, mentre tutti e tre scendevano dal pick-up.

Per lui non era un problema. Ci sarebbe voluto tutto il suo autocontrollo per non afferrare una delle donne e scuoterla finché non gli avesse detto dov'era Josie.

Si avvicinarono alla porta, e prima che riuscissero a bussare si aprì. Era stata Genevieve a farlo... e per un attimo sembrò scioccata di vederli.

«Aspettavi qualcuno?» chiese Smiley, con un tono duro che avrebbe fatto tremare la maggior parte delle persone.

Ma non quella stronza, che si mise una mano sul fianco, si appoggiò allo stipite e li guardò sprezzante. «Che cosa volete?»

«Josie. Dov'è?»

«Come diavolo faccio a saperlo? Si è alzata ed è sparita di nuovo? Che peccato.»

Blink strinse le mani a pugno lungo i fianchi.

Lei gli sorrise e disse: «Immagino che questi siano i tuoi amici super soldati? Non sono impressionata. Andatevene.»

«Non ce ne andremo» affermò Smiley. «Non senza Josie.»

«Quindi, cosa? Vi accampate sul nostro prato? Perché lei non è qui. E se tu fossi una persona intelligente» disse a Blink, «scapperesti lontano da lei, perché probabilmente prima o poi riuscirà a uccidere anche te.»

«Se *tu* fossi intelligente, smetteresti di parlare a vanvera e andresti a prendere Josie.»

«Sentite, forse pensate di essere dei gran fichi, ma voi stronzi di soldati siete tutti uguali. Presuntuosi, arroganti e pensate di essere un dono di Dio alle donne. Notizia flash: non lo siete. Non so dove sia quella maledetta stronza e non mi interessa. Se la rivedessi, non alzerei un dito per aiutarla. Potrebbe annegare proprio davanti a me e io starei lì a guardare. Lei. Non. È. Qui. Ora andatevene.»

«No» ringhiò Blink.

«Oh, sa parlare» replicò Gen, alzando gli occhi al cielo.

«Falli entrare» disse Millie, che era arrivata alle spalle della figlia.

«Cosa? Mamma, no» protestò lei.

«Sì, Gen, facci entrare» fece il verso Smiley.

«Non abbiamo nulla da nascondere. Non troveranno Josie qui. Se questo li farà andare via, lasciali guardare. Prima capiranno che non è qui, prima se ne andranno da casa mia.»

Gen sospirò in modo drammatico, poi si girò e andò all'interno.

«Vi permetto di farlo solo perché voglio che ve ne andiate» li informò Millie. Guardò Blink. «La odio. Mi ha rovinato la vita. Ma non ho fatto nulla a quella stronzetta. Io e Gen siamo qui da almeno dodici ore.»

Blink fissò la donna. Stava dando un po' troppe informazioni per non destare sospetti. Nessuno le aveva chiesto dove fosse stata da quella mattina. Solo dove fosse Josie.

Smiley varcò la porta con gli altri due al seguito.

La casa era in disordine. Era evidente che Millie Hitson fosse un'accumulatrice. Non c'era un posto vuoto su nessuno dei tavoli. Attraversarono la zona giorno, seguendo un percorso stretto tra pile di scatoloni e roba varia, dirigendosi verso la cucina. Sui divani c'erano pile e pile di vestiti, e solo due posti liberi, probabilmente dove si sedevano Millie e Gen. C'era un odore acre, un misto di cibo vecchio e forse di roditori in decomposizione. Ma lui non era lì per giudicare il modo in cui viveva quella donna. Voleva semplicemente trovare Josie.

Senza mettersi d'accordo, gli uomini si separarono. Millie e Gen si sedettero sul divano, come se non fossero preoccupate della presenza degli uomini e di ciò che avrebbero potuto trovare.

Blink si chiese per la prima volta se si fosse sbagliato. Quelle due sarebbero state così rilassate se Josie fosse stata lì? Non ne era sicuro.

Era difficile perlustrare la casa con tutte quelle cianfrusaglie accatastate letteralmente ovunque. Aprire gli armadi era impossibile, perché erano bloccati da chissà quanti anni di roba accumulata.

Preacher riuscì ad aprire a fatica una porta vicino alla cucina e gridò: «Seminterrato!»

Ne rimase sorpreso, dato che quella parte del Paese non era nota per avere dei seminterrati, ma la sua adrenalina salì alle stelle. Josie doveva essere lì sotto. *Doveva.*

Scendere le scale fu pericoloso, perché i gradini erano rotti e sconnessi, e c'erano cose accatastate su ognuno. Guardandosi intorno, il suo ottimismo si affievolì. Lì sotto c'era una puzza ancora peggiore, e non c'era nemmeno un percorso che attraversasse tutto quello schifo. Non aveva idea di come iniziare a farsi strada tra i mucchi di roba accatastata in quello spazio angusto.

«Merda» imprecò Smiley dietro di lui.

«Josie?» chiamò Preacher.

«Ma che diavolo? Credi che sia legata sotto questo mucchio di porcherie?» domandò Smiley.

«Non lo so. Ma non so come potremmo iniziare una ricerca in mezzo a tutto questo casino.»

Blink si isolò da suoi amici e catalogò metodicamente la stanza. Non era grande, ma non vedeva nessun posto dove qualcuno potesse nascondersi o venire nascosto. Prese una scatola e la gettò di lato, senza curarsi di cosa contenesse o di dove finisse. Ma sotto di quella ce n'era un'altra. E un'altra ancora.

Sospirando frustrato, si guardò di nuovo intorno. Non aveva idea di cosa stesse cercando, ma non vedeva nulla di sospetto.

«Blink?» domandò Preacher.

«Non lo so» rispose, scuotendo la testa. «Il mio cuore mi dice che è qui, che non può essere in nessun altro posto. Ma...» Si interruppe. A essere sincero aveva pensato che sarebbero entrati in quella casa e avrebbero trovato Josie rannicchiata in un angolo, spaventata, ma in salute.

Invece ora... era tormentato dalla possibilità che forse, chiunque l'avesse rapita, poteva aver messo fine alla sua vita e gettato il suo corpo nel deserto o averlo seppellito in una fossa.

«Avete finito?»

La domanda brusca di Millie risuonò nel piccolo seminterrato. Era in cima alle scale e li fissava.

«Dobbiamo riorganizzarci» disse Preacher sottovoce.

«È un casino» mormorò Smiley, mentre il suo sguardo scrutava la stanza.

«Andiamo. Più sto in questa casa e più sento il bisogno di farmi una doccia» incalzò Preacher, mettendo una mano sul braccio di Blink.

Era d'accordo con i suoi amici. *Avevano* bisogno di riorganizzarsi, di chiamare Tex, magari Kevlar e gli altri e di decidere il da farsi. Ma una parte di lui nel profondo non voleva andarsene. Aveva sperato così tanto di trovarla lì che l'alternativa era straziante.

Si voltò e tornò al piano di sopra. Gli si rizzarono i peli sulla nuca mentre attraversava il labirinto di rifiuti e cianfrusaglie che quella donna aveva accumulato.

«Ve l'avevo detto» esclamò Gen dal divano. Non si era preoccupata di alzarsi. Millie era andata alla porta d'ingresso e l'aveva aperta, rimanendo lì come a indicare chiaramente che il tempo a loro disposizione era scaduto.

Tuttavia, l'istinto gli stava urlando che quelle due stavano nascondendo qualcosa. Nascondendo *Josie*.

«Cazzo... è un pannolone?» chiese Smiley sottovoce, mentre passava davanti a un bidone della spazzatura di plastica in equilibrio precario su una pila di vestiti e chissà cos'altro.

«Che schifo» concordò Preacher.

Blink guidò i suoi amici verso la porta, fermandosi accanto a Millie.

La guardò negli occhi e disse con voce bassa e piatta: «La troveremo.»

La donna arricciò il labbro. «Il mondo è un posto

migliore senza di lei. Spero che ovunque sia, quella stronza stia soffrendo. Che stia rimpiangendo il suo ruolo nell'uccisione di mio figlio. Non c'è tortura troppo dura che possa ripagare ciò che ha fatto alla mia famiglia.»

Qualcosa nelle sue parole lo fece irrigidire, ma Smiley era alle sue spalle e lo spinse in avanti.

«Josie non ha fatto un bel niente a quel viziato di tuo figlio, e lo sai» disse Smiley. «La sua unica colpa è stata essere troppo gentile con qualcuno che non se lo meritava.»

«Fuori!» gridò Millie, indicando la porta.

«Con piacere» replicò Preacher.

Blink uscì nell'aria secca del deserto, e sentì l'impulso di tornare dentro. Voleva portare fuori ogni dannata cosa da quella casa di accumulatrici finché non avesse trovato Josie, o qualche traccia di dove si trovasse.

Smiley lo spinse di nuovo per farlo andare avanti. A ogni passo gli sembrava che i suoi piedi pesassero duecento chili.

«Andiamo, dobbiamo parlare» incalzò Preacher.

Blink camminò come in trance fino al pick-up. Salì sul sedile posteriore insieme a Preacher, e Smiley si mise al volante. Per un momento rimasero in silenzio.

Alla fine Smiley disse: «È stato un disastro.»

Blink non poteva essere più d'accordo.

«E adesso?» chiese Preacher.

«Non me ne vado. Sanno qualcosa» rispose Blink.

«Lo penso anch'io» disse Smiley. «Sono state troppo veloci ad accettare di farci entrare.»

«E la figlia sembrava molto tesa. Ha cercato di nasconderlo, ma non riusciva a toglierci gli occhi di dosso» aggiunse Preacher.

Non si sbagliava. Blink aveva pensato la stessa cosa. «Josie non è morta» dichiarò con fermezza. «Non so come faccio a saperlo, ma lo so. La madre è stata troppo disponibile a farci entrare, invece pensavo che si sarebbe impuntata e avrebbe protestato se avessimo messo piede in casa sua.»

«Infatti! Era piuttosto sicura che saremmo rimasti a mani vuote. Perché? Perché Josie non c'è? Perché sapeva che non avremmo trovato dove l'hanno nascosta?» domandò Preacher.

«E poi, perché la figlia è lì?» rifletté Smiley. «Ha una casa sua, giusto? Almeno così ha detto Tex. Allora perché è da sua madre alle» guardò l'orologio «undici e mezza di sera? E sono entrambe vestite normalmente. A quest'ora la maggior parte delle persone se non si sta preparando per andare a una festa è in pigiama.»

Non si sbagliava. La mente di Blink era in confusione.

«E hai visto l'espressione di Gen quando ha aperto la porta? Si aspettava sicuramente qualcun altro, ed è rimasta scioccata quando si è trovata noi davanti» disse Preacher.

«Stanno aspettando qualcuno» concordò Blink.

«Che porti Josie da loro?» chiese Smiley.

«O che venga a prenderla» ribatté Preacher.

«La madre ci ha fatto entrare subito, sperando che controllassimo e uscissimo velocemente, in modo che chi stavano aspettando non arrivasse mentre eravamo lì» disse Smiley.

«Quindi rimaniamo. Perlustriamo il posto. Vediamo chi arriva» decise Preacher.

Gli andava bene quel piano. Erano vicini a capire cosa diavolo era successo. Se lo sentiva. Quelle donne non sarebbero state più astute di lui. C'era troppo in gioco: tutto il suo futuro, la sua sanità mentale, l'amore della sua vita.

Blink aveva bisogno di Josie. Non era sicuro di poter sopravvivere se l'avesse persa.

Per quanto sarebbe stato difficile starsene lì seduto a guardare, lo avrebbe fatto se ciò significava scoprire cosa nascondevano Millie e Gen Hitson. E non aveva dubbi che *stessero* nascondendo qualcosa.

Smiley si allontanò dal marciapiede e si avviò lungo la strada. Sarebbero tornati indietro, per appostarsi e osservare in attesa ... era quello che sapevano fare meglio.

# CAPITOLO DICIANNOVE

A JOSIE SEMBRAVA di non riuscire a respirare. Non sapeva da quanto tempo fosse rinchiusa in quello sgabuzzino buio, ma le sembravano anni. In qualche modo era molto peggio di quella dannata cella. Non era in un paese straniero dall'altra parte del mondo, era proprio lì, negli Stati Uniti. Un posto dove avrebbe dovuto essere al sicuro.

Ripensando a ciò che era successo, mise in discussione il suo comportamento; avrebbe dovuto cercare di scappare? Di correre via? Di allontanarsi da Gen rischiando che le sparasse?

Odiava il fatto di dover essere salvata ancora una volta. Aveva sempre pensato di essere molto autosufficiente. Non si era mai affidata a nessuno per avere ciò che le serviva. Aveva lottato con tutte le sue forze per tenersi a galla. L'aveva imparato da sua madre. Eppure, eccola lì. Rinchiusa in un altro maledetto buco come se non fosse stata altro che spazzatura. Una persona da buttare.

Sarebbe già caduta in depressione se non fosse stato per Nate. Lui e i suoi amici l'avevano accolta, inclusa, fatta sentire meritevole. Importante per loro. Dopo la sua scomparsa non se ne sarebbero semplicemente infischiati andando avanti con le loro vite. No, Josie non aveva dubbi che stessero muovendo cielo e terra per trovarla. Doveva rimanere forte, come la vedeva Nate.

Il problema era che ciò non sarebbe stato semplice come affrontare Millie e Gen, cosa che probabilmente era stato il primo pensiero di Nate, perché sicuramente non avevano intenzione di lasciarla morire in un ripostiglio della loro casa. Potevano anche pensare che fosse una punizione appropriata per ciò di cui la consideravano colpevole, cioè l'uccisione di Ayden, ma la odiavano talmente tanto che volevano sicuramente facesse una morte ben peggiore.

Josie non era sicura che ci fosse qualcosa di peggio che morire per disidratazione e mancanza di cibo. In realtà, non era vero; riusciva pensare a *molte* cose peggiori. La famiglia di Ayden aveva senza dubbio scelto qualcosa che fosse lungo e doloroso.

Avrebbe dovuto turbarla rendersi conto di essere odiata in quel modo, e se non avesse incontrato Nate e i suoi amici sarebbe già andata fuori di testa, ma le era stato dimostrato più volte che era apprezzata. Pensare a tutto quello che Remi e Wren avevano fatto per lei da quando si erano conosciute, le faceva gonfiare il cuore. Per non parlare di Caroline, Fiona e di tutte le altre donne. E poi c'erano i SEAL in pensione. Erano stati tutti davvero meravigliosi.

Erano Millie e Gen le persone malvagie, non lei. *Fanculo a loro*. Qualunque cosa avessero pianificato, Josie avrebbe fatto tutto ciò che era in suo potere per ostacolarle.

Con quel pensiero in mente, fece scorrere le mani sulle pareti che la circondavano. Doveva lasciare il suo DNA. Se non ce l'avesse fatta a uscire indenne da ciò che la famiglia di Ayden aveva in serbo per lei, voleva essere sicura di lasciare delle tracce per la polizia. Anche se per anni nessuno avesse scoperto dov'era finita, alla fine qualcuno avrebbe sgomberato quella casa e trovato quel buco infernale.

Josie fece scorrere le unghie lungo il muro e poi sul pavimento, sentendo lo sporco accumularsi sotto.

Tastando intorno alla ricerca di qualcosa, *qualsiasi cosa* da poter usare per lasciare un segno sul muro, ansimò quando le sue dita si strinsero intorno a quella che pensava potesse essere una gruccia. Una gruccia di *metallo* infilata in un angolo dietro di lei.

Anche al buio, non fu difficile piegarla fino a spezzarla, ma fu più complicato scrivere ciò che voleva sulla parete, visto che non poteva vedere.

Una volta terminato, trasformò la gruccia in quella che sperava fosse una sorta di arma. Non le piaceva la violenza, ma se avesse dovuto difendersi per non morire, avrebbe fatto qualsiasi cosa per tornare da Nate.

Pensare a lui le fece mancare il respiro. Cosa stava facendo in quel momento? Stava camminando avanti e indietro nel suo appartamento chiedendosi dove fosse finita? Stava guidando in giro per Riverton sperando di intravederla?

No, non stava facendo nessuna delle due cose. Probabilmente il suo ragazzo aveva chiamato tutte le risorse a sua disposizione e stava facendo tutto il possibile per rintracciarla. Quel pensiero le diede fiducia.

Stava immaginando diversi scenari su come comportarsi se Millie o Gen avessero aperto quella dannata porta, quando accadde davvero.

Colta alla sprovvista, perse la possibilità di utilizzare l'elemento sorpresa. E comunque non avrebbe avuto importanza, perché dopo essere rimasta per tanto tempo al buio, anche la luce fioca del seminterrato era troppo intensa per lei, tanto da renderla praticamente cieca.

«Alzati» ringhiò Millie.

Josie non voleva. Per quanto avesse desiderato e sperato di poter uscire da quel ripostiglio, all'improvviso le sembrava che fosse il posto più sicuro in cui stare. Non aveva idea di cosa avesse in serbo per lei, ma non sarebbe stato piacevole.

«Che cos'è quello? Merda... gettalo a terra!» gridò. «Ti sparerò, giuro! Getta quell'arma!»

I suoi occhi si erano adattati alla luce che entrava dal seminterrato e le si gelò il sangue alla vista di Millie che le stava di nuovo puntando una pistola in faccia. Per una frazione di secondo pensò di balzare fuori dal ripostiglio e fare il possibile per piantare l'estremità affilata della gruccia in un occhio della donna. Invece, la lasciò cadere.

Voleva vivere. Sarebbe bastato che Millie muovesse leggermente il dito, e si sarebbe ritrovata con un proiettile in mezzo agli occhi. Se fosse morta, non avrebbe potuto passare il resto della sua vita con Nate.

Lentamente, sperando di non spaventare la madre di Ayden, Josie strisciò fuori dal buco in cui era stata nascosta. Il seminterrato aveva un aspetto ancora più malridotto di quando l'avevano condotta al ripostiglio. Il percorso che aveva fatto non esisteva più. Millie e Gen dovevano aver sparpagliato i mucchi di roba tutto intorno per nasconderlo. Per far sembrare impossibile camminare tra le cianfrusaglie accumulate negli anni.

Mossa intelligente. Ed esasperante.

«Mettiti quelle» le ordinò, indicando un paio di manette appoggiate sopra a una busta di plastica. Erano arrugginite e sembravano molto vecchie.

Josie esitò.

«Ti sparerò e non proverò un briciolo di rimorso» la avvertì. «Ma non ti ucciderò. Una pallottola nel cervello sarebbe una morte troppo veloce. Troppo indolore. No, ti sparerò al ginocchio e ti farò camminare. Mettiti quelle cazzo di manette, così possiamo continuare.»

Avrebbe voluto chiederle continuare *cosa*, ma non era sicura di volerlo sapere. E comunque la sua voce non collaborava. Anche se avesse voluto implorare per la sua vita, cercare ancora una volta di convincere Millie che non era colpa sua se Ayden era morto, non avrebbe potuto farlo.

Mentre prendeva le manette cercò di pensare a un modo per fingere di chiuderle, ma la donna era impaziente e aveva il dito sul grilletto, quindi non riuscì a farsi venire in mente nulla per evitare di farlo.

Lentamente, sentendosi pervadere dal terrore, si circondò un polso con un bracciale e lo strinse. Il rumore che fece quando si chiuse fu terrificante.

«Ora l'altro» le ordinò, agitandole la pistola davanti al viso.

Il suo terrore aumentò quando riuscì a chiudere il bracciale intorno all'altro polso.

Millie rise. Un suono sinistro e orribile che le sarebbe rimasto impresso per tutto il tempo che le fosse restato da vivere.

«È ora di andare, stronza. Ricordati che avrai tutto quello che ti meriti. Il karma farà il suo lavoro. Vai di sopra. *Muoviti*.»

Era quasi impossibile camminare tra le scatole, i sacchi e i mucchi di spazzatura che c'erano nel seminterrato, soprattutto ammanettata. Perse più volte l'equilibrio, senza poter usare le mani per evitare di ribaltarsi. Ogni volta che cadeva in ginocchio o di lato, Millie rideva.

Le sembrò di aver impiegato delle ore per arrivare alle scale, dove finalmente c'era un percorso libero che portava al piano superiore. In tutta la sua vita non era mai stata così felice di mettere i piedi su dei gradini deformati e rotti.

Rabbrividì quando sentì Millie spingerla sulla schiena con la canna della pistola. «Sbrigati. Voglio che tu te ne vada prima che torni il tuo ragazzo.»

Josie si bloccò e girò la testa per fissare la donna. Aprì la bocca, ma non uscì alcuna parola.

L'altra ridacchiò. «Esatto, stronza, quel rosso dall'aria ridicola era qui con due amici. Abbiamo lasciato che dessero un'occhiata in giro, ma ovviamente non ti hanno trovata, come avevamo previsto. Poi se ne sono andati. Non torneranno e non ti salveranno da ciò che ho pianificato per te. Quindi, se speri in una sorta di salvataggio in extremis, non succederà. Desidererai di essere morta molto prima che qualcuno ti pianti un coltello nel cuore. Dovrebbe ringraziarmi per averlo salvato dallo stesso destino del mio Ayden.»

Il suo cuore batteva così forte che le sembrava stesse per uscire dal petto. Nate era stato lì? Lo *sapeva* che avrebbe scoperto chi l'aveva rapita!

Ignorò completamente il resto del discorso di Millie. Nate poteva anche essersene andato, ma sarebbe tornato.

Le parole della donna avevano avuto lo scopo di demoralizzarla, invece avevano ottenuto l'effetto contrario. Le avevano dato una speranza. Lui era lì. A Las Vegas. Doveva essere pronta a tutto.

La sensazione della canna della pistola sulla schiena fece sì che si sbrigasse a salire il resto delle scale.

«Siediti lì» le ordinò Millie, indicando un mucchio di rifiuti sul pavimento. L'odore era orribile, ma obbedì.

«La stronza ti ha dato problemi?» chiese Gen, dal divano dall'altra parte della stanza.

«No. È una debole. Proprio come pensavamo» rispose la madre allegramente.

Josie rimase completamente immobile, per nulla turbata dall'insulto. Non era una debole. Lo aveva dimostrato sopravvivendo in Iran. Le passarono per la testa tutte le volte in cui Nate le aveva detto quanto fosse forte, quanto fosse impressionato da lei.

«Le hai detto cosa le succederà?»

«No.»

Gen sorrise. «Posso farlo io? Per favore? Voglio che lo sappia.»

«Va bene. Ma alzati e vai a controllare se arriva.»

Josie non sapeva chi dovesse arrivare, ma suppose che Millie non intendesse Nate.

Gen si alzò e andò alla porta d'ingresso. Guardò dalla finestra accanto, poi si voltò verso di lei.

«Ti abbiamo venduta» disse senza mezzi termini, con un luccichio negli occhi. «A un uomo che ha connessioni nel mercato del sesso. Conosce un tizio che conosce un tizio a cui piace la carne fresca. Donne che non sono già state fatte prostituire. Aveva un legame con qualcuno in Perù, un uomo che rapiva donne ignare dai casinò, ma purtroppo l'intera operazione di quel tizio è stata smantellata.»

Gen rise, un suono profondo che le fece venire i brividi. «Sarai *fottuta*... in ogni senso... finché non sanguinerai da ogni orifizio. Verrai legata e violentata più e più volte. Sarai data a chiunque vorrà avere un turno. E poi verrai caricata in un container e spedita in Cina. Lì sarai un giocattolo nuovo, e l'intero processo ricomincerà da capo. Passerai il resto della vita a farti scopare come meriti per averci rovinato la vita.»

Le sembrava eccessivamente drammatico, come se Gen avesse visto troppi thriller, ma Josie non aveva dubbi sul fatto che chiunque stesse per comprarla non aveva intenzione di invitarla a casa sua per bere un tè con i biscotti.

«Mi hai sentita, stronza? Stai per vivere il tuo peggior incubo.»

Josie si limitò a fissarla. L'ultima cosa che avrebbe fatto era dare a una di quelle donne la soddisfazione di sapere quanto fosse realmente terrorizzata. *Volevano* che fosse spaventata, che implorasse per la sua vita, e proprio per quel motivo si rifiutò di mostrare qualsiasi emozione.

«Mille dollari. È tutto quello che vali. È comunque più di quanto pensavamo di ottenere. Onestamente, ti avrei dato a lui gratis, ma la mamma ha insistito perché avessimo un compenso per i nostri problemi. Il tizio doveva fare un'altra sosta prima di venire qui, ma sta arrivando.»

Josie sentì freddo dentro, ma non lasciò trasparire dal suo viso l'agitazione che aveva in corpo.

Vide dei fari lampeggiare dalla finestra davanti; qualcuno stava entrando nel vialetto.

«È qui!» disse Gen eccitata.

Millie sollevò di nuovo la pistola e la puntò contro Josie. «È ora di pagare per i tuoi crimini, stronza.»

———

«Qualcuno si sta avvicinando» disse inutilmente Smiley, appostato dietro a un'auto sulla strada, insieme a Preacher e Blink. Avevano parcheggiato in fondo all'isolato, ed erano rimasti a osservare in attesa che succedesse qualcosa. Non avevano dovuto aspettare a lungo.

Una berlina nera parcheggiò nel vialetto, i fari si spensero. Un uomo grande e grosso, che probabilmente era alto più di un metro e ottanta e pesava più di centotrenta chili, scese dall'auto e si avvicinò all'ingresso.

Blink intravide Gen sulla soglia quando aprì la porta, poi il tizio sparì all'interno.

Si sentì rimescolare la pancia. Tutto dentro di lui gli gridava di correre verso la casa, ma il suo addestramento lo costrinse a rimanere dov'era.

«Vado a controllare la macchina. Torno subito» disse Smiley.

«Vengo con te.» Blink aveva bisogno di informazioni, e ne aveva bisogno subito. Chiunque fosse l'uomo che era entrato, non aveva di sicuro buone intenzioni. E se era coinvolto nella scomparsa di Josie o se c'erano prove della sua presenza nell'auto, in quel momento o passate, doveva vederlo di persona.

«Chiamo Tex per dargli il numero di targa» li informò Preacher. «Andate.»

I due attraversarono silenziosamente la strada buia fino al retro dell'auto e sul lato opposto rispetto alla porta d'ingresso della casa, e si sporsero per guardare dal finestrino. Smiley tirò fuori una piccola penna a torcia e la accese, puntandola verso il sedile posteriore.

Blink inspirò bruscamente nello stesso momento in cui il suo amico disse: «Ma che cazzo!»

C'era una donna sdraiata lì. I suoi capelli sembravano castano rossicci e aveva gli occhi spalancati; uno era nero, aveva lividi su tutto il viso e la bocca imbavagliata. I polsi e le caviglie erano legati con delle fascette. Se avesse dovuto indovinare, avrebbe detto che aveva tra i venti e i trent'anni, ma era difficile dirlo al buio e nelle condizioni in cui si trovava.

Smiley incontrò lo sguardo di Blink, poi afferrò la maniglia della portiera. Li sorprese che non fosse bloccata. Inoltre, quando si aprì, non si accese alcuna luce interna, un altro chiaro segno che c'era in ballo qualcosa di sinistro.

Smiley si frugò in una tasca dei pantaloni e tirò fuori il coltellino a scatto che portava sempre con sé. Lo aprì e lo avvicinò al bavaglio intorno alla bocca della donna.

Lei trasalì, ma non cercò di allontanarsi. Smiley si chinò all'interno dell'auto e lo tagliò.

«Stai bene?» le chiese.

Era una domanda un po' stupida, perché era *ovvio* che non stesse bene.

«No! Vi prego, aiutatemi!»

Senza dire nulla, Smiley si chinò ancora di più e si occupò della fascetta alle caviglie.

Blink guardò la casa e poi di nuovo la donna. Non avevano molto tempo. Il tizio poteva tornare da un momento all'altro, e loro dovevano essere pronti.

«Come ti chiami?» le chiese Smiley, mentre iniziava a lavorare sulla fascetta intorno ai suoi polsi.

«Bree. Bree Haynes» rispose. «Io... il mio ex mi ha venduta a questo stronzo. È venuto a prendere un'altra persona. Poi ha detto che ci porterà in un bordello clandestino.» Rabbrividì. Blink non sapeva se di paura o di repulsione.

«Sono Jude Stark. Io e i miei amici siamo dei Navy SEAL di Riverton. Andrà tutto bene.»

Non aveva mai sentito il suo amico parlare in modo così... gentile. Non era noto per la sua empatia. Ma mentre Smiley si occupava della donna, Blink si era fissato su una delle ultime cose che aveva detto loro; l'uomo era andato a prendere un'altra persona. E lui sapeva bene di chi si trattava. Di Josie.

Non si era sbagliato, lei *era* lì. E non c'era alcuna possibilità che venisse venduta come schiava sessuale. *Nessuna, cazzo.*

«Vieni con me» disse Smiley con voce roca, tendendo la mano alla donna.

Lei indietreggiò.

«Non ti farò del male. Devo solo portarti via da qui. Hai chiesto aiuto» disse brusco, suonando più come l'uomo a cui Blink era abituato.

Lei si morse il labbro già sanguinante e trasalì. Poi annuì. Senza dire una parola, Smiley le prese la mano e la condusse rapidamente in fondo alla strada, verso il punto in cui avevano parcheggiato, invece di tornare da Preacher.

A Blink fu subito chiaro ciò che Millie e Gen avevano pianificato per Josie. Non sapeva ancora chi l'avesse inizialmente rapita, ma a quel punto non aveva più importanza. Quelle due stavano vendendo la sua donna a quel... mostro, sapendo cos'aveva in mente per lei.

Erano degli esseri disumani. Sapeva che nel mondo c'era tanta malvagità, e aveva giurato di combatterla per conto del suo Paese, ma cose del genere... faticava a capacitarsene. Una donna che ne vendeva consapevolmente un'altra a un trafficante di schiave del sesso era una delle cose peggiori che avrebbe potuto immaginare. Volevano che Josie soffrisse in uno dei modi più orribili che si potessero concepire.

Aveva appena chiuso piano la portiera della berlina e stava cercando di capire come comportarsi, quando la porta di casa di Millie si aprì e sulla soglia si stagliò l'uomo grosso che era sceso dall'auto, con al suo fianco una figura minuta.

Avrebbe riconosciuto Josie ovunque.

Il tizio la teneva per il braccio e Blink vide che era ammanettata. Quella vista lo fece esitare un attimo, cosa che il suo addestramento avrebbe dovuto impedirgli di fare. Ma quella non era una missione, era una questione personale... e il puro sollievo di vedere Josie viva, sommato alla rabbia di vederla maltrattata da quel colosso, fu sufficiente a far volare fuori dalla finestra anni di addestramento.

Quell'esitazione lo portò a fare una cazzata... a non nascondersi dietro all'auto abbastanza velocemente, così gli occupanti della casa lo videro dietro la berlina.

E a quel punto, si scatenò l'inferno.

# CAPITOLO VENTI

Nel momento in cui l'uomo entrò in casa, Josie capì di essere nella merda fino al collo. Era grosso e aveva un cipiglio malvagio.

«È lei?» sbraitò.

«Sì» rispose Gen.

«È piccola» osservò.

«Sono sicura che a molti uomini piacerà. Probabilmente potresti mentire sulla sua età e farli pagare di più.»

«È vero» replicò lui con un cenno del capo. «Bene. Ecco i vostri soldi.» Tese una busta a Gen, ma si fece avanti Millie, che la prese prima che potesse farlo la figlia.

Contò le banconote, poi si acciglò. «Sono solo cinquecento. Avevi detto mille.»

L'uomo scrollò le spalle. «È tutto quello che ho. Prendere o lasciare.»

Millie lo guardò male, ma si mise la busta nella tasca

posteriore dei pantaloni. «Fintantoché non dovrò più vederla e soffrirà, mi va bene.»

«Di certo non sarà ospite del Club Med» ribatté il tizio con una risata che le fece venire i brividi. Poi si chinò, le avvolse la mano enorme intorno al braccio e la tirò in piedi, lussandole quasi la spalla.

«Parla?» chiese, mentre la trascinava verso la porta.

«Non molto» rispose Gen con un'alzata di spalle.

«Bene. Non mi servono le stronze che blaterano in continuazione *"Ti prego, non farmi del male"*, *"Fa male, basta"*» disse con un tono acuto, imitando la voce di una donna e alzando gli occhi al cielo. «È difficile per i clienti concentrarsi quando fanno così.»

A Josie venne da vomitare. Si fidava di Nate e dei suoi amici, ma dovevano sbrigarsi ad andare lì se volevano evitare che venisse portata via.

Cercò di rallentare l'uomo mentre si avvicinava alla porta d'ingresso, ma lui la teneva così stretta che praticamente la trasportava. I suoi sforzi erano inutili. Avrebbe voluto urlare a Millie e Gen che non l'avrebbero passata liscia. Che non potevano *vendere* le persone! Che era stato Ayden a insistere per noleggiare quella barca, che si stava pavoneggiando, che aveva oltrepassato le acque territoriali solo per spaventarla. Ma le sue corde vocali sembravano rotte. Paralizzate.

L'uomo aprì la porta e la trascinò nel piccolo portico dell'ingresso. Fece due passi... e si fermò di colpo.

Prima che Josie potesse capirne il motivo, aveva già

estratto una rivoltella e premuto la canna contro la sua testa.

«Allontanati dalla macchina» disse con un tono gelido. «O le faccio saltare le cervella.»

Josie sollevò lo sguardo e trovò la cosa più bella che avesse mai visto: Nate.

Se aveva pensato di essere stata contenta di vedere qualcuno la prima volta che aveva posato gli occhi su di lui quando lo avevano trascinato in quella cella, si sbagliava. *Niente* le aveva mai fatto provare così tanto sollievo come sapere che lui non l'aveva abbandonata dopo aver perquisito la casa di Millie e che era lì. E l'avrebbe salvata, non aveva dubbi.

«Parlo sul serio» ringhiò l'uomo, spingendo più forte la pistola contro la sua testa.

Con i polsi ammanettati davanti a sé, Josie non poteva fare altro che cercare di allontanarsi dall'arma. Non che funzionasse, dato che il tizio la teneva troppo stretta.

«Oh, merda» mormorò Gen dietro di lei.

«Vai a prendere la mia macchina. È parcheggiata sul retro» ordinò Millie alla figlia.

Josie le sentì, ma tutta la sua attenzione era rivolta a Nate, che uscendo da dietro il veicolo disse all'uomo: «Lasciala andare.»

Vide con sgomento che non aveva nessuna arma in mano.

«Non ci penso proprio» ribatté il bastardo. «Cazzo, dov'è l'altra?»

«Si chiama Bree. Ed è già lontana da qui, pervertito» rispose Smiley, avvicinandosi a Nate con uno sguardo letale.

«Sei in minoranza, stronzo» aggiunse Preacher, apparendo come dal nulla da un lato della casa.

Vedere gli altri membri della squadra SEAL la fece sentire più sicura, anche se la situazione era tutt'altro che sotto controllo. Era più spaventata di quanto non lo fosse stata in qualsiasi momento della loro fuga dall'Iran, che era stata davvero rocambolesca; lo spaventoso passaggio in barca, venire issata su quell'elicottero, lo schianto, il vagare per le montagne del deserto. Forse perché l'uomo che la teneva non aveva assolutamente nulla da perdere. Se si fosse lasciato sottomettere, sarebbe andato in prigione, probabilmente per un periodo molto lungo.

Il bastardo la trascinò giù dal portico e verso la sua auto, ma Nate e gli altri non arretrarono, anzi, si avvicinarono.

All'improvviso, l'uomo puntò l'arma verso il cielo e sparò.

Le fischiarono le orecchie, ma prima ancora che elaborasse cos'era successo, la canna della pistola era di nuovo premuta sulla sua tempia.

Fece una smorfia di dolore. Le sembrò che il calore causato dallo sparo le stesse marchiando la pelle. Ogni tentativo di tirarsi indietro, di allontanarsi da quel caldo bruciante, fu inutile.

La furia sul volto di Nate era evidente, Josie poteva davvero vedere la sua rabbia, l'impotenza e la frustrazione nonostante i circa tre metri che li separavano.

«State indietro!» ordinò l'uomo. «O il prossimo proiettile le finirà nel cervello.»

Nella sua visione periferica vide i vicini iniziare a radunarsi in strada, senza dubbio attirati sulla scena dallo sparo; pensava che qualcosa del genere avrebbe dovuto farli *scappare*, ma a quanto pareva si sbagliava. Tenne lo sguardo fisso su Nate. Se stava per morire, voleva che fosse lui l'ultima cosa che avrebbe visto.

Ma mentre faceva quel pensiero, sentì montare la rabbia.

Era così incazzata. *Furiosa.*

Che fosse stata fatta prigioniera mentre era in Kuwait a trovare Ayden.

Che non le fosse stato dato né cibo né acqua.

Che Nate fosse stato torturato in quella cella.

Che ora che aveva finalmente trovato un uomo gentile e protettivo, al quale per qualche motivo *lei* piaceva, quello stronzo stava cercando di portarle via tutto.

Che Gen e Millie pensassero che fosse giusto venderla. *Venderla*!

Che a quanto pareva un'altra donna era stata venduta a quell'uomo orribile che la stava stringendo con una presa che avrebbe lasciato segni permanenti sul suo corpo.

Basta! Josie aveva chiuso.

Aprì la bocca e riversò tutto il suo malcontento.

Urlò più forte che poté, lasciando che il mondo sentisse la sua frustrazione, la sua rabbia, il suo dolore. La vita era ingiusta, e lei non voleva morire!

Mentre continuava a urlare, si sentì cadere; l'uomo non

solo l'aveva lasciata andare, ma l'aveva spinta di lato con forza. Con le mani legate davanti a sé, non poté proteggersi mentre precipitava a terra, e il suo urlo si interruppe bruscamente com'era iniziato.

Intorno a lei scoppiò il finimondo. Nate, Preacher e Smiley attaccarono l'uomo non appena lui la spinse via. Un altro sparo risuonò forte, ma quando Josie alzò lo sguardo non riuscì a capire se qualcuno fosse stato colpito.

C'era un groviglio di braccia e gambe, mentre gli uomini lottavano per avere il controllo. Cercò di togliersi di mezzo, ma la spalla le faceva un male cane e poté solo sdraiarsi sull'erba e osservare la scena a occhi spalancati.

Lo scontro finì in pochi secondi. Anche se l'uomo a cui era stata venduta doveva pesare almeno quaranta chili in più dei SEAL, Preacher e Smiley riuscirono a metterlo rapidamente a pancia in giù, con le braccia dietro la schiena e le gambe piegate, come in una sorta di incaprettatura. Non avevano nulla con cui legarlo, ma non sarebbe andato da nessuna parte finché i due SEAL lo avessero tenuto bloccato.

Poi Nate fu lì, inginocchiato davanti a lei, bloccandole la visuale.

«Stai bene? Ti ha colpita?»

Colpita? No, l'uomo non l'aveva picchiata. Perché mai lo pensava?

«Josie, guardami! Lo sparo, ti ha presa?»

Oh! Ecco cosa intendeva. Scosse la testa.

«*Cazzo!*» esclamò.

E per qualche motivo, udire quella parola e ricordare la prima volta che l'aveva detta, la fece sentire al sicuro.

Nate non disse altro, si limitò a frugare nella tasca dei pantaloni e a tirare fuori qualcosa di piccolo e lucido. Con sua grande sorpresa, le manette intorno ai suoi polsi caddero a terra.

«Vai in giro con una chiave per le manette in tasca?» gli chiese. Ora che Nate era lì, non aveva problemi a parlare.

Tuttavia, sembrava che *lui* avesse perso l'uso della parola, perché si limitò ad annuire, le mise le mani sulle guance e la fissò intensamente negli occhi.

«Sto bene» sussurrò Josie, afferrandogli i polsi. Rimasero così per alcuni secondi, poi degli schiamazzi li portarono a guardare verso il lato della casa.

Nate si irrigidì e la cinse con un braccio.

«Ehi! Abbiamo visto cos'è successo! Stavano cercando di uscire dal vicolo dietro alla casa... abbiamo pensato che non fosse il caso lasciare che si dileguassero. Così le abbiamo tirate fuori dall'auto e riportate qui.» Quattro uomini stavano tenendo Gen e Millie tra loro. Le due si dimenavano e cercavano di scappare, imprecando contro tutti, ma quei tizi – che Josie poteva solo supporre vivessero nella zona – le tenevano ben strette.

«Abbiamo chiamato il 911» disse una donna dalla strada.

«Ho registrato tutto sul mio telefono!» aggiunse un ragazzo che sembrava avere intorno ai vent'anni. «Be', manca il primo sparo, ma ho filmato tutto il resto. È stato fottutamente esaltante!»

«Avete bisogno di aiuto?» chiese un altro uomo.

Prima che Josie se ne rendesse conto, si erano avvicinate un sacco di persone e stavano parlando tutte insieme. Un paio si inginocchiarono sull'erba per aiutare Preacher e Smiley. Altre rimasero lì intorno a parlare animatamente, aspettando l'arrivo della polizia. Le sirene si sentivano sempre più forte, mentre i veicoli correvano verso la scena.

Nate la aiutò ad alzarsi, e lei gemette quando il movimento le provoco una fitta alla spalla. Lui si bloccò. «Sei ferita?» le chiese con un tono terrorizzato.

Lo aveva sentito raramente parlare in un modo che non fosse calmo e controllato, e ciò la spaventò più di qualsiasi altra cosa fosse successa. «Sto bene» lo rassicurò subito. «È solo la spalla. Credo di essere atterrata male.»

I venti minuti successivi furono caotici. La polizia arrivò ad armi spianate, e per un paio di minuti Josie temette che potessero sparare a Preacher e a Smiley. Ma i vicini si assicurarono che gli agenti sapessero chi erano i buoni e chi no. Gen e Millie cercarono di sostenere di non avere idea di cosa stesse succedendo, ma il giovane che aveva filmato tutto fu felice di condividere con i poliziotti ciò che aveva registrato, inclusa la parte dove le due avevano cercato disperatamente di fuggire dai solerti vicini, dimostrando che ci erano dentro fino al collo.

Nel frattempo era arrivata l'ambulanza, e Nate l'aveva portata fino a lì in braccio. Un paramedico le aveva controllato la spalla, e l'aveva manipolata fino a riportarla nella corretta posizione, poi le aveva messo un tutore al braccio. Al momento era ancora in strada, appoggiata a Nate che la teneva stretta, e Josie si godette la sua presenza.

Alla fine arrivò un detective, che dopo aver parlato con gli agenti di polizia che avevano raggiunto per primi la scena, si diresse verso di loro.

«Il signor Davis e la signorina England, giusto?» chiese.

Lei ebbe a malapena il tempo di annuire che Nate stava già rispondendo. «So che volete parlare con Josie, ma devo portarla in ospedale per farla esaminare in modo più approfondito. Probabilmente ha fame e sete, e voglio allontanarla da questo posto.»

«Capisco, ma dobbiamo sapere cos'è successo qui stasera» disse il detective.

Sembrava *davvero* dispiaciuto di doverle fare delle domande. Vedere che comprendeva e provava compassione per la vicenda traumatica che lei aveva appena vissuto, le fece *desiderare* di parlargli. Prima fosse finita la faccenda, prima avrebbe potuto tornare a casa. A Riverton. Con Nate.

«Non c'è problema» gli disse, mettendogli una mano sul braccio.

«Sì, invece» replicò lui con ferocia.

Ignorando il detective, Josie si spostò per mettersi di fronte a Nate e gli cinse la nuca con la mano buona. «Guardami» sussurrò.

Lui impiegò un paio di secondi, ma alla fine inclinò la testa per incontrare il suo sguardo.

«Sapevo che saresti venuto a cercarmi. Che mi avresti trovata. Che non avresti permesso loro di farla franca.»

«Spirit» mormorò.

Josie scosse la testa. «Anche se quell'uomo fosse riuscito

a portarmi via, avrei tenuto duro... per *te*. Ti amo, Nate, come non ho mai amato nessun altro in vita mia. Non le avrei lasciate vincere, non dopo aver finalmente trovato tutto ciò che ho sempre desiderato. Tu, Nate. Sei *tu* ciò che ho sempre desiderato trovare. O meglio, tu hai trovato me. Non ho problemi a parlare con lui. Voglio farlo. Voglio assicurarmi che Gen e Millie non la passino liscia per quello che hanno fatto.»

Nate chiuse gli occhi, poi annuì.

Josie si girò verso il detective. «Sono pronta.»

«Se non le secca venire a sedersi nella mia macchina, starà più comoda.»

«Vengo anch'io» disse Nate con fermezza.

Una volta sistemati il più comodamente possibile nei sedili posteriori del veicolo del detective, e dopo avergli concesso l'autorizzazione a usare un registratore, Josie raccontò la sua storia. Dall'inizio. Disse che Gen si era presentata sotto mentite spoglie e l'aveva rapita, che aveva messo un pannolone per adulti per non doversi fermare a usare la toilette. Spiegò della benzina, dei telefoni e del fatto che Millie era rimasta a Las Vegas a mandare messaggi per fornire un alibi alla figlia. Che l'avevano tenuta in quel ripostiglio nel seminterrato, e che aveva lasciato dei segni sul muro come prova. Che l'avevano venduta a quell'uomo per mille dollari e ciò che Gen aveva detto le sarebbe successo.

Infine, spiegò il *motivo*, ovvero che la incolpavano della morte di Ayden e che la odiavano per quello.

Quando finì di parlare, Josie era un po' stordita. Le

sembrava quasi di essere in un sogno, come se tutto fosse accaduto a qualcun altro.

«Abbiamo portato tutti alla stazione di polizia. Sono stati interrogati anche i vicini. A quanto pare non sono ben viste nella zona e nessuno ha esitato a parlare. Stiamo anche sollecitando per avere i filmati delle telecamere di sicurezza.»

«Dopo averla fatta visitare in ospedale, passeremo la notte qui a Las Vegas. Le lascio i miei recapiti e quelli dei miei amici. Siamo tutti Navy SEAL di stanza a Riverton, in California.»

«Lo apprezzo. Grazie per il vostro servizio.»

Nate annuì, poi afferrò la maniglia della portiera, la aprì e scese dall'auto.

Josie si spostò sul bordo del sedile, e quando lui la prese in braccio, gli disse: «Posso camminare.»

«Lo so. Ma ho bisogno di farlo. Per favore.»

Percepì l'angoscia nella voce del suo uomo, così annuì, appoggiò la testa sulla sua spalla e si lasciò portare verso il pick-up.

Preacher stava parlando con alcuni agenti, ma quando li vide si staccò dal gruppo e corse da loro.

Quando raggiunsero l'auto, Smiley li stava aspettando con un'espressione accigliata. «Se n'è andata» disse.

«Chi?» chiese Josie.

«Bree.»

«Chi?»

«La donna che era in macchina. L'altra che era stata venduta a quello stronzo. Era stata picchiata e legata. L'ho portata al pick-up e le ho detto di restare qui. Ma dopo che è successo tutto il casino, sono venuto a prenderla... e non c'era più.»

«Oh no» sussurrò Josie. «Dov'è andata? Pensi che qualcuno l'abbia presa?»

«Non lo so» rispose Smiley, suonando preoccupato come non lo aveva mai sentito.

«Vuoi restare qui e magari dare un'occhiata in giro, mentre portiamo Josie all'ospedale?» chiese Preacher. «Possiamo tornare a prenderti dopo.»

Smiley annuì. «Se non è un problema.»

«Non lo è» lo rassicurò Nate.

«È solo che... è stata picchiata, ed era terrorizzata. Il suo ex l'ha *venduta*, cazzo. Non so dove possa essere andata» disse Smiley, passandosi una mano tra i capelli.

Josie sentì un'affinità con quella sconosciuta. Entrambe avevano quasi vissuto un'esperienza estremamente orribile. «Spero che tu riesca a trovarla.»

«Anch'io. Sono felice che tu stia bene» replicò lui con voce roca.

«Grazie per essere venuto con Nate a cercarmi.»

«Non avrei voluto essere da nessun'altra parte. Blink farà anche parte della nostra squadra da poco, ma è uno di noi.»

Josie avrebbe voluto piangere. Adorava che lui avesse amici come quelli. Che avesse delle persone che gli avrebbero coperto le spalle a prescindere da tutto.

«Chiama se hai bisogno di noi» disse Preacher a Smiley.

L'altro uomo annuì. «Vado a fare un giro qui intorno,

magari a parlare con qualche vicino. Dev'essere qui da qualche parte.»

Tornò verso la casa di Millie e i gruppetti di persone che stavano ancora lì a chiacchierare. Anche se era notte fonda, l'adrenalina e l'eccitazione tenevano la gente in strada.

Nate la sistemò sui sedili posteriori del pick-up, poi salì accanto a lei. Preacher si mise al volante e partì.

Josie chiuse gli occhi e si appoggiò al suo uomo, rilassandosi completamente per la prima volta da quando aveva aperto la porta, trovandosi davanti Gen.

«Un cazzo di pannolone per adulti» borbottò Preacher. «Che schifo.»

Faceva davvero schifo, ma dimostrava anche che c'era stata premeditazione, cosa che Josie sperava portasse a una sentenza più severa in tribunale; anche se era ben consapevole che gli avvocati avrebbero fatto sì di ridurre al minimo il tempo che Millie e Gen avrebbero trascorso dietro le sbarre. Era uno schifo, ma sperava che il karma si sarebbe preso cura di quelle due stronze senza cuore.

# CAPITOLO VENTUNO

PER BLINK ERA difficile stare lontano da Josie. L'aveva quasi persa. Gliel'avevano portata via proprio da sotto il naso. Sapeva che le responsabili della sua scomparsa erano quelle maledette stronze, e anche se Tex non aveva trovato alcuna prova, lui ne era sempre stato *certo*.

Ma anche quella certezza non rendeva più facile superare ciò che era successo. Sentirla descrivere ciò che Gen aveva detto sul suo futuro gli aveva fatto venire voglia di vomitare. Il pensiero che la sua Josie fosse costretta a essere una schiava sessuale lo faceva inorridire.

E nel momento in cui il tizio le aveva puntato la pistola alla testa, minacciando di spararle... gli era passata la propria vita davanti agli occhi. Una vita senza Josie sarebbe stata fredda e sterile, e lui non sarebbe mai stato in grado di riprendersi se lei fosse stata uccisa a sangue freddo.

Quando Josie aveva urlato, lui e i suoi compagni di

squadra stavano per attaccare l'uomo. Non avrebbe mai dimenticato quell'urlo, lo avrebbe perseguitato fino alla fine dei suoi giorni. Aveva dato la sensazione che stesse riversando fuori dalla sua anima tutto il suo terrore, la sua rabbia e la sua angoscia. L'urlo aveva riecheggiato nel tranquillo quartiere come se un'entità oscura fosse andata a vendicarsi delle malefatte di tutti.

Ma era anche stato la distrazione che serviva a lui e ai suoi amici per poter eliminare quello stronzo. Nel momento in cui il bastardo l'aveva spinta via, erano riusciti a placcarlo prima che potesse sparare a loro o a Josie.

Tuttavia, ogni volta che guardava la donna che amava più della vita, gli tornava in mente quella maledetta pistola premuta sulla sua testa. Il segno della bruciatura sulla tempia, causato dalla canna rovente, sarebbe svanito, ma Blink non avrebbe mai dimenticato la disperazione e l'impotenza che aveva provato durante quel breve momento di stallo.

Con grande sorpresa di entrambi, dei due era lui quello che stava facendo più fatica ad accettare l'accaduto. Josie sosteneva che fosse perché lei era sicura che sarebbe andato a cercarla, che l'avrebbe trovata. Ma nonostante Blink non avesse avuto dubbi riguardo a chi ci fosse dietro la sua scomparsa, non era stato altrettanto sicuro dell'esito. E il fatto di aver cercato in quella maledetta casa e di *non* averla trovata, lo tormentava.

Ci era arrivato così vicino. Se solo avesse cercato un po' di più, se non si fosse arreso così facilmente, lei non avrebbe dovuto subire tutte quelle cose orribili... non sarebbe stata quasi uccisa.

Avrebbero dovuto aspettare settimane, forse mesi, perché Gen, Millie e lo stronzo venissero processati, ma almeno avrebbero trascorso tutto quel periodo dietro le sbarre, dato che un giudice aveva negato loro il rilascio su cauzione.

I detective volevano trovare le persone gerarchicamente al di *sopra* del tizio che era andato a prendere Josie. Volevano smantellare l'intera organizzazione del mercato sessuale, ma era molto più difficile di quanto sembrasse.

Anche la donna di nome Bree era in pericolo. Smiley non era riuscito a trovarla, nemmeno con l'aiuto di Tex, e la cosa lo preoccupava più di quanto lasciasse intendere. Erano passati quindici giorni dall'episodio, e lui aveva trascorso entrambi i fine settimana a Las Vegas, girando per le strade, visitando gli ospedali e chiamando le cliniche ginecologiche nel tentativo di trovarla. Senza fortuna.

Quel giorno Blink era tornato a fare un turno completo alla base. Lui e il resto della squadra avevano una riunione informativa e una missione da pianificare. Josie non era rimasta da sola, ma anche sapere che avrebbe trascorso la giornata con Jessyka e Benny non bastava a farlo rilassare.

«Sta bene» gli disse Kevlar a bassa voce, durante una delle loro pause.

Blink sospirò. «Non riesco a smettere di pensare al fatto di rientrare a casa e scoprire che è scomparsa, come l'ultima volta.»

«Le hai scritto?»

«Solo un centinaio di volte, oggi» rispose con uno sbuffo.

«Mandale un altro messaggio.»

«Già pensa che io sia paranoico.»

«Sì, ma probabilmente ha anche bisogno di parlare con te, così come tu hai bisogno di sentirla. So che hai detto che ha preso molto bene la situazione, ma avete vissuto entrambi qualcosa di traumatico. Non farà male verificare se è tutto ok. Per nessuno dei due.»

Blink non ebbe bisogno di ulteriori incoraggiamenti. Negli ultimi venti minuti aveva cercato di trattenersi dal mandarle *altri* messaggi.

Ne scrisse uno rapidamente e attese con ansia la sua risposta.

**Josie**: *Tutto ok. Jessyka sta cercando di insegnarmi a fare dei drink elaborati... non sta andando molto bene.*

Blink sorrise alla sua risposta. Non sembrava turbata dal fatto che le avesse scritto per l'ennesima volta.

**Blink**: *Lo berrai?*

**Josie**: *Una chef non può ottenere lo status di master senza assaggiare le sue creazioni. :)*

. . .

Ricordare l'ultima volta che Josie aveva bevuto degli alcolici gli fece pulsare il cazzo. Non avevano più fatto l'amore da quando era stata rapita. La spalla le aveva fatto male per parecchio tempo e a Blink era bastato tenerla il più possibile stretta a sé per tutta la notte. Ma, per la prima volta, il desiderio tornò con prepotenza.

«Quel sorriso deve significare che sta bene, eh?» chiese Kevlar.

«Sì.»

«Ottimo. Mi fa piacere. Nessuno di noi vuole vederti ricadere nella depressione di cui soffrivi prima di entrare nel team. Se hai bisogno di mandarle un messaggio, fallo. Hai bisogno di sentire la sua voce? Chiamala. Ti garantisco che non si arrabbierà. Ne ha bisogno quanto te, anche se non lo ammette perché sta cercando di dimostrare quanto è forte, che non è rimasta sconvolta da ciò che le è successo, quando invece lo è di sicuro. Come potrebbe essere altrimenti?»

Blink si era sentito in colpa per il suo bisogno di starle vicino, di assicurarsi che fosse al sicuro. E mentre Josie insisteva nel dire che stava bene, non aveva mai protestato per il fatto che lui le stesse così addosso. E ciò gli fece pensare che il suo leader non avesse torto. «Grazie, Kevlar.»

«Figurati. Abbiamo ancora un'altra ora circa di riunione, poi penso che tu possa andare a casa.»

Blink avrebbe voluto accettare l'offerta, ma si sentiva in colpa perché ultimamente non era riuscito a essere presente nel team, così scosse la testa. «Non c'è problema. Devo fare la mia parte di lavoro.»

«Non capisci, Blink... è questo ciò che fa una squadra. Ciò che fanno gli *amici*. Sostengono i membri deboli fino a quando non riescono a rimettersi in piedi. E non sto dicendo che sei debole, ma solo che in questo momento hai bisogno di un po' più di sostegno. Ci pensiamo noi. Domani ti aggiorneremo sulla missione. Non è che possiamo pianificare tutto in un paio d'ore. Prenditi il tempo che ti serve per fare i conti con quello che è successo. Vai da Josie.»

«Grazie. Se davvero non è un problema, accetto la tua offerta e me ne andrò dopo aver finito qui.»

«Sul serio, è tutto a posto. Remi domani verrà a casa tua. Ieri sera mi ha detto che Josie ha ricominciato a lavorare, vero?»

Blink annuì. Ne avevano anche discusso; lui pensava che avrebbe dovuto prendersi più tempo, mentre lei aveva insistito che lavorare le teneva la mente occupata... che le piaceva davvero, e che la spalla stava abbastanza bene da permetterle di digitare. Così avevano trovato un compromesso, e per il momento lavorava part time. Blink aveva la sensazione che non sarebbe durata a lungo. La sua Josie era testarda; era uno degli infiniti motivi per cui l'amava così tanto.

«Bene. A Remi piace lavorare a casa tua. A quanto pare, non ama sentirsi sola mentre disegna, ma riesce comunque a procedere bene perché Josie non chiacchiera costantemente.»

«Josie adora avere Remi lì. E anche Wren.»

«Bene. Allora tutto a posto, poi puoi andare a casa» disse Kevlar.

Blink non riuscì a trattenersi dall'inviarle un altro messaggio prima di tornare al lavoro.

**Blink**: *Esco tra un'ora circa. Vuoi che venga a prenderti all'Aces? O può portarti a casa qualcuno?*

Apparvero subito i tre puntini, quindi Josie stava digitando una risposta. Adorava che non lo facesse mai aspettare. Quei puntini gli rilassarono la stretta allo stomaco: sapere che lei era lì, che gli stava rispondendo, era qualcosa di cui aveva avuto bisogno in quei giorni per non impazzire.

**Josie**: *Benny ha detto che mi avrebbe portata lui. E... evviva! Sarai a casa presto!*

Blink non riuscì a trattenere un sorriso. Gli piaceva che non la imbarazzasse fargli sapere che era entusiasta di vederlo. Ripensò alle parole di Kevlar. Probabilmente anche lei si sentiva un po' sottosopra dopo tutto quello che era successo, e comunicare in modo costante era importante per entrambi.

———

La parte peggiore di ogni giorno quando Blink tornava a casa, era il momento in cui si avvicinava alla porta del suo appartamento. L'aveva rinforzata con l'aiuto di Preacher, rendendo impossibile sfondarla anche lasciando su solo la catena, ma la sensazione di terrore rimaneva ogni volta.

Provò sollievo vedendola chiusa normalmente, e infilò la chiave nella serratura. «Josie?» chiamò una volta dentro, come faceva sempre quando rientrava.

Non ricevette risposta.

S'irrigidì subito. I ricordi dell'ultima volta che gli era successo di non trovarla lo travolsero.

«Josie?» riprovò, con un tono più alto e agitato.

«Sono qui!» la sentì dire da in fondo all'appartamento, e tirò subito un sospiro di sollievo. Non sapeva quanto tempo ci avrebbe messo ad attenuarsi la sua ansia in relazione a dove si trovava Josie, ma era ovvio che non fosse quello il giorno.

Era troppo presto per trovarla a preparare la cena, ma era altrettanto strano che fosse nella loro camera a metà giornata. Di solito, se non stava lavorando al tavolo della cucina, era sul divano a guardare la televisione, a mandare messaggi a qualcuno o semplicemente a leggere un libro.

Camminò più in fretta del normale per andare nella loro stanza, ed entrò spingendo la porta un po' più forte del necessario, facendola sbattere contro il muro.

Il suo cervello impiegò qualche secondo per capire cosa stava vedendo. Aveva pensato che Josie fosse andata a letto perché aveva mal di testa o che magari le fosse tornato il dolore alla spalla.

Invece, era appoggiata su alcuni cuscini, indossava della lingerie bianca e gli sorrideva.

«Ciao» gli disse un po' timidamente. «Non ero ancora riuscita a indossare per te quello che avevo ordinato. Ho pensato che oggi fosse il giorno giusto per farlo.»

Tutto il suo sangue gli defluì sul cazzo. La visione della donna che amava sul loro letto, con un ginocchio piegato e il piede appiattito sul materasso e l'altro inclinato verso l'esterno, sostanzialmente in mostra per lui, gli fece girare la testa per il desiderio.

Blink cominciò a strapparsi i vestiti camminando lentamente verso di lei, memorizzando il momento. Avrebbe ripensato a quell'immagine quando si fosse trovato immerso nel fango in una cazzo di giungla, o quando fosse stato madido di sudore nel deserto. Lei era la sua ragione di vita. La sua ricompensa per aver affrontato l'inferno che erano state molte delle sue missioni.

Il corpetto bianco le incorniciava i piccoli seni, lasciandoli però scoperti. Si assottigliava a V verso la fica, obbligandolo a posare lo sguardo tra le sue gambe. Una piccolissima striscia di stoffa bianca le copriva il sesso. Sarebbe bastato scostarlo di un niente con il dito per entrare in lei.

Aveva lasciato una scia di vestiti dalla porta al letto, ma non ci badò. Non riusciva a staccare gli occhi da Josie. Era così bella... e l'aveva quasi persa.

Camminò carponi sul materasso, godendosi il fatto che lei allungasse le braccia per toccarlo.

«Sei sicura?» le sussurrò, avvicinandosi.

«Sicurissima.»

Fu tutto ciò che ebbe bisogno di sentire. Le allargò di più le gambe e vi si infilò in mezzo, e fece esattamente ciò che aveva immaginato: scostò la striscia di stoffa, scoprendola al suo tocco. Era fradicia.

«Cos'hai fatto mentre mi aspettavi?» le chiese.

Un adorabile rossore le infiammò le guance. «Mi sono preparata» disse con decisione. «Ti voglio. Adesso. Dentro di me. Ho bisogno di te, Nate.»

La punta del suo cazzo era già tra le sue pieghe prima ancora che lei avesse finito di parlare. Blink fece un respiro profondo, cercando di andare piano. Non voleva farle male, e per come si sentiva in quel momento sarebbe successo.

Poi, mentre lo fissava, Josie si portò le mani ai capezzoli e li pizzicò.

Bastò quello.

Il ferreo autocontrollo a cui si era aggrappato, si spezzò.

Blink si ritrovò profondamente dentro di lei ancora prima di fare un altro respiro. Era dannatamente stretta, e in quel momento sentì di essere a casa.

Qualche secondo prima aveva desiderato ardentemente di venire. Aveva voluto scoparla con forza, ma ora era contento di stare semplicemente dentro al suo corpo, immobile... a *vivere* e basta.

«Nate?» gli chiese, mentre cercava di muoversi sotto di lui.

«Ti amo» le disse, guardandola con adorazione.

«Ti amo anch'io» replicò lei senza esitare.

Blink chiuse gli occhi, memorizzando il momento. Avere Josie sotto di sé, intorno a sé, si avvicinava molto a quello che aveva immaginato fosse il paradiso in terra, se mai fosse arrivato a sperimentarlo.

«Ti prego» sussurrò lei.

Riaprì gli occhi, e per un attimo riuscì a vedere solo quel maledetto segno sulla sua tempia, ma poi lei spinse il bacino verso l'alto, cercando di farlo muovere.

«Ho bisogno che tu mi dia di più.»

A quello Blink si mosse. Se Josie aveva bisogno di qualcosa, glielo avrebbe dato. A prescindere da cosa fosse.

«Sì! Più forte, Nate. Ti prego!»

Il loro amplesso fu frenetico, e quando lei raggiunse l'orgasmo, Blink diventò ovviamente ancora più duro. La girò, prendendola da dietro. Poi se la mise a cavalcioni. A un certo punto venne anche lui, ma il suo cazzo non si sgonfiò, la riempì con il suo sperma e continuò a fare l'amore con lei.

Quando per lui arrivò il secondo orgasmo, la bellissima, ma delicata, lingerie di Josie era strappata e le pendeva intorno alla vita, e lei era venuta per la terza o quarta volta. Le coperte erano cadute dal letto, ed erano entrambi madidi di sudore. Blink sentiva i loro umori sulle palle e sulle cosce, e le lenzuola sotto di lui erano bagnate.

Ma non era mai stato così contento in vita sua. Il loro desiderio per il momento si era esaurito e, mentre cercava di riprendersi, il suo cazzo era ancora profondamente dentro il sesso di Josie, che era abbandonata senza forze sopra di lui, e i suoi respiri gli accarezzavano il petto.

«Per la cronaca... mi è piaciuta la lingerie» le disse.

Percepì, più che sentire, la sua risatina, e lo fece sorridere.

«Be', peccato che questa sarà l'unica volta che la indosserò, visto che l'hai rovinata» replicò, appoggiando il mento sul suo petto.

Blink scrollò le spalle. «Allora ordinane altre. Una dozzina. Due.»

«Forse. Potrebbe piacerti un po' di varietà. Più colore. Ce ne sono di rosse, nere, viola, persino...»

Blink all'improvviso rotolò con lei, interrompendola. Si allungò verso il cassetto del comodino, tenendola sotto di sé. Quando si sistemò di nuovo su di lei, stringeva in mano un piccolo oggetto.

«Mi piaci in bianco. No, non è vero, mi piaci con tutti i colori che vuoi indossare e senza niente. Ma il bianco ti sta bene. Magari lo metterai quando ci sposeremo. Il bianco intendo, non un négligé sexy.» Si costrinse a tacere, e sollevò un anello.

Josie spalancò gli occhi. Fissò l'anello, poi lui, poi di nuovo l'anello.

La sua esitazione lo fece sudare. Si era mosso troppo velocemente. Aveva affrettato le cose tra loro. *Cazzo.*

«Sì» sussurrò lei. Poi fece un enorme sorriso. «Sì!» gridò, gettandogli le braccia intorno alle spalle.

Blink rimase così sorpreso che fece cadere l'anello. Ma lo avrebbe ritrovato più tardi. L'unica cosa che contava in quel momento era che la donna che amava così tanto, da esserne quasi spaventato, aveva detto sì.

Più tardi, quando Josie fu di nuovo abbandonata contro il suo petto e l'anello perduto gli premeva sul sedere, Blink fissò il soffitto con un sorriso idiota sul volto.

«Possiamo invitare tuo fratello? E magari i suoi amici piloti. Non voglio una cerimonia in grande stile, ma mi piacerebbe fare una grandissima festa. Voglio che tutti i miei nuovi amici siano riuniti in un unico posto, che dimentichiamo le cose brutte del mondo e ci godiamo la gioia di stare insieme.»

«Possiamo fare tutto quello che vuoi» le disse Blink, felice che avesse pensato a Tate. Si era scritto più spesso con il suo gemello. Il fatto di aver quasi perso Josie lo aveva reso più consapevole di quanto fosse fugace la vita, e aveva alimentato il bisogno di sapere che le persone che amava stavano bene.

«Sai, quando ero in quella cella non riuscivo a pensare al futuro. L'unica cosa che potevo fare era vivere il minuto, poi l'ora e poi il giorno successivo. Il mio corpo cercava di soccombere, ma per qualche motivo mi rifiutavo di arrendermi, di stare lì sdraiata e lasciarmi morire. Ora so perché. Perché stavo aspettando te. Mi hai cambiato la vita, Nate, e non posso immaginare che tu non ne faccia parte. Ti amo.»

Che donna. *Lei* gli aveva cambiato la vita. «Anch'io ero così» ammise. «Passavo giorni e giorni seduto all'Aces, perso in me stesso. Riuscivo solo a pensare a cos'avrei dovuto fare di diverso e che i miei compagni non avrebbero dovuto venire uccisi o feriti. Quando sono stato rimandato nel luogo in cui era accaduto tutto, ho pensato che fosse destino che mi trovassi lì, per poter attuare ciò che avrei dovuto fare nella precedente missione; sacrificarmi per gli altri. Ma ora mi rendo conto che era destino che mi trovassi lì per incontrare te.»

«Nate» mormorò Josie, tirando su con il naso.

«No. Non piangere» le ordinò con dolcezza.

Fu ricompensato da una piccola risatina. Poi gli disse: «Sai quella tazza? Quella che ho voluto mettere sulla mensola in modo da poterla vedere ogni giorno?»

Blink si accigliò. Non era stato molto convinto di mettere in mostra il ricordo di quell'evento orribile, ma l'aveva fatto perché lei era sembrata irremovibile. «Sì?» chiese, quando lei non continuò.

«Per me rappresenta la speranza. La resilienza. Il non arrendersi. Per questo voglio vederla ogni giorno. Per ricordarmi che anche quando le cose sembrano senza speranza, non lo sono.»

La sua Josie. La persona più forte di chiunque avesse mai conosciuto.

Fece per baciarla... ma proprio in quell'istante le brontolò lo stomaco. Forte e a lungo.

Lei ridacchiò. «Ignoralo» gli ordinò, mentre gli baciava le labbra.

Ma non poteva farlo. La sua donna aveva fame, e che fosse dannato se avrebbe ignorato i suoi bisogni per appagare i propri. Sollevandola dal suo cazzo, trattenne un gemito di protesta. Se fosse stato per lui, avrebbe vissuto nel profondo del suo sesso caldo e bagnato, ma doveva farla mangiare.

«Non preoccuparti di fare la doccia» la informò con un tono autoritario. «Perché dopo aver mangiato ti porterò subito qui. E poi, mi piace vedere *quello*.» L'aveva messa in piedi accanto al letto e non riusciva a distogliere lo sguardo dalla scia di sperma che le stava scendendo lungo l'interno della coscia.

Josie alzò gli occhi al cielo. «Sei strano» si lamentò, mentre si leccava le labbra e fissava la sua erezione coperta dai loro umori.

Blink si avvicinò al cassettone, ignorando i vestiti sparsi sul pavimento, e tirò fuori un paio di boxer e una maglietta. Indossò i boxer e poi tornò verso Josie, che stava lottando per togliersi la lingerie rovinata da intorno alla vita. Quando ci riuscì, le infilò la maglia sulla testa, aiutandola a trovare i giromanica.

Avrebbe dovuto sembrare ridicola visto che era di quattro taglie di troppo per la sua corporatura minuta, ma a lui piaceva vederla vestita così. Resistendo all'impulso di baciarla, sapendo che l'avrebbe ributtata sul letto, Blink raccolse l'anello che rifletteva il sole che entrava dalla finestra.

Le prese la mano e glielo fece scivolare sul dito. Il piccolo diamante taglio princess era stupendo, e sarebbe stato ancora più perfetto una volta abbinato alla fede nuziale che aveva scelto.

«Nate, è bellissimo» disse Josie.

Si rese conto che quella era la prima volta che lei lo vedeva bene, dato che gli era caduto prima di riuscire a metterglielo al dito.

«*Tu* sei bellissima» replicò lui, chinandosi a baciare l'anello. «Hamburger vanno bene per cena?»

«Perfetti. Dammi un minuto per andare in bagno e poi vengo a darti una mano.»

Blink era in grado di preparare un pasto senza il suo aiuto, ma non avrebbe mai rifiutato di passare del tempo con lei. Mai. «D'accordo.»

«Nate?» Gli mise le mani sul petto e si appoggiò a lui.

«Sì?»

«Mettiti una maglietta, così non ti bruci» disse con un sorriso, poi si girò e andò in bagno. La sua risatina risuonò nella stanza.

La vita non sarebbe mai stata noiosa con la sua donna. Lo avrebbe fatto stare vigile e pronto. E per lui non era un problema. Proprio per niente.

## EPILOGO

MAGGIE FECE un respiro profondo nel momento in cui mise piede all'esterno.

La libertà.

Qualcosa che non avrebbe mai più dato per scontata.

L'anno e dieci mesi che aveva passato dietro le sbarre erano stati un inferno. E niente a cui fosse stata preparata. Non importava quante volte avesse dichiarato di non aver fatto ciò di cui era stata accusata; nessuno le aveva creduto. E perché avrebbero dovuto? Con le prove a suo carico, aveva capito di essere spacciata fin dall'inizio.

Si sentì di nuovo travolgere dal risentimento. Non desiderava altro che vendicarsi dell'uomo che l'aveva incastrata e fatta sbattere in prigione. Ma sapeva meglio di chiunque altro che lui non era qualcuno con cui scherzare. Se aveva pensato che gli ultimi ventidue mesi fossero stati orribili, erano *niente* in confronto a ciò che le sarebbe accaduto se avesse fatto la spia.

No, l'unica cosa che poteva fare era cercare di andare avanti con la sua vita.

Un'auto entrò nel piccolo parcheggio dell'edificio in cui era rimasta rinchiusa per quasi due anni. La donna al volante le sorrise e la salutò con la mano.

Maggie si affrettò a scendere le scale della prigione, provando riconoscenza verso la sua amica Adina, che smontò dall'auto e la salutò con un forte abbraccio. Niente era mai stato più bello; le era mancato tanto il contatto umano durante la detenzione.

«Sono così felice che tu sia fuori!» le disse Adina.

«Siamo in due» replicò Maggie con un piccolo sorriso.

«Forza. Ho ordinato del cibo da asporto per la tua prima serata di libertà, e ti ho preparato la stanza degli ospiti. Ho un sacco di cose da dirti prima di dover partire la prossima settimana.»

«Partire?» le chiese, salendo sul lato del passeggero di un modello vecchio di Honda Accord.

«Sì» rispose con la fronte aggrottata. «Non volevo stressarti prima del tuo rilascio, ma la prossima settimana partirò per un dislocamento della durata di sei mesi.»

Merda. Maggie fece del suo meglio per non farsi prendere dal panico.

«Come ti ho già detto, sei la benvenuta a rimanere nel mio appartamento per tutto il tempo che ti servirà per rimetterti in piedi» le disse subito. «Sarà bello sapere di avere qualcuno che si occupa della casa mentre io sono via.»

Deglutì a fatica. Aveva conosciuto Adina solo pochi mesi prima... dell'*incidente*, come ormai lo chiamava, ed era rimasta davvero sorpresa quando si era tenuta in contatto con lei durante la sua detenzione. Maggie aveva vissuto per le sue lettere. Tutti gli altri suoi amici erano scomparsi. Il fatto che Adina le avesse offerto un posto dove stare quando sarebbe uscita... significava tutto per lei.

Ma, affitto gratuito o meno, la California era costosa. Doveva trovare un lavoro. E ora che era una criminale, non aveva dubbi che sarebbe stato più facile a dirsi che a farsi.

Ma era una preoccupazione che avrebbe affrontato in seguito, quel giorno si sarebbe goduta il fatto di essere libera. Lontana dall'inferno in cui aveva vissuto per quasi due anni.

«Grazie per essere venuta a prendermi» disse all'amica.

«Figurati! Non meritavi di essere lì.»

Era vero. Ed era incredibile che almeno una persona credesse che non aveva fatto ciò di cui era stata accusata. Maggie pensava che nemmeno il suo stesso avvocato le avesse creduto quando gli aveva detto che era stata incastrata.

«Mi sarebbe piaciuto avere più tempo da passare insieme a te prima di partire. Volevo farti conoscere qualcuno.»

Maggie balzò indietro come se fosse stata colpita. «No! Niente da fare. Rimarrò single per il resto della vita. L'ultima cosa che voglio è un fidanzato.»

«Per sempre?»

«Sì» rispose con fermezza. Aveva imparato la lezione nel modo peggiore. Gli uomini erano delle bestie.

«Quindi, immagino che andare all'Aces Bar and Grill domani sera sia fuori discussione.»

«Assolutamente sì» confermò.

«Be', accidenti. Ok. Ma se cambi idea, devi solo dirlo. Conosco alcuni Navy SEAL single e bellissimi.»

«No. Niente uomini. *Soprattutto* quelli che fanno parte della Marina.»

Adina trascorse il resto del viaggio verso il suo appartamento parlando allegramente di tutte le cose che aveva programmato per loro per la settimana successiva, prima della sua partenza. Maggie avrebbe voluto solo stare rintanata e riprendere il controllo della sua vita. Riabituarsi a stare fuori dalle mura della prigione. Ma non avrebbe detto una parola contro i piani dell'amica. Il fatto che Adina fosse disposta a lasciarla vivere con lei senza farle pagare l'affitto, per tutto il tempo che le sarebbe servito per rimettersi in piedi, era un piccolo miracolo. Avrebbe fatto tutto ciò che la donna voleva.

Maggie era determinata ad avere un lavoro e a essere di nuovo autosufficiente per quando Adina sarebbe tornata dal dislocamento di sei mesi.

Poi avrebbe lasciato la California. Sarebbe andata in un posto dove non c'era una base navale, dove avrebbe avuto la garanzia di non vedere *mai più* lo stronzo che l'aveva fatta andare in prigione.

In un angolo della mente, aveva la sensazione che se

quell'uomo avesse saputo che era uscita, avrebbe fatto di tutto per assicurarsi che fosse rispedita dentro. Era un bastardo totale, uno che aveva potere. Prima non aveva capito che persona fosse, ma ora sì.

Quando Adina parcheggiò e spense il motore, Maggie scese e fece un altro respiro profondo. L'aria fresca aveva un profumo buonissimo.

Non aveva intenzione di rovinare il nuovo inizio che la sua amica le stava offrendo. Avrebbe sfruttato al meglio quell'opportunità. O sarebbe morta provandoci.

———

Come sapete, nei miei libri nulla fila mai liscio, e il nuovo inizio di Maggie non fa eccezione... a cominciare dal rifiuto di frequentare un militare. Le strade di Preacher e Maggie si stanno per incrociare, e da lì inizieranno un viaggio pieno di alti e bassi. Leggete tutto quello che succede in *Proteggere Maggie*, il prossimo libro della serie Armi & Amori: Alleanza!

***<u>Also by Susan Stoker</u>***

**<u>Armi & Amori: Alleanza</u>**
*Proteggere Remi*
*Proteggere Wren*
*Proteggere Josie*
*Proteggere Maggie (1 Apr)*
*Proteggere Addison (6 Maggio)*
*Proteggere Kelli*
*Proteggere Bree*

**<u>Game of Chance</u>**
*Il protettore*
*Il reale*
*L'eroe (1 Feb 2025)*
*Il tagliaboschi (1 Giugno 2025)*

**<u>Il Rifugio</u>**
*Meritare Alaska*
*Meritare Henley*
*Meritare Reese*
*Meritare Cora*
*Meritare Lara*
*Meritare Maisy*
*Meritare Ryleigh*

**<u>Ricerca e soccorso Eagle Point</u>**

*La forza di Riley*
*La forza di Devyn*
*La forza di Ember*
*La forza di Sierra*

## **Armi & Amori: verso il futuro**

*Soccorrere Caite*
*Soccorrere Brenae*
*Soccorrere Sidney*
*Soccorrere Piper*
*Soccorrere Zoey*
*Soccorrere Avery*
*Soccorrere Kalee*
*Soccorrere Jane*

## **Mercenari di Montagna**

*Difendere Allye*
*Difendere Chloe*
*Difendere Morgan*
*Difendere Harlow*
*Difendere Everly*
*Difendere Zara*
*Difendere Raven*

## **Delta Force Heroes**

*Salvare Rayne*
*Salvare Emily*
*Salvare Harley*

*Il Matrimonio di Emily*
*Salvare Kassie*
*Salvare Bryn*
*Salvare Casey*
*Salvare Sadie*
*Salvare Wendy*
*Salvare Mary*
*Salvare Macie*
*Salvare Annie*

## Armi e Amori

*Proteggere Caroline*
*Proteggere Alabama*
*Proteggere Fiona*
*Il Matrimonio di Caroline*
*Proteggere Summer*
*Proteggere Cheyenne*
*Proteggere Jessyka*
*Proteggere Julie*
*Proteggere Melody*
*Proteggere il Futuro*
*Proteggere Kiera*
*Proteggere i figli di Alabama*
*Proteggere Dakota*

## Ace Security

*Il riscatto di Grace*
*Il riscatto di Alexis*

*Il riscatto di Bailey*
*Il riscatto di Felicity*
*Il riscatto di Sarah*

## <u>Una raccolta di storie brevi</u>
*Un momento nel tempo*

*Il riscatto di Bailey*
*Il riscatto di Felicity*
*Il riscatto di Sarah*

**Una raccolta di storie brevi**
*Un momento nel tempo*

# BIOGRAFIA

L'autrice

Susan Stoker è annoverata da *New York Times*, *USA Today* e *Wall Street Journal* quale scrittrice di successo, le cui collane di libri includono Badge of Honor: Texas Heroes, SEAL of Protection e Delta Force Heroes. Sposata con un sottufficiale dell'esercito in pensione, Stoker ha vissuto in ogni dove negli Stati Uniti - dal Missouri alla California e al Colorado - e attualmente vive sotto i grandi cieli del Texas. Quale vera sostenitrice del "vissero felici e contenti", Stoker ama scrivere romanzi in cui una relazione romantica si trasforma in amore.

Per ulteriori informazioni sull'autrice e il suo lavoro, visita il sito web www.stokeraces.com